ハヤカワ・ミステリ

SAX ROHMER

怪人フー・マンチュー

THE MYSTERY OF DR. FU MANCHU

サックス・ローマー
嵯峨静江訳

TOKYO HAYAKAWA BOOKS

A HAYAKAWA
POCKET MYSTERY BOOK

THE MYSTERY OF DR. FU MANCHU

by

SAX ROHMER

1913

怪人フー・マンチュー

装幀　勝呂　忠

登場人物

ピートリー……………………………………開業医
ネイランド・スミス…………………………英国政府高等弁務官
ジョン・ウェイマス…………………………警部補
カラマニ………………………………………謎の美少女
アジズ…………………………………………カラマニの弟
フー・マンチュー……………………………？

1　ビルマからの帰還

「男性のお客さまです、ドクター」

広場のむこうで、時計が三十分過ぎを示すチャイムを鳴らした。

「十時半だというのに！」わたしは言った。「こんな遅くに客とは。まあいい、ここへ通してくれ」

踊り場で足音がすると、ペンを走らせていた手をとめ、ランプのシェードを傾けた。つぎの瞬間、わたしは驚いて飛び上がった。というのも、コーヒー色に日焼けし、きれいに髭を剃り、角張った顔をした、痩せて長身の男が入ってくるなり、両手をさしだしてこう叫んだのだ――

「やあ、ピートリー！　どうだ、わたしを見て驚いたろう！」

それはネイランド・スミスだった――てっきりビルマにいるとばかり思っていたのに！

「スミス」わたしは彼の両手をかたく握った。「こうしてまたきみに会えて嬉しいよ！　しかし、いったいなんだって――」

「失礼、ピートリー！」彼は言葉をさえぎった。「すこし明る過ぎるようだ！」と言うなり、彼がランプの明かりを消すと、室内は真っ暗になった。

　わたしはあっけにとられて声も出なかった。

「わたしの頭がどうかしてると思っているんだろう」窓際に立ち、外の通りを覗いている彼の姿が、おぼろげに見えた。「だがじきに、わたしが用心する理由がわかるはずだ。うん、怪しい気配はないな！　今回はわたしのほうが先だったようだ」そう言うと、彼は書き物机のところに戻り、またランプをともした。

「状況がまだ飲みこめないようだな」彼は笑い、書きかけのわたしの原稿に目を落とした。「小説かね？　こんな健全な地区で、いったいなにが書けるんだ、ピートリー？　もしも信じられないほど不可思議な謎を求めているなら、わたしが素晴らしい題材を進呈しよう。もっともそうなると、インフルエンザや骨折や神経衰弱の患者を診る暇はなくなるだろうが」

彼の言葉はとうてい信じがたかったが、かといって彼が妄想に駆られているようには見えない。彼の目は異様に輝き、厳しさが顔に漂っている。わたしはウィスキーと炭酸水のボトルを取り出しながら言った――

「早めの休暇をとったというわけか？」

「休暇で帰ったのではない」と、彼はこたえ、おもむろにパイプに葉を詰めた。「任務中だ」

「任務中だって！」わたしは叫んだ。「すると、ロンドンに転勤になったのか？」

「あちこちに移動する仕事なんだ、ピートリー、だから今日も明日も、どこに行くかは決まっていない」

彼があまりに秘密めかした物言いをするので、わたしは酒には口をつけずにグラスを置き、向き直って彼をひたと見据えた。

「ちゃんと説明してくれ！」わたしは言った。「いったいどういうことなんだ？」

するとスミスはいきなり立ち上がり、コートを脱いだ。左のシャツの袖をまくり、前腕にある痛々しい傷を見せた。傷はほとんど治りかけていたが、跡が一インチほどの奇妙な筋となっていた。

「今までこんな傷を見たことがあるか？」

「いいや」わたしは首を振った。「まるで焼きごてをあてたみたいだ」

「そうとも！　肉をえぐるほど深く！」彼はうなずいた。「先端にキングコブラの毒を塗ったものが刺さったからだ！」

東洋の大蛇の毒と聞いて、わたしは背筋に震えが走った。

「治療法は一つしかない」シャツの袖を下ろしながら、彼はつづけた。「必要なのは鋭いナイフと、マッチと、分解した弾薬だ。そのあとわたしは、マラリアが蔓延している森で、うわごとを言いながら、三日間仰向けに横たわったままだった。だがあのとき、決断をためらっていたら、あのままあそこで死んでいただろう。肝心な点は、これが事故ではなかったということだ！」

「どういう意味だい？」

「つまり、何者かに意図的に命を狙われたということだ。だがこの毒を取り出したやつの行方はまったくわからない。この男はヘビの分泌腺から毒を一滴ずつ抜き取り、それを矢の先に塗りつけて、わたしを射たんだ」

「そいつはいったい何者なんだ？」

「わたしの読みどおりならば、こいつは今ロンドンにいて、こうした恐ろしい武器で何度も人を襲っている。ピートリー、わたしがはるばるビルマから戻ってきたのは、イギリス政府のためだけではなく、全白色人種のためでもあるんだ。そして正直に打ち明けると——このわたしの予測が間違っていることを願うばかりだが——その存続はひとえにわたしの任務が成功するかどうかにかかっている」

あまりにも荒唐無稽な彼の話に頭が混乱して、わたしはただ呆然としていた。平凡な都会生活をおくっていたわたしを、突然、ネイランド・スミスが現実ばなれした冒険の世界に引き込んだのだ。わたしはなにがなんだかわからなくなった。

「貴重な時間を無駄にしたくない！」彼はきっぱりと言い、グラスの酒を飲み干して立ち上がった。「信頼できる人間はきみしかいないと思って、真っ先にここに来たんだ。本部のボス以外に、ネイランド・スミスがビルマを去ったことを知っているのは、このイギリスではきみだけのはずだ。ピートリー、わたしにはいっしょに行動してくれる相棒が必要なんだ、どうしても！　ここにわたしを泊めてくれないか、そしてこれまで虚実とりまぜて語られてきた未知なる世界に、数日間足を踏み入れてみないか？」

わたしはすぐさま承諾した。というのも、残念ながら、わたしの診療所は暇だった。

「よかった！」彼はわたしの手を握って強く振った。「さっそく今から始めよう」

「なに、今夜から？」

「そうとも！　たしかに今夜はもう休もうかとも思った。

この四十八時間というもの、ときたま十五分ほど仮眠をとる以外は、まったく寝ていないんだ。だが今夜のうちにどうしてもやっておかねばならないことがある。クライトン・デイヴィ卿に警告しなくては」

「クライトン・デイヴィ卿というと――あのインド――」

「ピートリー、彼の身に危険が迫っているんだ！　すみやかにわたしの指示に従わなければ、彼は命を落とすことになるだろう！　その攻撃がいつ、どうやって、どこからかはわからないが、ともかく彼に警告しなくてはならない。広場のかどまで行って、タクシーをつかまえよう」

冒険というのは、奇妙なもので、思いもかけないときに、突然、平凡な生活に侵入してくる。待ち望んでいると、やって来ないが、まるで予期していないと、退屈な日常のなかにいきなり飛びこんでくる。

その夜のドライヴは――ありふれた日常と奇怪な非日常とを分かつと同時に、両者をつなぐ橋ではあったが――特に印象に残るものではなかった。奇怪な謎に迫りながら、タクシーでの移動は退屈だった。当時をふりかえっても、車内から見える街路の雑踏からは、なんの予兆も感じられなかった。

だが、実際はそうではなかった。道順は思い出せないが、車内でとりとめのない会話をかわすうちに（たしか、どちらも妙に静かだった）、目的地に着いた。すると――

「これはなんの騒ぎだ？」スミスがかすれた声でつぶやいた。

クライトン・デイヴィ卿の邸宅のまわりには野次馬たちが群がり、開いているドアの奥を覗きこもうとしていて、それを警官たちが制していた。タクシーが道端に停車するのを待たずに、ネイランド・スミスが無謀にも車内から飛び出したので、わたしも彼のあとにつづいた。

「なにが起きたんだ？」彼は勢いこんで警官にたずねた。

警官はいぶかしげに彼を見たが、彼の声と態度は威厳に満ちていた。

「クライトン・デイヴィ卿が殺害されたんです」

スミスはまるで打ちのめされたようにあとずさり、わたしの肩をつかんだ。日焼けしていても、彼の顔は蒼白で、目には恐怖の色が浮かんでいた。

「なんということだ！」彼はうめいた。「遅過ぎたか！」

拳を握りしめたまま、彼はふりかえり、野次馬たちを押しのけてステップを上がった。玄関ホールでは、一目でスコットランド・ヤードの刑事とわかる人物が、使用人の男と立ち話をしていた。ほかの使用人たちは、ただ右往左往していて、だれもが恐怖におののいている様子で、物陰や物音に怯えるかのように、歩きながら肩越しにふりかえっていた。

スミスはその刑事に近づき、名刺をさしだした。それを見たスコットランド・ヤードの刑事は、低い声でなにごとか言い、うなずくと、帽子に触れてスミスに一礼した。

二、三の短い質問と返答のあとで、沈鬱な面持ちで、われわれは刑事とともに厚いカーペットが敷かれた階段を上がり、絵画や胸像がならぶ廊下を進み、広い図書室に入った。部屋には数人の人物がいて、そのうちの一人は、ハーレー街の医師であるチャーマーズ・クリーヴで、彼はカウチに横たわっている動かぬ人体の上にかがみこんでいた。開いているべつのドアは、せまい書斎につづいていて、そこで腹這いになってカーペットを調べている男が見えた。息詰まるような沈黙のなかで、医師、奥の部屋で床に腹這いになっている人物、そしてこうした不気味な行動の中心となっている遺体が、異様な情景をつくりだしていて、わたしの目に鮮烈な印象をあたえた。

われわれが入っていくと、ドクター・クリーヴは身体を起こし、沈鬱そうに顔をしかめた。

「正直なところ、今はまだ直接の死因は断言できない」と、彼は言った。「クライトン卿はコカインを常用していたが、コカイン中毒とは一致しない徴候がある。死因を特定するには、検死解剖をしてみなければ――ただし」さらに、彼は言った。「解剖をしても、特定できるかどうかはわからんが。じつに不可解な症例だ！」

スミスは前に進み出て、この著名な病理学者と会話をかわした。そのあいだに、わたしはクライトン卿の遺体を調べた。

遺体は夜会服姿だったが、着ていたのは古いスモーキング・ジャケットだった。彼は痩せてはいるが、逞しい体格で、頬のこけたワシのような顔だちは、握りしめた両手とともに、今は奇妙にふくらんでいる。袖をまくってみると、左腕に皮下注射の跡があった。右腕には傷はなかったが、手の甲に口紅をつけたようなかすかな赤い斑点があった。目を凝らし、こすってみたが、どうやらこれは、生まれつきの痣でなければ、局部的な炎症によるもののようだった。

クライトン卿の個人秘書らしい、青ざめた青年をふりかえり、この斑点は生まれつきあったものかとたずねた。

「いいや、違います」わたしの質問を耳にしたドクター・クリーヴが、かわりにこたえた。「わたしもさっき同じ質問をしたんですよ。その斑点はなんでしょうね？　残念ながら、わたしにはまったくわかりません」

「さあ、わたしにもさっぱり」と、わたしはこたえた。

「とても気になりますね」

「失礼、ミスター・バーボイン」スミスが秘書に話しかけた。「あとでウェイマス警部補から説明があるでしょうが、わたしは当局の協力者です。見たところ、クライトン卿は書斎で――発作を起こしたんですか？」

「ええ――十時半に。いつものように、わたしはこの図書室に、そして卿は書斎にいらっしゃいました」

「書斎のドアは閉まっていたんですか？」

「ええ、ずっと閉まっていました。開いたのは、十時二十五分ごろ、クライトン卿宛てにメッセージが届いたときだけです。わたしがそれを手渡したときは、卿はふだんと変わらない様子でした」

「そのメッセージの内容は？」

「さあ、そこまでは。地区の配達人が持ってきたもので、卿はそれを机のわきに置きました。きっとまだそこにあるはずです」

「それで、十時半になって？」

「クライトン卿がいきなりドアを開け、悲鳴をあげながら図書室に飛びこんできたんです。わたしが驚いて駆け寄ろうとすると、卿は手を振って押しとどめました。卿の目は恐怖に引きつっていました。そばに寄ると、卿はもだえ苦しみながら床に倒れました。卿はとても口がきける状態ではありませんでしたが、わたしが助け起こしてカウチに寝かせると、あえぎながら言ったのです——〝赤い手！〟と。そしてわたしが急いで助けを呼ぶまえに、卿は息を引き取ってしまわれました！」

ミスター・バーボインの話す声は震えていたが、スミスは彼の話を聞いて、当惑した様子だった。

「彼は自分の手にできた斑点のことを言ったんではないんですか？」

「違うと思います。卿が最後に向けた視線から判断すると、書斎にあったなにかを指していたにちがいありません」

「で、それからあなたはどうしたんです？」

「使用人たちを呼び、書斎に駆けこみました。ですが、室内はふだんとまったく変わりありませんでした。どの窓も閉まっていて、鍵がかかっていました。この暑さのなか、卿は窓を閉めきった部屋におられたんです。書斎は細長い翼の突き当たりにあるので、ほかにドアはありません。ですから図書室にいたわたしに見られることなく、書斎に近づくことはだれにもできなかったでしょう。もしも何者かが夕方のうちに書斎に隠れていたとしても——といっても、あそこには隠れる場所などありませんが——ここを通らずに出ていくことはできなかったはずです」

ネイランド・スミスは左の耳たぶを引っ張った。これは瞑想しているときの彼の癖だった。

「あなたがたはここでずっとそんなふうに仕事をしていたんですか？」

「ええ。クライトン卿は重要な本を出す準備をしていたんです」

「今晩以前に、なにか変わったことはありませんでしたか？」

「ありました」ミスター・バーボインは困惑した表情で言った。「もっともそのときは、さほど深刻には考えませんでした。三日前の夜、クライトン卿はわたしのところにいらしたんですが、ひどく神経質になっていらっしゃるようでした。ですが、ときおり卿の神経は——おわかりでしょう？　それで、このときは、卿はわたしに書斎を調べてほしいとおっしゃったんです。あそこになにかが隠れている気がするからと」

「なにか、それともだれかですか？」

「卿は〝なにか〟という言葉を使われました。わたしが調べて、なにもないとわかると、卿は満足した様子でまた仕事に戻られました」

「ありがとう、ミスター・バーボイン。ではこれから、わたしと友人とで書斎をすこし調べさせてもらいましょう」

2　香りのついた封筒

クライトン・デイヴィ卿の書斎はせまく、秘書が言っていたように、どこにも隠れる場所がないことは一目であきらかだった。床には分厚いカーペットが敷かれ、ビルマや中国の置き物がそこらじゅうに置いてあり、マントルピースの上には額入りの写真がいくつか飾ってあって、いかにも女嫌いの裕福な独身男性の私室という感じだった。壁一面に、インド帝国の地図が掛かっている。暖かい陽気のため、暖炉の火床は空で、部屋の明かりは、散らかった書き物机の上の、グリーンのシェードのランプだけだった。どちらの窓も閉めきっていたので、室内は息苦しかった。

スミスは、吸い取り紙つづりのわきに置いてある、大きな角封筒をわしづかみにした。クライトン卿は封筒を開けていなかったが、我が友人は開封した。なかに入っていたのは、一枚の白紙だった！

「嗅いでみたまえ！」と言って、彼はその紙をわたしに手渡した。

わたしはそれを鼻先に持っていった。紙片は強い芳香を放っていた。

「なんの香りかな？」

「かなり珍しい精油だ」と、彼はこたえた。「以前に嗅いだことがあるが、ヨーロッパでは一度もない。だんだんわかってきたよ、ピートリー」

彼はランプ・シェードを傾け、炉床に残っている紙の断片、マッチ、その他の燃えかすをじっくり調べた。マントルピースに置いてある銅の花瓶を、わたしが手にとって眺めていると、彼が奇妙な表情を浮かべてふりかえった。

「それを元の場所に戻すんだ」彼は静かに言った。

驚いたわたしは、彼の指示にしたがった。

「部屋の物に触ってはいけない。危険かもしれないから」

彼の口調の真剣さに恐れをなし、わたしはあわてて花瓶を元の場所に置き、書斎の戸口に立って、彼が室内を入念に調査するさまを見守った——本の後ろ、置き物のなか、机の引き出し、クロゼット、棚の上。

「これくらいかな」ついに彼が言った。「ここにはなにもないし、もっと調べる時間がない」

われわれは図書室にひきかえした。

「ウェイマス警部補」と、我が友人は言った。「クライトン卿のご遺体をただちにこの部屋から運び出し、この図書室に鍵をかけてもらいたい。そしていかなる理由があろうとも、わたしから連絡があるまでは、だれもこの部屋に入れないように」

我が友人の有無を言わせぬ威厳に気圧されてか、スコットランド・ヤードの刑事は素直に彼の命令を受け入れた。ミスター・バーボインと短い会話をかわしてから、スミスは足早に階下に降りた。ホールでは、平服の使用人らしき男がひかえていた。

「きみがウィルズか？」スミスがたずねた。

「はい、そうです」

「クライトン卿が亡くなった時刻に、邸の裏手で叫び声を聞いたというのはきみか？」

「はい。ガレージの扉に鍵をかけているとき、ふとクライトン卿の書斎の窓を見上げると、卿が椅子から飛び上がるのが見えたんです。卿はいつも書き物机にすわってらしたんで、ブラインド越しに影が見えるんですよ。つぎに、路地のほうから叫び声がしたんです」

「それはどんな叫び声だった？」

男は、その気味の悪いできごとを思い出したものの、どう表現したらいいかわからない様子だった。

「泣き叫んでいるようでした！」ようやく男は言った。

「あんなのは今まで聞いたことがないし、これからも聞きたくはありません」

「こんな感じかな？」と言って、スミスはなんとも形容しがたい、低いうめき声をあげた。

「ええ、そっくりです」と、彼は言った。「ただし、もっと大きい声でした」

「それだけ聞けば充分だ」そう言うスミスの声には、かすかに勝ち誇った響きがこもっていた。「だが、もうひとつ頼む！　その邸の裏手に案内してくれないか」

男は会釈して歩きだし、われわれを舗装されたせまい中庭に案内した。この夜は完璧な夏の宵で、頭上の深い青色の丸天井には、無数の星々がまたたいていた。この広々とした夜空の静けさと、一人の人間の命を奪うという残忍な行為とが、まったく結びつかなかった。

「あそこが書斎の窓です。左手の壁のむこうに、例の叫び声が聞こえた裏道があって、さらにそのむこうがリージェント・パークです」

「そこから、あの書斎の窓は見えるのかな？」

「ええ、見えますとも」

「となりの家には、だれが住んでいるんだね？」

「プラット‐ヒューストン少将ですが、今、ご家族はこの街にはいらっしゃいません」

「あの鉄の階段は、家事室と召使い部屋のあいだにあるんじゃないか？」

「そうです」

「では、だれか使いをやって、少将の家の家政婦にわたしの用件をつたえてくれないか。あの階段を調べてみたい」

我が友人のふるまいがいかに奇異であっても、もはやわたしはまったく驚かなくなっていた。ネイランド・スミスがいきなりわたしの許にやって来たときから、まるで状況がめまぐるしく変化する悪夢のなかにいるような気がしていた。スミスが腕にひどい傷を負ったときのいきさつ。クライトン・デイヴィ卿の邸宅に着いたときの騒ぎ。卿が死に際に〝赤い手!〟と叫んだという秘書の話。書斎にひそんでいる危険。路地から聞こえた叫び声――これらはみなおぞましい現実ではなく、妄想や幻覚としか思えなかった。そのせいか、蒼白な執事が、隣家の家政婦である神経質な老婦人に、われわれの訪問を告げたあと、スミスが言った言葉にも、わたしはたいして驚かなかった。

「外をぶらついてくれないか、ピートリー。もう野次馬は引き上げただろう。夜ももう遅いから、くれぐれも気をつけてくれ。さっきはわたしが先手を打ったと思ったが、やつに先回りされてしまった。しかも、わたしもここにいることを、やつはたぶん今ごろは知っているだろう」

そう言い残すと、彼は家のなかに入ってしまったので、わたしはただ一人で通りに取り残された。

ふだんなら犯行現場にいつまでもたむろしている野次馬たちは、すでにいなくなっていて、クライトン卿は病死したという噂が広まっていた。あまりの暑さに耐えかねて、住人たちのほとんどが街から逃げ出したため、このブロックにいるのは実質わたしだけだったので、突然自分が巻きこまれたこの謎に満ちた状況について、しばし感慨にふけった。

いったいどんな方法で、クライトン卿は殺されたのだろう? ネイランド・スミスは知っているのだろうか? おそらく知っているにちがいない。香りのついた封筒に込められた真意とは? スミスがあれほど恐れている謎の人物――彼の命を狙い、そしておそらく、クライトン卿を殺害した人物とは何者なのか? クライトン・デイヴィ卿は、インドでの在職中、そして本国で公職についていたあいだ、イギリス人からも現地の住民たちからも同様に信頼を得ていた。そんな卿の秘密の敵とはだれなのか?

なにかが軽く肩に触れた。

不意をつかれ、はっとしてふりかえった。今夜のめまぐるしい展開に、わたしの太い神経も、さすがに過敏になっていた。

背丈がわたしのひじぐらいで、フードのついた長いケープをはおった少女が立っていた。こちらを見上げた彼女の顔は、今まで見たことがないほど魅惑的で、かつきわめて独特の雰囲気を漂わせていた。見事なブロンドの髪に、色白の肌でありながら、瞳とまつげはスペイン人のように黒く、唇は赤く肉感的だった。その風貌から判断すると、この美しい少女は北部の出ではなさそうだった。

「ごめんなさい」聞き慣れない、だが耳に心地よいアクセントでそう言うと、彼女は指輪をした細い手を、なれなれしくわたしの腕においた。「あなたを驚かせてしまって。でも、本当なのかしら――クライトン・デイヴィ卿が殺されたというのは？」

疑惑に駆られ、彼女の大きな目を覗きこんだが、その吸いこまれそうなほど深い淵からは、なにも読み取ることができず、ただあらためて彼女の美しさに見惚れただけだった。ふと、ばかげた考えが頭をよぎった――彼女のこの赤い唇が、自然のものではなく、紅で塗られたものだとしたら、キスをした場合――故意にではないとしても――あの遺体の手に残っていたような跡が残るのではないだろうか？　だが、あわててこの妄想を打ち消した。今夜はいろいろなことがありすぎて、頭が混乱しているのだ。中世の伝説かなにかじゃあるまいし、たんなる想像だとしても飛躍しすぎている。きっと彼女はこのあたりに住んでいて、クライトン卿の友人か知り合いにちがいない。

「殺されたのではありませんが」そう答え、さらにできるだけあたりさわりのない表現を探した。「ですが卿は――」

「亡くなった？」

わたしはうなずいた。

彼女は目を閉じ、低いうめき声をあげ、めまいを起こしたかのようにふらついた。彼女が気絶するのではないかと、わたしは腕をさしだして身体を支えた。だが彼女は弱々しく微笑むと、そっとわたしの腕を押し返した。

「ありがとう、でもだいじょうぶですわ」

「本当に？　気分が落ち着くまで、付き添っていましょう」

彼女は首を振り、美しい目でわたしをちらりと見てから、物思わしげに顔をそむけたので、わたしは言葉を失った。するとと急に、彼女は落ち着いた声で言った。「こんなことで名乗るのははばかられますけど、じつは警察に届けたいものがあるんです。お願いです、これをあなたから適任の方に渡していただけませんか？」

封をした封筒をさしだした彼女は、魅惑的な眼差しをまたわたしに投げかけ、急ぎ足で立ち去った。彼女が十ヤード以上離れても、わたしが呆然と立ちすくんだまま、彼女の優美な後姿を見つめていると、急に彼女がふりかえって戻ってきた。だが、わたしではなく、このブロックのむこうのかど、ちょうどプラット＝ヒューストン少将の邸宅のほうに目をやりながら、じつに意外なことを口走った——「わたしの頼みをきいてくださったら、心から感謝します」——彼女はわたしをじっと見つめて言った——「わたしからのことづてをその適任の方に渡したら、あとはその方にまかせて、今夜はもう彼のそばに行かないように！」

わたしが返答に困っていると、彼女はケープをひるがえして走りだした。彼女を追いかけようかどうしようかと迷っているうちに（というのも、彼女の謎めいた言葉のせいで、わたしのなかでまた新たな疑念が生じていた）、彼女は消えてしまった！　さほど遠くないところで、車のエンジンが再スタートする音がした。やがて、階段を駆け降りてきたネイランド・スミスに、わたしは立ちつくしたままうなずいた。

「スミス！」やって来た彼に、わたしは叫んだ。「どうしたらいいか教えてくれ！」

それから手短に、ここでのできごとを彼に話した。

我が友人は険しい表情をしていたが、しだいに口元に不敵な笑みを浮かべた。

「彼女はエースのカードだったんだ」と、彼は言った。

「だが彼はこっちに奥の手があるのを知らなかった」

「なに！　きみはあの娘を知っているのか！　だれなんだ、彼女は？」

「彼女は敵が持っている最強の武器なんだ、ピートリー。だが女は諸刃の剣で、あてにならない。幸運なことに、彼女はきみを気に入ってしまった。いかにも東洋人らしい。いや、冗談なんかではない。彼女はこの手紙をわたしに届けるために雇われたのだ。さあ、それをこっちに渡してくれ」

　わたしは封筒を彼に手渡した。

「これで彼女は任務を終えた。嗅いでみたまえ」

　彼がわたしの鼻先に封筒を掲げると、例の奇妙な香りがわたしの鼻腔を突いた。

「クライトン卿の事件で、これがなんの前触れだったかわかるかい？　まだ疑っているのか？　彼女はきみを、わたしといっしょに死なせたくなかったんだ、ピートリー」

「スミス」わたしは思いきって言った。「わたしは今夜、きみの言うままに従ってきて、なにひとつ説明を求めなかった。だが、いったいどういうことなのか事情を聞くまでは、もう一歩も先に進むつもりはない」

「そう言わず、あと数歩だけ歩いてくれないか」と、彼が言った。「タクシーのところまで。とにかくここは危険だ。いやいや、だからといって銃やナイフで襲われることはないだろう。われわれを見張っている連中の親玉は、そんな無粋で単純な武器を使ったりはしないさ」

　ならんでいたタクシーは三台だけで、われわれが一台目に乗りこもうとすると、なにかが耳元をかすめ、タクシーの屋根越しにスミスとわたしの頭の上を飛び、このブロックの中心にある、柵で囲われた庭に落ちた！

「なんだ、今のは？」

「乗るんだ——さあ、早く！」スミスが言った。「最初の襲撃だ！　今はそれしか言えない。ドライヴァーに聞かれちゃまずい。彼はなにも気づかなかったようだ。そっちの窓を閉めて、後ろを見ていてくれ、ピートリー。よし！　車が出た」

　タクシーが走りだすと、わたしはふりかえり、後部の小さな窓から外をのぞいた。

「だれかがべつのタクシーに乗りこんだ。われわれのあとを尾《つ》けてくるようだ」

ネイランド・スミスはシートの背に寄りかかり、乾いた笑い声をあげた。

「ピートリー、この一件でわたしが生き延びたら、きっと不死身の男と言われるかもしれないな」

わたしが黙っていると、彼はぼろぼろになったタバコ入れをとりだし、パイプに葉を詰めた。

「きみは事情を説明してほしいと言っていたが」彼はつづけた。「できるかぎりの説明をしよう。ビルマに赴任したはずのイギリス政府の役人が、なぜ急にロンドンに現われ、探偵のような真似をしているのかと、きみはさぞ面食らったことだろうね。わたしはこの国の最高機関からの信任状を得ている——というのは、偶然、ある情報をつかんだんだ。そこで、当然のことながら、調査をすすめると、ある男の存在とその悪行の証拠をにぎった。現段階では、彼をさる東洋の大国のスパイだと断定するまでには至っていないが、いずれその大国のロンドン大使に抗議することになるだろう」

彼はしばし口をつぐみ、追ってくるタクシーをふりかえった。

「家に着くまでは、それほど恐れることはない」彼は静かに言った。「問題は、家に着いてからだ。話をつづけよう。この男は、狂信者であれ、あるいは任務に忠実なスパイであれ、今日《こんにち》のこの世界にとって恐るべき脅威であることは、疑う余地がない。彼はあらゆる国の言葉を自在にあやつり、大学レベルのあらゆる人文科学に精通し、それどころか今日の大学ではあつかわない、怪しげな分野にまで精通している。彼は天才を三人合わせたくらいの頭脳の持ち主だ。要するに、ピートリー、われわれの敵は知の巨人なのだ」

「信じがたい話だ!」

「その仕事ぶりは、さらに驚異的だ。なぜムッシュー・ジュール・ファーノーはパリの劇場で死んだのか? 心臓発作でか? 違う! なぜならば、彼は最後のスピーチで、トンキンの秘密の鍵を握っていることを匂わせていた。スタニスラウス大公はどうなったのか? 失踪か? 自殺か？　どちらでもない。彼だけはロシアに危険が迫りつつあることに気づいていた。彼だけはモンゴルについて真実を知っていた。なぜクライトン・デイヴィ卿は殺されたのか？　それは、彼がたずさわっていた仕事が日の目を見れば、彼がチベット国境地帯の重要性を理解していた、ただ一人のイギリス人であることがあきらかになっただろう。はっきり言って、ピートリー、彼らは少数派だ。台頭しつつある東洋を待ちわびていることを、耳を貸さない者に、目を向けない者に、知らしめる者はいるか？　その者は死ぬことになる。しかもこれは恐るべき活動のほんの一面にすぎない。ほかの活動については、ただ推測するしかない」

「しかし、スミス、そんな話はとても信じられない！　いったいどんなゆがんだ天才が、こんな卑劣な秘密活動を指揮しているんだ？」

「ある人物を想像してみてくれ——長身で、痩せていて、いかり肩で、シェイクスピアのような額で、悪魔のような顔をしている。きれいに剃りあげた頭、猫を思わせる緑色の瞳、磁力のように視線を引きつける切れ長の目。東洋人の狡猾さと英知を一身に集めた、偉大なる頭脳。天才なみの知性、過去および現在の科学知識、豊かな政府の資力を備えている——もっともかの政府は彼の存在そのものをいっさい否定しているが。ともかく、これが黄色い悪魔の化身ともいうべき、フー・マンチュー博士の実像なのだ」

3　ザイヤット・キス

わたしは自宅のアームチェアに身体を沈め、ブランディーを一気にあおった。

「ここまで尾けられてしまった。なぜきみは尾行をまこうとしなかったんだい？」

スミスが笑い声をあげた。

「そんなことをしても無駄だ。われわれがどこに行こうとも、彼はかならず見つけ出すだろう。彼の手下どもを逮捕してなんになる？　彼らの犯行を証明できるものはなにもない。それに、今夜わたしの命が狙われることは明白だ——それもクライトン卿を殺害したのと同じ手をつかって」

彼はいかつい顎をぐいと突き出し、勢いよく立ち上がると、握りこぶしを窓のほうに振りかざした。

「悪党め！」と、彼は叫んだ。「なんて悪知恵のはたらく悪党なんだ！　クライトン卿がつぎに狙われるというわたしの読みは合っていたが、行くのが遅過ぎた、ピートリー！　それが悔やまれてならない。襲撃されることがわかっていながら、彼を救うことができなかった！」

彼は椅子に戻り、パイプを深く吸いこんだ。

「フー・マンチューはいかなる非凡な天才も、あのへまをすると考えた」と、彼は言った。「彼は自分の敵をみくびったのだ。わたしがあの香り付きのメッセージの意味を理解できないとみていた。彼はひとつの強力な武器を失った——あんなメッセージをわたしの手に届けるために。そして彼は、わたしがここに着いて安堵し、なんの疑いも抱かずに眠りにつき、そしてクライトン卿のように死ぬと考えている。だが、きみの美しい友人の軽率な過ちがなくとも、彼女の〝情報〟を受け取った時点で、つぎの事態を予期すべきだった——ちなみに、あの封筒の中身は一枚の白紙だったよ」

「スミス」わたしは割って入った。「彼女はだれなんだ？」

「彼女はフー・マンチューの娘か、妻か、あるいは奴隷だ。このなかでは、最後の表現が正しいかもしれない。というのも彼女に自分の意思というものはない。あるのは彼の意思だけだ。ただし」――ひやかすような目で、ちらりとわたしを見て――「ごくまれに例外はあるがね」

「よくもこんなときに人をからかえるな。いったいあの香りがする封筒の意味はなんなんだ？　クライトン卿はどうして死んだんだ？」

「彼はザイヤット・キスで死んだ。それがなにかと聞かれても、じつのところは〝わからない〟。ザイヤットというのは、ビルマの宿場のことだ。あるルートを旅する途中――そこでただ一度だけ、わたしはフー・マンチュー博士を偶然見かけたのだ――宿に泊まった旅人が、ときおり、クライトン卿と同じように死んでしまうことがある。死因はわからず、ただ首筋や顔、あるいは手足に、小さな斑点だけが残っている。そのため、これが〝ザイヤット・キス〟と呼ばれるようになった。そのルート上の宿場は、今では利用されていない。わたしは自分なりに仮説を立てたので、今夜それを証明してみたい――もしも生きていられればだが。彼が駆使する恐ろしい武器をまた一つ破壊することができれば、そうなれば、彼を屈服させられるかもしれない。そんなわけで、さっきドクター・クリーヴになにも言わなかったんだ。フー・マンチューのことだから、どこで手下が聞き耳を立てているかわからない。だからあの斑点の意味がわからないふりをしたんだよ。彼が同じ手でまたべつの人物を狙うにちがいないと、わかっていたのでね。ザイヤット・キスを実際に自分で研究したいと思っていたが、ようやくその機会がきた」

「だがあの香りのついた封筒は？」

「わたしが今話した、あの地域の湿地の多い森では、ほとんどグリーン一色で、独特な匂いがある、ごく希少な品種の蘭を、ときおり見かける。あの濃厚な香りを嗅いだとたん、わたしにはすぐにあれだとわかった。旅人たちを殺す例のものは、この蘭に引き寄せられるにちがいない。あの匂いは、一度ついてしまったらなかなか取れない。おそらく普通に洗い流すだけでは落ちないだろう。クライトン卿を殺害する試みに、少なくとも一度は失敗したあとで――三日前に、卿が書斎になにか隠れていると考えたことがあったのを覚えているだろう？――フー・マンチューは例の香りのする封筒を送りつけた。彼はあのグリーンの蘭を手元で育てているのかもしれない――あの生き物を飼うために」

「あの生き物とは？　どうやって今夜、生き物がクライトン卿の部屋に入りこむことができたんだ？」

「わたしがあの書斎の暖炉を調べるのを、きみは見ていただろう。暖炉には大量のすすが落ちていた。それを見たとたん、そこが唯一の侵入場所のようだったので、なにかが落とされたと考えた。そしてそのものは、それがなんであれ、まだ書斎か図書室に隠れているにちがいないと。だが使用人のウィルズの証言を聞いて、路地か公園から聞こえた叫び声が合図だったと気づいた。書斎の机にすわっている人の動きは、ブラインド越しに影となって見えるし、書斎は二階建ての翼端に位置しているので、煙突が短い。あの合図はどういう意味だったのか？　クライトン卿が椅子から飛び上がり、ザイヤット・キスを受けたか、何者かが屋根から煙突を通して書斎に降ろしたものを見た。あれはその恐ろしいものを引き上げるための合図だったのだ。プラット－ヒュースト ン少将邸の裏手の鉄製階段を利用すると、クライトン卿の書斎の上の屋根に、容易にたどりつくことができた――そこで、これを見つけた」

そう言って、ネイランド・スミスはポケットからもつれた絹糸をとりだした。それには真鍮の輪が一つと、やけに大きな鉛玉が、釣り糸にくくりつけるようにいくつも結び付けられていた。

「やはりわたしの考えは間違っていなかった」と、彼はつづけた。「まさか屋根を調べられるとは思っていなかったので、彼らは注意を怠ったようだ。これは糸の重りで、その生き物を煙突の壁にしがみつかせないためのものだ。まずこれを暖炉の火床にまっすぐに落としてから、この輪によって、重りのついた糸が引っぱられ、その生き物は一本の細い糸だけでつながれる。まあ、それで充分なんだが、仕事を終えると、その生き物はまた引き上げられた。むろん、その生き物は右往左往しただろうが、それでも彼らはそれが例の封筒を目ざして、書き物机の脚を登っていくと考えた。そしてそこからクライトン卿の手へと——なにしろその封筒に触れた彼の手には、例の香りがしみついていただろうから、それはごく自然の成り行きだった」

「なんということだ！　身の毛のよだつ話だ！」わたしは声をあげ、部屋の物陰に不安の目を向けた。「きみの言うその生き物とはいったい——どんな色や姿をしているんだ？」

「それは素早く、音をたてずに動きまわる。今はそれぐらいしかわからないが、おそらく夜行性だろう。あの書斎は、机のランプの明かりしかなくて、室内が暗かった。この家の裏手は、壁一面が蔦で覆われていて、その上にきみの寝室がある。さあ、そろそろ寝室に引きあげて、フー・マンチューの手下たちの襲撃を待とうじゃないか。きみまで襲われることはまずないと思うが」

「しかし、あの壁をよじ登るとなると、三十五フィート以上はあるぞ」

「あの裏の路地の叫び声の件を覚えているかね？　あの話を聞いて、自説を試してみたが、思ったとおりだったよ。あれはインド強盗団の合図の叫び声だ。インド強盗団は鳴りをひそめてはいるが、けっして消滅してはいない。フー・マンチューは彼らをしたがえているので、このザイヤット・キスもその仲間のしわざだろう。今晩、あの書斎の窓を見張っていたのは一味の男だったから。そんな連中にとっては、蔦で覆われた壁は大きな階段と変わらないさ」

そのあとに起きた恐るべきできごとは、わたしの頭のなかでは、遠くの時計の時報を合図にして始まっている。緊張状態にあるときには、奇妙なことに、こうしたささいなことが記憶に残る。ともかく、いよいよわれわれは逃れられない恐怖の一夜を迎えることになった。

広場のむこうの時計が、二時のチャイムを鳴らした。

アンモニア水で手を洗い、例の蘭の香りをすっかり落としてから、スミスとわたしは計画を行動に移した。柵を乗り越えるだけで、簡単に家の裏手にまわることができたので、家の正面に明かりがともっているのを確認したわれわれは、見えない敵は裏手にまわるにちがいないと考えた。

その部屋は広かったので、われわれは部屋のすみにわたしの折りたたみ式ベッドを置き、衣服に物を詰めて人が寝ているように見せかけ、同じ細工をもう一つのベッドにも施した。例の香りがする封筒を、床の真ん中にある小さなコーヒー・テーブルに置いたスミスは、懐中電灯、リヴォルヴァー、ゴルフクラブの二番ウッドを手元に置き、衣装だんすの陰にクッションを敷いてすわった。わたしは窓と窓のあいだに陣取った。

あたりはしんと静まりかえっていた。ときおり、家の前を通り過ぎる車の、くぐもったエンジンの振動音が聞こえるだけで、あとはなんの物音もしない。満月の明かりが、生い茂る蔦の影を床に落としていて、その不気味な形をした影が、ドアからしだいに伸びていき、例の封筒がある小さなテーブルを通り過ぎ、やがてベッドの脚まで届いた。

例の遠くの時計が、二時十五分のチャイムを鳴らした。

かすかな風が蔦の葉をそよがし、新しい影が現われ、それが長く伸びた蔦の影の先端に重なった。

西側の窓の下枠から、なにかが少しずつ姿を現わした。わたしにはその影しか見えなかったが、スミスの激しい息遣いから、彼がいる場所からはその影の真の姿が見えているのがわかった。

全身の神経がぴんと張り詰めた。頭は冷静そのもので、どんな恐ろしいものとも対決する心構えができていた。

その影が静止した。侵入者は室内の様子をうかがっていた。

やがて、影がいきなり長くなったので、左に首を伸ばすと、黒ずくめのしなやかな身体と、月光にぼんやりと照らされた黄色い顔が、窓ガラスに張りついているのが見えた！

細く、茶色い手が、下げられた窓枠のふちをつかんだ――さらにもう一方も。その男はまったく物音をたてない。片手が消え――また現われた。その手には、小さな四角い箱が握られていた。

カチッという小さな音がした。

侵入者は猿のようなすばしこい身のこなしで、窓の下に身をかがめ、ドサッという鈍い音をたてて、なにかをカーペットの床に落とした！

「動くな。そこにじっとしていろ！」スミスの鋭い声がした。白い光線がさっと部屋を横切り、中央のコーヒー・テーブルを照らした。

なにか恐ろしい事態が起こると覚悟はしていたものの、例の封筒のまわりでうごめいているものを見たとたん、顔が青ざめるのが自分でもわかった。

それは長さ六インチはある虫で、毒々しいほど赤い色をしていた！　姿はまるで巨大な蟻のようで、長く伸びた触角を持ち、異様なほどの生命力を感じさせたが、長い身体のわりには頭が小さく、すばやく動く脚が無数についていた。要するに、それは巨大なムカデの一種だったが、わたしには見慣れないものだった。

これらは、ほんの一瞬で気づいたことだった。つぎの瞬間、スミスはゴルフクラブを振り上げ、一撃でこの毒虫をたたき潰した！

わたしは窓際に駆け寄り、窓を大きく開け放った。すると、絹の糸が手に触れた。黒い人影が、蔦の枝をつたってするすると壁を這い降りていき、銃で狙う間もなく、あっという間に庭の木々の下の暗がりに逃げこんでしまった。

室内にひきかえし、部屋の明かりをつけると、ネイランド・スミスが椅子にぐったりとすわりこみ、うなだれるように頭を両手にあずけた。さすがの彼も疲れはてたようだった。

「逃げたやつのことは放っておけ、ピートリー」と、彼は言った。「いずれ天罰が下るだろう。とにかく、これでザイヤット・キスの斑点ができるわけがわかったな。今回は敵よりもわれわれの科学知識のほうが勝ったようだ――彼がべつの得体の知れないムカデを持っていないかぎりはね。ずっと気になっていたクライトン卿の最期の言葉の謎も、ようやく解けたよ。苦しい息の下で、卿が発した言葉は〝赤い手《ハンド》！〟ではなく、〝赤い蟻《アント》！〟だったんだ。それにしてもピートリー、ひと足違いで卿の命を救えなかったことが、なによりも悔やまれてならないよ！」

4　弁髪の手がかり

「P&O汽船の制服を着たインド人水夫の遺体が、今日、午前六時に、ティルベリ近くのテムズ川から河川警察によって引き上げられた。この男は船を離れる際に、事故に遭ったものとみられる」

ネイランド・スミスはその夕刊をわたしに手渡し、今読み上げた文章を指差した。

「この〝水夫〟は、例のインド強盗団の侵入者のことだ」と、彼は言った。「壁をよじ登ってきたやつは、われわれには幸いなことに、任務を成し遂げることができなかった。そのうえ、あのムカデを失い、手がかりを残してしまった。フー・マンチュー博士は、そんな失策をけっして許しはしない」

それは、われわれの対決相手の性格的な一面を示していた。もしも彼の手に落ちた場合の自分たちの運命を考えると、身震いせずにはいられなかった。

電話が鳴った。わたしが出ると、ニュー・スコットランド・ヤードのウェイマス警部補からだった。

「ミスター・ネイランド・スミスにただちにワッピング河川警察署まで来ていただけませんか？」ということづてだった。

激しい闘いの合間の平穏なひとときは、あまりにも短かった。

「よほど重要なことにちがいない」と、わたしの友人は言った。「それに、われわれの推測どおり、背後にフー・マンチューがいるとすれば、おそらく身の毛がよだつようなことだろう」

時刻表を調べると、すぐに出る列車がなかったので、われわれはタクシーを呼んで東にむかった。

車内で、スミスはビルマでの仕事について語った。意図的に、彼は黄色人種運動を扇動する悪しき天才と出会ったいきさつには触れようとせず、東洋の陰ではなく、陽の面について話した。

だがタクシーはすぐに目的地に着いた。重苦しい沈黙が流れるなかを、われわれは警察署に入っていき、警官に案内されて、ウェイマス警部補が待つ部屋に入った。

警部補は手短に挨拶し、机のほうに顎をしゃくった。

「気の毒なキャドビー、ヤードでいちばん将来有望な若者だったのに」ふだんはぶっきらぼうな彼が、しんみりした調子で言った。

スミスは右の拳で左の手のひらを強くたたき、低い声で毒づきながら、整頓された小部屋のなかを行ったり来たりした。しばらくだれもが黙っていると、静けさのなかで、外のテムズ川の水音が聞こえた――この川は数多くの奇妙な秘密を秘め、今また新たな秘密を飲みこんでいた。

彼は処置台の上に、うつ伏せに横たわっていた――それは川から引き上げられたばかりの遺体で、丈夫な水夫の身なりをしていて、一見したところ、国籍のわからない船員に見えたが、これはワッピングやシャドウェルでは珍しいことではない。黒いカーリー・ヘアが茶色い額に貼りついていたが、肌色は塗ったものだと、彼らは説明した。片方の耳に金の輪をつけ、左手の三本の指が欠けていた。

「メイソンのときも同じでした」河川警察の警部補が説明した。「一週間前の水曜日、彼は非番でいかがわしい遊びをしにセント・ジョージのほうに出かけていき、木曜日の夜十時に出航した船が、ハノーヴァー・ホール沖で彼の遺体を引き上げたんです。彼の右手の人差し指と中指はそっくり失くなっていて、左手は切断されていました」

彼は口をつぐみ、スミスに目を向けた。

「あの水夫も」彼はつづけた。「あなたが見にいらした水夫の両手を覚えていますか?」

スミスはうなずいた。

「あの男は水夫ではない」彼はそっけなく言った。「インド強盗団の一員だった」

またしても沈黙が流れた。

わたしは机の上にならべられた品々をふりかえった――これらはキャドビーの衣類から見つかったものだった。ありふれたものばかりのなかで、ただ一つだけ、彼のシャツのゆるめた襟元に押しこまれていたものだけが目を引いた。これがあったために、警察はネイランド・スミスを呼んだのであり、これこそが一連の謎に満ちた悲劇を引き起こした張本人につながる、最初の手がかりでもあった。

それは中国人の弁髪だった。それだけでも充分に注目に値することだったが、さらに驚いたことには、その三つ編みの束は作り物で、かなり精巧な全かつらに結びつけられていた。

「本当にこれは中国人の扮装の一部ではなかったんですか？」奇妙な遺品を眺めながら、ウェイマスがたずねた。「キャドビーは変装が得意だったんです」

スミスは苛立たしげにわたしの手からかつらをつかむと、それを刑事の遺体に合わせようとした。

「まるで小さすぎる！」彼は断言した。「それに見たまえ。頭頂部に詰め物がしてある。これはひどくいびつな頭の持ち主のためにつくられたものだ」

彼はかつらを下に置き、また室内を行ったり来たりしだした。

「彼をどこで発見したんだ――正確な場所は？」と、彼が質問した。

「ライムハウス・リーチです――商業波止場《コマーシャル・ドック》埠頭《ピア》下で――ちょうど一時間前に」

「それであなたが最後に彼を見たのは、昨夜の八時だったんだね？」と、ウェイマスに。

「八時から八時十五分過ぎのあいだです」

「死後、約二十四時間といったところかな、ピートリー？」

「うん、だいたい二十四時間ぐらいだな」わたしはくりかえした。

「すると、彼はフー・マンチュー一味の行方を追っていて、手がかりをつかんでラトクリフ・ハイウェイ近辺まで出かけていき、その夜に死んだ。彼がそこに出かけていったというのは確かなんだね？」

「ええ」と、ウェイマスは言った。「彼は手柄を独り占めにしようとしたんです。もしもこの事件を一人で解決すれば、昇進は間違いなかったでしょうから。それでも彼から、昨夜はあの地域に出かけるとは聞いていました。さっきも言ったように、彼は八時ごろヤードを出て、自分のアパートでこの変装をしたんです」

「捜査記録を残していたんですか？」

「もちろんです！　彼はとても几帳面でした。キャドビーは野心家だったんです。彼の捜査記録をご覧になりたいでしょう。今、彼の住所を調べてきます。たしかブリクストンのどこかだったはずです」

彼が電話をかけに行くと、ライマン警部補は遺体の顔に布をかけた。

ネイランド・スミスはあきらかに興奮していた。

「われわれにできなかったことを、彼はやり遂げようとしていたんだ」と、彼は言った。「彼がフー・マンチューの行方を追っていたのは、まず間違いない！　運悪く、メイソンもたまたま手がかりを見つけてしまい、同じ運命をたどったのだろう。ほかに証拠はないが、二人とも例の侵入者と同じように死んでいる点が決定的だ。なぜならフー・マンチューがあの侵入者を殺したのだから！」

「指を切り取ることに、どんな意味があるんだね、スミス？」

「わからんね。キャドビーの死因は溺死だったのだろう？」

「ほかに外傷が見当たらない」

「でも彼はとても泳ぎがうまかったんですよ、ドクター」と、ライマン警部補が口をはさんだ。「なにしろ、去年、クリスタル・パレスでの四分の一マイル競泳大会で、優勝したんですから！　キャドビーが簡単に溺れるはずがありません。メイソンにしても、英国海軍予備役で、泳ぎは得意でした！」

スミスは途方に暮れたように肩をすくめた。

「まあ、彼らが死んだ状況はいずれわかる日がくるだろう」彼はあっさりと言った。

ウェイマスが電話から戻ってきた。

「えーと、住所はコールドハーバー・レーンです」彼は報告した。「わたしはいっしょに行けませんが、すぐに見つかるでしょう。ブリクストン警察署のすぐ近くです。幸い、家族はいません。彼は天涯孤独の身でした。捜査記録は居間の机にはありません。すみの食器棚の、いちばん上の棚です。さあ、彼の鍵です、なにも手をつけていません。たぶんこれが食器棚の鍵でしょう」

スミスはうなずいた。

「行こう、ピートリー」彼は言った。「ぐずぐずしている暇はない」

タクシーを待たせておいたので、ほどなくわれわれはワッピング大通りを走っていた。数百ヤード進んだところで、突然、スミスが平手で膝をたたいた。

「しまった！　あの弁髪！」彼は叫んだ。「あれを持ってくるのを忘れてしまった！　取りに戻ろう、ピートリー！　止めてくれ。ひきかえすんだ！」

タクシーが止まると、スミスは降りた。

「先に行ってくれ」彼は早口で指示した。「さあ、これがウェイマスの名刺だ。捜査記録の保管場所は覚えているな？　必要なのはそれだけだ。すぐにスコットランド・ヤードに戻ってきてくれ。そこでまた落ち合おう」

「しかし、スミス」わたしは抗議した。「数分ぐらい行くのが遅れたって、どうということはないじゃないか！」

「そうかな？」彼はぴしゃりと言った。「フー・マンチューがあんな証拠を放っておくと思うのか？　まさか彼がもうあれを手に入れているとは思えないが、だが万が一ということがある」

それはこの状況の新局面であり、さすがにわたしも返す言葉がなかった。ずっと考えにふけっていたので、ワッピング近隣を離れたと気づくまえに、タクシーは目ざす家の前に着いてしまった。それでも、ネイランド・スミスがビルマから戻って以来、わたしの生活を一変させた、さまざまなできごとを思い返す時間はあった。亡くなったクライトン・デイヴィ卿の姿や、卿を殺した恐ろしいものをスミスとともに暗闇で待ち受けたことなどを思い出した。今、そうした過酷で壮絶な記憶をたどりながら、フー・マンチューのいちばん新しい犠牲者の住まいに入っていくと、あの巨大な悪の影が、暗雲のように頭上に垂れこめているように思われた。

キャドビーの下宿の女主人は、不安と困惑が奇妙に入り混じった表情で、わたしを出迎えた。

「ドクター・ピートリーと言います」と、わたしは名乗った。「じつは、ミスター・キャドビーについて、悪い知らせを持ってきたんです」

「まあ、そんな！」彼女は声をあげた。「まさか彼の身になにかあったのではないでしょうね！」悲しい報告をする義務が、えてして医者に課せられるせいか、彼女はわたしがやって来た理由を察知した。「ああ、気の毒に、あんな立派な青年が！」

死者の思い出を壊さぬよう、わたしはその最期の様子をつたえなかった。年老いた女主人は深い悲しみのあまり、興奮してしゃべりだした。

「昨夜、家の裏で泣き叫ぶ声がしたんですよ、ドクター、それに今夜もまた、あなたがドアをノックするまえに。なんて気の毒な青年なんでしょう！　彼の母親が亡くなったときとまったく同じだわ」

そういう思いこみは珍しくないので、そのときは、彼女の言葉にほとんど注意を払わなかった。だが、落ち着きを取り戻した彼女に、わたしが必要だと思うことを説明しようとすると、女主人は困惑しはじめ、とうとう真実があきらかになった。

「じつは――彼の部屋に――若い女性がいるんです」

わたしは驚いた。いったいそれはどういうことなのか。

「彼女は昨夜も来て、彼を待っていたんですよ、ドクター――十時から十時半まで――それから今朝もまた来たんです。それで、一時間前にまたまた訪ねてきて、今も上の部屋にいるんです」

「その女性を知ってるんですか、ミセス・ドーラン？」

ミセス・ドーランはふたたびとまどった表情を見せた。

「そのう、ドクター」彼女は目の涙をぬぐいながら言った。「たしかに知っています。彼は本当に好青年で、わたしは息子のように思っていました。ですが、はっきり言って、自分の息子には彼女みたいな娘とつき合ってほしくありませんね」

ほかのときなら、この話を面白がったかもしれないが、今は、笑っている場合ではない。となると、ミセス・ドーランが泣き叫ぶ声を聞いたという話が、俄然、深い意味を持ってきた。ひょっとしたらフー・マンチューの手下たちの一人が、この家を見張っていて、不審者が近づくたびに警告を発していたのかもしれない！　だが、いったいだれに？　わたしには、フー・マンチューのもう一人の手下の黒い瞳が、今でも忘れることができなかった。男を惑わすあの女が今もこの家にいて、悪事をはたらいているのか？

「彼の部屋に彼女を上げるんじゃなかったわ――」ミセス・ドーランがまた話しはじめた。そこに、邪魔が入った。柔らかい衣擦れの音がした――女性の気配を感じた。あの娘が忍び足で降りてきたにちがいない！

急いで玄関ホールに飛び出すと、彼女はあわててきびすを返し、わたしの前から逃げ出し――降りてきた階段を上がっていった！　わたしは三段ずつ階段を駆け上がって彼女を追いかけ、すぐあとから真上の部屋に飛びこみ、ドアを背にして立った。

窓際の机のそばですくんでいる彼女は、ほっそりした身体つきを強調するようなシルクのドレスを着ていて、それだけでミセス・ドーランが彼女を嫌ったわけがわかった。ガス灯の明かりが低く落とされ、帽子で顔がよく見えなくとも、そのまばゆいばかりの美しさは見間違えようがなく、その肌の輝きはすこしも変わらず、この現代の妖婦デリラの魅惑的な瞳が色褪せることはなかった。やはり彼女だったのか！

「どうやら間に合ったようだ」わたしは険しい顔で言い、ドアに鍵をかけた。

「やめて！」彼女はあえぐように言い、いくつも宝石をつけた手で机のはしをつかんで、わたしと向かい合った。

「ここで盗んだものをよこしなさい」わたしは厳しい口調で言った。「それと、これからわたしといっしょに来てもらおう」

彼女は前に一歩進み出たが、目は恐怖にひきつり、口を開けていた。

「なにも盗っていません」と、彼女は言った。彼女の胸は大きく上下していた。「お願い、見逃して！　どうかここから逃がしてください！」そう言うなり、彼女はさっと身を投げ出し、組み合わせた両手をわたしの肩に押しつけ、熱っぽく、哀願するような目でわたしの顔を見上げた。

こんなことを告白するのは恥ずかしいが、このとき、わたしは魔法にかけられたみたいに、彼女の魅力にうっとりとなってしまった。ネイランド・スミスが、この娘がわたしに夢中だと言ったとき、複雑な東洋人の気質にうといわたしは、彼の話を一笑に付した。「東洋における愛は」と、彼は言った。「魔術師のマンゴーの木のようなものだ――生まれ、育ち、手を触れると花開く」今こうして、彼女のすがるような目をのぞきこみながら、わたしは彼の言葉が正しいことを確信した。彼女の服か髪から、ほのかに芳香が漂ってくる。フー・マンチューの部下が全員そうであるように、彼女もまた個別の任務のために特別に選ばれていた。彼女の美しさは、見る者の身も心もとろかしそうだった。

だが、わたしは彼女を突き放した。

「あなたに許しを乞う資格はない」と、わたしは言った。

「そんなことをしても無駄だ。ここからなにを盗んだのだ？」

彼女はわたしのコートのラペルをつかんだ。

「すべてお話しします――なにもかも」彼女は怯えた目で、必死に訴えた。「あなたの友人の扱い方は心得ていても、あなたのことは突き放して考えられないんです！　この気持ちを理解してくだされば、わたしにそんなに冷たくはなさらないはずだわ」彼女のかすかな訛りが、その涼やかな声にさらに魅力を添えた。「ここイギリスの女性たちと違って、わたしに自由はありません。自分の主人の意思のままに、命じられることをしなくてはなりません。わたしは奴隷なのです。お願いです、わたしを警察に連れていかないでください。あなたの命を一度救おうとしたでしょう。そのことをどうか忘れないで」

その嘆願をわたしは恐れていた。というのも、彼女の東洋的な考え方からみれば、たしかに彼女は死にいたる危険からわたしを救おうとした――ただし、わたしの友人の命と引き換えに。それにどう対処すべきかが、わたしにはわからなかった。どうしたら彼女をあきらめられるのか？彼女を殺人罪で告発すべきなのだろうか？　わたしが黙りこむと、その理由を彼女は察した。

「わたしには許しを乞う資格がないかもしれません。あなたが考えているように、わたしは罪深い女かもしれません。でもあなたは警察とどんなかかわりがあるのです？　女を死に追いやるのは、あなたの仕事ではないでしょう。もしもそんなことをしたら、べつの女性の目をまともに見つめられますか——あなたが愛し、あなたを信頼している女性の目を？　わたしには友だちが一人もいません。いたならきっと、ここにはいないでしょう。わたしの敵、わたしの裁判官にならないで、そして今よりもっとわたしを不幸にしないで。わたしの友となって、わたしを救って——彼から」震える唇がすぐ目の前にあり、彼女の息がわたしの頬を撫でた。「どうかわたしを哀れだと思って」

このとき、わたしは自分が下さなくてはならない決定を避けるためなら、全財産の半分を投げ打ってもいいとさえ思った。考えてみれば、彼女がフー・マンチュー博士の共犯者だという証拠がどこにあるのか？　それに、東洋人である彼女の行動規範は、当然のことながらわたしのそれとは異なっているだろう。西洋的な考え方とは相容れないが、ネイランド・スミスはこの娘が奴隷だと言っていた。なによりも、彼女の逮捕者になりたくない理由は、それが裏切りにも等しい行為だからだ！　そんな汚い仕事をしなくてはならないのか？

こうして彼女と向かい合っていると、その引きこまれるような美しさに、わたしの正義感がぐらついた。宝石をつけた指がわたしの肩を神経質につかみ、ほっそりした身体を震わせながら、必死に追いすがるような目でわたしを見つめた。そのとき、わたしはこの部屋に住んでいた男の悲運を思い出した。

「きみがキャドビーを誘惑して、死にいたらしめたんだ」わたしは彼女を振り払った。

「いいえ、違うわ！」彼女は叫び、わたしにしがみついた。「神に誓って、そんなことはしていません！　本当です！たしかに、彼を見張り、彼の行動を探りました。でもそれは、彼が自分の命が狙われているとは知らずにいたからです。わたしは彼を救うことができませんでした！　わたしはそれほど悪人ではありません。どうか聞いてください。わたしは彼の捜査ノートを見つけ、最後の数ページを破り取って燃やしました。暖炉の火床を見てください！　ノートはここから持ち出すには大き過ぎたんです。今までに二度来ましたが、それを見つけることができませんでした。さあ、これでわたしを逃がしてくれますか？」

「ああ、もしもフー・マンチューの居所と捕らえ方を白状するならば」

　彼女は両手を力なく下ろし、あとずさった。その顔には、新たな恐怖の色が浮かんでいた。

「そんなことはできません！　とうていそんなことは！」

「いや、できるはずだ——その勇気さえあれば」

　彼女はわたしをじっと見つめていた。

「教えられません。もしもあなたが彼に会いにいくつもりならば」と、彼女は言った。

　なによりも道義を重んじると信じていた彼女の口から出たつぎの言葉に、わたしは自分の頬にさっと血が上るのを感じた。彼女はわたしの腕をつかんだ。

「もしもわたしがあなたのほうについて、知っていることをなにもかも話したら、あなたは彼からわたしをかくまってくれますか？」

「当局が——」

「やっぱりだわ！」彼女の表情が一変した。「わたしを拷問にかけるつもりなのね。でも、どんなひどい目にあっても、なにもしゃべりませんからね——けっして、ひとことも」

　彼女はさげすむようにつんと上を向いた。それから、そのきつい表情をまたやわらげた。

「でも、あなたのためにお話しします」

　彼女はどんどん近づいてきて、わたしの耳元でささやいた。

「警察から、彼から、みんなから、わたしをかくまってください。そうしたら、もう彼の奴隷ではなくなります」

　わたしの心臓は苦しいほど高鳴っていた。女性とこんな言い合いをするとは考えていなかった。それに、これは言い合いなどという生易しいものではなかった。彼女の人間的な魅力と、その必死の懇願によって、わたしは審判席から引きずり下ろされ、彼女を司直の手にゆだねることができなくなってしまった。今や、わたしは板ばさみの状態にあった。いったいどうしたらいいのだろう？　わたしにな、に、が、できるのだろう？　彼女に背を向け、暖炉のところまで歩いていくと、火床には紙の灰が残っていて、まだかすかに匂いがした。

その間、わずか十秒たらずだった。暖炉まで歩いてふりかえると、そこに彼女の姿はなかった！

あわててドアに駆け寄ると、外側から鍵がそっとかけられた。

「許してください！」彼女がささやいた。「でもあなたを信用することができないんです――今はまだ。安心してください、わたしがその気なら、近くにいる者がとっくにあなたを殺していたでしょうから。忘れないでくださいね、あなたがわたしをかくまってくれるなら、いつでもあなたのところに来ます」

軽やかな足音が階段を降りていった。正体不明の訪問者とすれ違ったミセス・ドーランが、あっと声をあげた。正面ドアが開き、そして閉まった。

5　テムズ川河畔のノクターン

「シェン・ヤンは、ライムハウスのはずれにある、麻薬をあつかう店です」と、ウェイマス警部補が言った。

「〝シンガポール・チャーリーズ〟と呼ばれています。中国人社会の連中にとっての溜まり場のようなところですが、アヘン吸引者たちがあそこを使っています。わたしの知るかぎりでは、今まで苦情が一度もないんですよ。わたしにはまったく理解できませんね」

われわれはニュー・スコットランド・ヤードの彼のオフィスで、殺されたキャドビーの暖炉で燃え残ったノートの切れ端をならべた、フールスキャップ判の紙の上にかがみこんでいた。あの娘があわてて燃やそうとしたために、ノートはまだすっかり灰になってはいなかった。

「これをどう読み解けばいいのかな？」と、スミスが言った。「〝……偏僂……水夫が上がっていき……ほかの連中と違い……戻らない……シェン・ヤンまで〟（この名前が例の店であることは、まず間違いないだろう）〝追い出された……大音響……水夫を……死体保管所で確認……何日間も、あるいは疑惑……火曜日の夜、べつの扮……つかみ……弁髪……〟」

「またしてもあの弁髪だ！」ウェイマスが言った。

「彼女は破ったページをすっかり燃やしてしまったが」スミスはつづけた。「ページは折り重なっていて、これは真ん中にあった。これぞ当然の報いですよ、警部補。さて、偏僂という表現のあとは、こう続くのではないかな――あるインド人水夫が（特にこの水夫が）どこかに上がっていき――おそらくシェン・ヤンの上階だろう――そのまま降りてこなかった。変装してそこにいたキャドビーは、大音響に気づいた。のちに、彼は死体保管所でその水夫を確認した。彼がシェン・ヤンに行った日付を特定するすべはないが、この〝水夫〟は、フー・マンチューに殺害された例の手下と考えてまず間違いないだろう！　もっとも、これはあくまでも推測の域を出ないが。しかし、キャドビーがべつの〝扮装〟か変装で、この場所をふたたび訪れるつもりだったことはあきらかで、ここに書かれている火曜日の夜が昨夜だったことは、論理的な帰結だ。弁髪についての記述は、それがキャドビーの遺体とともに発見されたことを考え合わせると、とりわけ興味深い」

ウェイマス警部補が大きくうなずくと、スミスは腕時計に目を落とした。

「今、十時二十三分だ」と、彼は言った。「すみませんが、警部補、あなたの奇抜な衣装を貸してもらえませんか？　これからシェン・ヤンのアヘン常習者たちと、一時間ほどいっしょにすごそうと思うんです」

ウェイマスは眉をつり上げた。

「危険かもしれませんよ。正式に捜査したほうがいいのでは？」

ネイランド・スミスは声をあげて笑った。

「それなら行かないほうがましだ！　あなたが行けば、この店が監視されていることが公になってしまう。それはまずい。策略には策略をもって立ち向かわないと！　われわれの相手は、東洋の神秘の化身であり、現代の東洋が生み出した、たぐいまれなる天才なのだから」

「変装がいい手とは思えませんね」ウェイマスは不服そうに言った。「その方法はさんざん試みましたが、ほとんどが失敗に終わっています。それでも、どうしてもと言われるのなら、反対はしません。フォスターに手伝わせましょう。どんな変装がお好みですか？」

「ダゴー族の船乗りにしよう、キャドビーと同じように。ダゴー族のことならよく知っているから、変装さえきちんとすれば問題ない」

「わたしのことを忘れているよ、スミス」と、わたしは言った。

彼はさっとわたしをふりかえった。

「ピートリー」彼はこたえた。「残念だが、これは趣味ではなくて、わたしの仕事なんだ」

「もうわたしは必要ないというわけか？」わたしは憤然と

して言った。

スミスはわたしの手を握りしめ、頬がこけ、日に焼けた顔に、心から心配そうな表情を浮かべ、憮然としているわたしを見つめた。

「わが親愛なる友よ」彼は言った。「そう責めないでくれ。きみならわたしの本意をわかってくれるはずだ」

「すまない、スミス」わたしはすぐに自分の短気を恥じ、彼の手を握り返した。「わたしはアヘンを吸うふりをするのが得意だから、彼といっしょに行きますよ、警部補」

こうしたやりとりの結果、二十分後、人相の悪い船乗り風の二人の男が、ウェイマス警部補とともに、待たせておいたタクシーに乗りこみ、ロンドンの夜の闇へと消えた。

こんな芝居がかったことは、わたしにはあまりにもばかげていて、子供じみたことに思え、目前にぞっとするような危険が迫っていなければ、おかしくて笑いだしそうだった。

われわれの行く手には、フー・マンチューがいる。ネイランド・スミスをはじめとするあらゆる勢力を敵にまわしながらも、彼は着々と悪しき計画を推し進め、警戒の厳しいはずのこの地域に潜伏している。そう思い返すと、まだ見ぬフー・マンチューだが、その名前を思い浮かべるだけでも、言い知れぬ恐怖を覚えた！ ひょっとしたら、今夜、その奸智にたけた大悪人と顔を合わせることになるかもしれなかった。

陰鬱な気分になる連想をやめ、スミスの言葉に耳をかたむけた。

「たしかあそこは川岸に近いから、ワッピングから下っていこう。それから、どこか川下のほうの岸辺で、われわれを降ろしてもらいたい。ライマン警部補に、ランチを店の裏手近くに待機させて、あなたの部下たちは、合図の口笛が聞こえるよう、入り口近くで待たせておくように」

「ええ」ウェイマスはうなずいた。「そのように手配しました。もしも怪しまれたら、すぐに合図をしてくれますね？」

「躊躇しないでください」と、警部補が助言した。「指を何本か失くして、グリニッジ・ティーチの先で、水面に浮かんでいるあなたを見たくはないですからね」

河川警察の分署の前でタクシーが止まると、スミスとわたしはすぐさまなかに入った。署内にいた四人のむさくるしい感じの男たちは、あとから入ってきた警部補に、飛び上がって敬礼をした。

「ガスリー、ライル」警部補はてきぱきと指示した。「おまえたちは、ハイウェイのはずれにある、シンガポール・チャーリーズの入り口が見える暗がりに行け。おまえはとりわけ薄汚いな、ガスリー。だったら道路に寝ころんで、ライルと家に帰る、帰らないで言い合いをするんだ。店のなかから口笛が聞こえるか、わたしの命令があるまで、そこを離れるんじゃない。そして店を出入りするやつを一人残らず監視しろ。ほかの二人もこの分署の者か？」

犯罪捜査課の警官たちが出ていったので、残った二人がまた敬礼をした。

「よし、今夜、おまえたちに特別任務をあたえる。動作が機敏なのはわかったが、そんなに胸を突き出すな。シェン・ヤンへの裏道を知っているか？」

男たちは顔を見合わせ、同時に首を振った。

「向かい側に、空き家になった店があります」一人がこたえた。「裏の割れた窓から、なかに入りこめると思います。なかから正面に行き、そこから見張ることができるでしょう」

「よし！」警部補が叫んだ。「だが、くれぐれも気づかれないようにな。そして合図の口笛が聞こえたら、ためらわずにシェン・ヤンのなかに飛びこめ。それ以外の場合は、命令を待て」

ライマン警部補がやって来て、部屋の時計に目をやった。

「ランチを待機させています」

「わかった」スミスは考え深げにこたえた。「どうやらわれわれの敵は、身近に迫ってきた脅威に――きみの部下のメーソンやキャドビーに、警戒心を抱いたようだ。だが、おそらく彼のほうでは、このアヘン窟につながる手がかりはなにもない、と考えているだろう。なにしろ、彼はキャドビーのノートは燃えてしまったと思っているのだから」

「わたしにはなんのことやら、さっぱりわかりません」と、ライマンが告白した。「わたしが聞いているのは、ロンドンに潜伏している凶悪な中国人犯罪者が、シェン・ヤンに来るらしいということだけです。もし仮にそいつがあの店に出入りしているとしても、今夜いるとどうしてわかるんです？」

「それはわからない」と、スミスは言った。「だが、これが彼の出没先を突きとめる、初めての手がかりで、ことフー・マンチュー博士に関するかぎり、時間がなによりも貴重なのでね」

「だれなんですか、そのフー・マンチューというのは？」

「漠然としかつかんでいないが、彼はただの犯罪者ではない。何世紀ものあいだ、悪の力がこの世に生み出してきたなかでも、最高の天才だ。彼には莫大な富を持つ政治グループの後ろ盾があり、彼のヨーロッパでの使命は、道を拓くことなんだ！　わたしが言わんとすることがわかるかね？　彼は、イギリス人やアメリカ人がだれ一人として夢想だにしなかった、一時代を画する運動の先駆けなのだ」

ライマンは目を見張ったまま、なにも応えなかった。われわれは外に出て、防波堤まで歩いていき、そこに待たせてあったランチに乗った。三人の乗組員を加え、総勢七人を乗せた大型ボートは、プールに出て、桟橋を過ぎてから、ふたたび岸に寄り、暗い水際に沿って進んだ。

それまでは晴れていた夜空に、雨雲が出てきて三日月を隠したが、そのうち月がまた出てきて、あたりをぼんやりと映した。ランチからの視野はせまく、ときおり、停船している船の濃い影が近くをよぎり、大型船のデッキから漏れる光が頭上を照らした。月明かりで、上流に不気味な形が浮かび、あとにつづく闇のなかでは、水面のきらめきだけがどこまでも前方に広がっていた。

サリー河岸は、でこぼこした真っ黒な壁で、ぽつぽつと明かりが見え、人の気配を感じさせた。河岸の先は、いっそう陰鬱さを増した——真っ暗闇が支配し、そのなかで、ときおり、ドックのゲート、突然目に飛び込んでくる強い光といった、不可思議なものが現われた。

やがて、前方の闇から、グリーンの光が見えてきた。巨大な形がぬっと浮かび、われわれの前にそそり立った。まぶしい光、けたたましい鐘の音とともに、それは過ぎ去った。気がつくと、われわれの船は、スコットランドの汽船が通ったあとの波のなかで揺れていた。そしてふたたび暗闇がおとずれた。

遠くの騒がしい音が、われわれのボートの耳慣れたエンジン音を掻き消したので、われわれは巨人の労働者たちの仕事場の近くを漂う、小人の集団のようだった。川から冷気がつたわってきて、薄着の水夫の扮装では、肌寒さをこらえることはできなかった。

サリー河岸のかなたで、ブルーの光が――幻想的で、神秘的だった――夜の闇のなかで、半透明の舌をちろちろと震わせた。それは不気味で、とらえどころのない炎で、跳び上がったり、揺らめいたり、高さが上下したりし、色もブルーから黄色がかったヴァイオレットへと変化した。

「あれはガス工場だ」というスミスの声がしたので、彼もあの不思議な炎を見ていたのがわかった。「だがあれを見るたびに、メキシコのピラミッドと、生け贄の祭壇を思い出す」

その喩えはぴったりだったが、陰惨だった。わたしはフー・マンチュー博士と例の切断された指を思い出し、身震いを抑えることができなかった。

「左手の、木の桟橋の先です！　そのランプがあるところではなくて、その先です。その暗くて四角い建物のとなりが――シェン・ヤンです」

ライマン警部補がしゃべっていた。

「では、どこか適当なところで降ろしてくれ」と、スミスがこたえた。「それから、目立たないように隠れて、耳をすましていてくれ。急いで逃げなくてはならないかもしれないから、遠くには行かないでほしい」

彼の口調から、テムズ川の夜の怪奇事件は、すくなくとももう一人の犠牲者を求めていたことがわかった。

「最徐行しろ」ライマンが命じた。「これからストーン・ステアーズにむかう」

6 アヘン窟

近くの路地から酔っ払いの声が聞こえてくるなか、スミスはおぼつかない足取りで小さな店の入り口に近づいた。店の看板には、下手な字でこう書かれていた――

シェン・ヤン理髪店

彼のあとからのろのろとついていったわたしは、飾り鋲の箱、ドイツ製の髭剃り道具、巻いた撚り糸が、窓際に乱雑にならべられているのに気づいた。やがてスミスは店のドアを蹴り開け、三段の木のステップを騒々しく駆け降り、ぐいと身を起こし、わたしの腕をつかんで身体を支えた。

そこは殺風景で汚らしい部屋で、一つしかない椅子の背にかかっている汚れたタオルが、かろうじて理髪店の体裁を保っていた。イラスト入りの、イディッシュ語で書かれた劇場用ポスターと、中国語で書かれているらしいべつのポスターが壁に貼ってあった。ひどく汚れたカーテンの奥から、小柄な中国人が現われた。彼は黒いズボンの上に、ゆったりしたスモックを着て、厚底の室内履きをはいていて、首を大きく振りながら近づいてきた。

「剃らない――剃らないよ」彼は猿のようにかん高い声で言い、目をぱちくりさせながらわれわれを交互に見た。「遅いよ！　店じまい！」

「そんなこと、おれの知ったことか！」スミスはぶっきらぼうにわめき、中国人の鼻先で、わざと汚した拳を振りかざした。「奥でおれたちに一服吸わせろ。アレだよ、このくず野郎――あるんだろ？」

わが友人は前にかがみ、相手の目を憎々しげににらみつけた。わたしはこうした穏やかな説得方法に不慣れだったので、内心ひどく驚いた。

「サツから聞いたぜ」と言って、彼は中国人の手に硬貨を握らせた。「ぐずぐずしてると、この店をぶっ潰すぞ、チャーリー。嘘じゃねえ」

「なんのことかさっぱり——」と、相手が言いかけた。

スミスが拳を振り上げると、ヤンは抵抗をやめた。

「わかったよ」と、彼は言った。「いっぱい——場所ない。こっち来い」

彼が汚いカーテンの奥に消えたので、スミスとわたしはあとについて、暗い階段を上がった。つぎの瞬間、わたしは文字どおり毒に満ちた空気のなかにいた。アヘンの煙が部屋じゅうに蔓延していて、呼吸ができない。わたしはこんな経験を今までにしたことがなかった。息苦しくてたまらない。床の中央にある箱の上に置かれた、ブリキ製のオイルランプが、室内をぼんやりと照らしていて、四隅の壁には十台ぐらいのベッドがならべられ、どれも空いていなかった。ほとんどがじっと横たわっているが、一人二人はあぐらをかいて、小さな金属パイプを音をたてて吸っていた。彼らはまだアヘン吸引者の至福の境地には到達していなかった。

「場所ない——あんたに言ったよ」シェン・ヤンは、スミスが渡した硬貨を、黄色い虫歯で満足そうにかじって確かめた。

スミスは部屋のすみに行き、床にすわってあぐらをかき、わたしをむりやり横にすわらせた。

「さっさとパイプを二つ持ってこい」と、彼は言った。「場所ならいくらでもあるじゃないか。パイプを二つ持ってこないと、うんと厄介なことになるぞ」

ベッドの一つから、けだるそうな声がした——

「パイプを吸わせてやれよ、チャーリー！　それでそいつを黙らせろ」

ヤンは肩というよりは背中をすくめるような格好をし、すすけたランプが置いてある箱に、足をひきずるようにして近づいた。針を炎にかざした彼は、針が赤くなると、古いココア缶のなかにひょいと入れ、端までアヘンを付着させてから取りだした。ランプの上でそれをゆっくりあぶってから、用意してある金属パイプのボウルに落とし入れると、それはアルコールの青い炎をあげて燃えた。

「こっちによこせ」スミスはしわがれ声でそう言うと、待ちきれない様子でにじり寄った。

ヤンがパイプを手渡すと、彼がすぐさまそれを口にくわえたので、ヤンはつぎにわたしの分を用意した。

「ぜったいに煙を吸いこむな」スミスが小声で命じた。

パイプを受け取ってアヘンを吸うふりをすると、部屋の息苦しい空気を吸いこむよりもひどい吐き気がした。わたしの友人の真似をして、しだいに首を垂れて前のめりになり、数分後には、スミスのかたわらの床に横向きに寝そべった。

「船が沈む」と、ベッドの一つから寝言のような声がした。「見ろ、ネズミが逃げ出すぞ」

ヤンが静かに部屋から出ていくと、わたしは同胞たちから――西欧世界全体から隔絶されたような妙な感覚にとらわれた。煙でのどが乾き、頭痛がした。有毒な空気があたりを汚染している。わたしはまるで自分が

スエズの東のどこかの地で倒れたかのように感じた
そこでは最高は最悪に似ていて
十戒などあるはずもなく……

スミスが声をひそめて話しだした。

「ここまではうまくいったな」と、彼は言った。「きみが気づいたかどうかは知らないが、きみのすぐ後ろに階段があって、ぼろカーテンで覆われている。すぐそこにあるし、ここは暗い。これまで怪しげなものはなにも――いや、それほどは、見あたらない。だがもしもなにかが行なわれる予定だとしたら、きっとわれわれ新来者がアヘンですっかり意識が朦朧とするまで、慎重を期して待つはずだ。シーッ！」

彼はなおもわたしの腕をつかんで制した。わたしは薄目を開け、彼が言ったカーテンわきのおぼろげな形を感じ取った。床にごろりと横たわっていたが、筋肉は緊張でこわばっていた。

やがて、その影が人の姿となり、妙にしなやかな動きでこちらに近づいてきた。

部屋の真ん中にある、すすけたランプの明かりはほの暗

く、寝転がっている人の姿形をぼんやりと映し出すだけだった――茶色か黄色かわからない、ぬっと伸びた手や、死人のように生気のない顔。あちこちのベッドからは、うなり声のような嘆息や支離滅裂なうわごとが聞こえてきて、さながら薄気味悪い動物の合唱のようだった。それはまさしく中国版ダンテがかいま見た地獄の光景だった。だがこの新来者はわれわれの間近に立っていたので、羊皮紙のような黄色い顔、つり上がった小さな目、巻いた弁髪をのせたいびつな頭、やや猫背ぎみの体格を見て取ることができた。その仮面のような顔は、不自然で、人間ばなれしていて、その曲がった身体つきや、組み合わせた長くて黄色い手は、近寄りがたさを感じさせた。

スミスが語っていたフー・マンチューと、死人のような面相としなやかな動作の、この傴僂の亡霊とは、似通った点はまるでなかった。それでも、ある種の直感で、わたしにはわれわれの勘が正しかったことが――すなわち、この男がフー・マンチューの手下の一人であることがわかった。どうしてその結論に至ったかは説明できない。だがこの黄色い肌の男がにじり寄ってきて、静かにかがんでこちらをのぞき込むさまを見ながら、わたしはこの男が例の恐るべき殺人集団の一員であることを確信した。

彼はわれわれを監察していた。

わたしは状況の変化に、それも不穏な変化に気づいた。周囲のベッドから、以前ほどつぶやきや吐息が聞こえない。この傴僂の出現で、室内に突然の静けさがおとずれた。ということは、ここにいるアヘン吸引者のなかに、昏睡しているふりをしている者がいるにちがいなかった。

ネイランド・スミスは死人のように横たわっていた。闇に身をゆだね、わたしもじっとうつ伏せに横たわっていたが、その不気味な顔がどんどん近寄ってきて、わたしの顔からほんの数インチの距離まで近づいた。わたしはしっかりと目を閉じた。

ほっそりした指が、わたしの右のまぶたに触れた。つぎに起こることを予知し、わたしは白目を剝いた。やがてまぶたが巧みに持ち上げられ、また下げられた。男は立ち去った。

この場を乗り切った！　周囲の静けさをあらためて感じながら——多くの耳がじっと聞いているような気がすることの静けさのなかで——わたしは喜んだ。ほんの一瞬、わたしはしみじみ実感した——四方から見張られている状態で、われわれがいまだにいかに孤立しているか、東洋人たちの手中にいるか、このじつに謎めいた人種である中国人たちの支配下に、あるていどおかれているかを。

「よかった」すぐかたわらで、スミスがささやいた。「わたしだったら、はたしてうまくいったかどうか。あれで彼はわたしのことも信用したようだ。まったく、なんてひどい顔だ！　ピートリー、あいつがキャドビーのノートにあった傴僂だ。そうじゃないかと思っていた。あれが見えるか？」

わたしは目だけをせいいっぱい動かした。ベッドの一つから男が這い降り、例の傴僂のあとについていく。

二人は静かにわれわれのわきを通り過ぎた。例の黄色い肌の小柄な男が、一風変わった軽い足取りで、そしてもう一人の中国人が、しっかりした歩調でそのあとにつづいた。

カーテンが上げられ、階段を歩いていく足音が聞こえた。

「動くんじゃない」スミスがささやいた。

彼はひどく興奮していて、それがわたしにも伝わってきた。上の部屋にはだれがいるのか？

階段を歩いてくる足音がして、さっきの中国人がまた現われ、床を横切って出ていった。例の小柄な傴僂はべつのベッドに行き、こんどはインド人水夫らしき男を引き連れていった。

「やつの右手を見たか？」スミスがささやいた。「インド強盗団の一員だ！　やつらは報告して命令を受けるためにここに来ているんだ。ピートリー、フー・マンチュー博士はこの上にいる」

「どうしようか？」——ささやいた。

「待て。それから階段を駆け上がろう。先に警察を呼び入れるのはまずい。彼はきっとべつの出口を用意してあるにちがいない。あのチビの傴僂がまたここにやって来たら、わたしが合図する。きみのほうが近いから、先に行ってくれ。でももしもあの男が追いかけたら、そのときはわたしが彼をなんとかしよう」

われわれのひそひそ話は、その強盗団の一員の男が戻ってきたために中断された。その男はさっきの中国人と同じように部屋を横切り、そのまま出ていった。三人目の男も――スミスはマレー人と判断した――例の秘密の階段を上がり、やがて降りてきて、出ていった。四人目の男も――この男の国籍は判別できなかった――同様だった。つぎに、あのしなやかな身のこなしの案内人が、外側のドアの右手にあるベッドに近寄った――

「今だ、行け、ピートリー!」スミスが叫んだ。というのも、これ以上の引き延ばしは危険だし、これ以上の偽装は無益だった。

わたしはぱっと立ち上がった。着ている粗末な上着のポケットからリヴォルヴァーをとりだし、例の階段にむかい、真っ暗闇のなかを手さぐりで上がった。背後から野卑な叫び声があがり、さらにくぐもった悲鳴が聞こえた。だがネイランド・スミスはすぐあとからやって来た。先頭のわたしは覆いのかかった通路を――ここはいくらか空気が澄んでいた――走り抜け、彼をすぐ後ろにしたがえて、突き当たりのドアをぶち破り、奥の部屋に飛び込んだ。

わたしが目にしたものは、ただの汚いテーブルで、そこにはこまごまとしたがらくたが置いてあったが、興奮すぎていたわたしの目には留まらなかった。オイルランプが真鍮の鎖で天井から吊るされていて、一人の男がテーブルのむこうにすわっていた。しかしその男を見た瞬間から、たとえここがアラジンの城であったとしても、わたしには城の財宝を鑑賞する余裕などなかっただろう。

彼はそのつるりとした顔の色とほとんど違わない、無地の黄色の服を着ていた。手は大きく、長く骨張っていて、指関節を上に向け、そこに尖ったあごをのせていた。額は高く、その上にくすんだ色の髪がまばらに生えていた。

彼の顔については、汚いテーブル越しにこちらをじっと見ていたので、とても納得いくようには書けない。それは悪の大天使の顔そのもので、なかでも人間の魂を映す神秘的な目が印象的だった。その目は切れ長で、わずかにつり上がり、瞳は緑色にきらめいていた。だがその独特の恐ろしさは、薄もやのようにかすんでいるところにある（わたしは鳥の瞬膜を思い浮かべた）。わたしがドアをいきなり開けたときには、その膜のようなものが下りていたが、わたしが部屋のなかに足を踏み入れると、その膜が上がり、緑色に輝く瞳が現われた。

部屋に一歩入ったとたん、その男の並はずれた悪意に圧倒され、足が止まってしまった。彼はわたしの侵入に驚いてはいたが、その不思議な顔には恐怖の色はなく、ただ哀れむような蔑みの表情が浮かんでいた。そして、立ち止まったままのわたしから視線をそらさずに、彼はゆっくり立ち上がった。

「フー・マンチューだ！」わたしの肩越しに、スミスが絶叫した。「フー・マンチューだ！　撃て！　撃ち殺せ！　さもないと――」

そのあとの言葉は、わたしには聞こえなかった。

フー・マンチュー博士がテーブルのわきまで来ると、足下の床が横すべりした。

こちらを見据えている緑の目を最後に一瞥したあと、わたしは絶叫しながら落ちた――落ちた――冷たい水のなかに。全身が水中深く沈んだ。

ぱっと炎が上がるのがぼんやりと見え、だれかの叫び声、大音響（あの落とし穴だ）、警察の警笛の単調な響きが聞こえた。だが水面に上がると、あたりは真っ暗闇だった。

脂ぎった汚水を吐き出し、首まで浸かった黒い恐怖と闘った――周囲の闇、底の知れない深み、そして強烈な悪臭が漂い、海水がひたひたと寄せてくる奈落の恐怖と。

「スミス！」わたしは叫んだ……「助けて！　助けてくれ！」

自分の声がむなしく自分に返ってくるだけだったが、それでもなおも叫ぼうとしたとき、萎えそうになる勇気を奮い起こし、助けを待つよりももっといい方法があると自分に言い聞かせ、この場所のあらゆる恐怖に立ち向かうとかたく心に決め、まっすぐ前に泳ぎはじめた――たとえ助からないとしても、このまま死んでなるものか。

闇のなかから大きな火の粉が飛んできて、すぐ目の前の水中にジュッという音をたてて落ちた！

かたい決意をしたにもかかわらず、目の前の恐怖に身がすくんだ。

闇に赤々と輝く火の粉がまた一つ――そしてまた一つと落ちてきた！

腐りかけた木の柱と、泥だらけの角材に触れた。水の牢獄の境界までたどりついた。頭上からさらに火の粉が落ちてくると、ヒステリーの絶叫が声にならぬまま、のどの奥で震えた。

水分を含んで重くなった服を着たまま、必死に水中に浮かびながら、さっと頭をのけぞらせ、頭上を見上げた。

もう火の粉は落ちてこなかった。もう火の粉は落ちてこないだろう。だが床が崩れるのは時間の問題だった。床はくすんだ赤い炎を吐き出しはじめていた。

頭上の部屋が炎に包まれている！

さっき上から落ちてきたのは、壊れかけた床の隙間からこぼれ出た、火のついたランプオイルだった。おそらく落とし穴は自動的にまた閉まってしまったのだろう。

濡れた服が身体の自由を奪っていき、激しい炎が頭上の古い木材を燃やしていく音が聞こえる。まもなくあの地獄の大釜が頭の上に落ちてくるだろう。炎の輝きはいよいよ増していき……建物を支えている腐りかけた材木の山や、ヘドロがこびりついた壁に残る潮の跡を照らし出した――要するに、出口はどこにもなかった！

地下のダクトによって、この不潔な場所にテムズ川から水が流れ込んでいた。そのダクトによって、引き潮とともに、わたしの死体が、メーソンやキャドビー、その他多くの犠牲者のと同じように、川に流れ出ていくのだろう！

錆びた鉄の梯子の桟が、落とし穴につづいている壁に張りついていたが、下の三段が失くなっていた！

炎の光はますます輝きを増していき――わたしを火葬する薪の光だ――脂が浮いている水面を赤く染め、じわじわと迫る奈落の恐怖に、新たな不安を加えた。だがその光で、なにかが見えた……水面から数フィート上に梁が突き出ていて……しかもそれは鉄梯子の真下にあった！

「慈悲深い天よ！」わたしはつぶやいた。「わたしにその力があるだろうか？」

だしぬけに、笑いたい欲求がこみあげてきた。それがなんの前兆かわかっていたので、必死にその衝動をこらえた。身体にまといつく衣服が鎧のように重く感じられ、胸が鈍く痛み、血管が破裂しそうなほど激しく脈打っている。疲れきった身体を叱咤し、のたうつように腕を掻きながら、その梁に近づいた。すこしずつその梁に近づいていく……すこしずつ。その影が水面を黒く塗り、そこだけが血溜まりのように見える。騒々しい物音が――遠くで騒いでいる――耳に飛び込んできた。もう力を使い果たした……自分は梁の影にいる！　腕をもうひと掻きすれば……

はるか頭上で、金切り声がした！

「ピートリー！　ピートリー！」（あの声はスミスにちがいない！）「その梁に触るな！　いいか、ぜったいに触れるんじゃない！　あともうすこしだけ水面に浮いていてくれ。すぐに助けにいくから！」

あともうすこしだって！　そんなことができるだろうか？

なんとかひきかえし、ずきずきと痛む頭を上げ、この夜で最も奇妙な景観を目にした。

ネイランド・スミスがいちばん下の鉄の桟に、足をかけて立っていた……その上の桟に立って彼を支えているのは、あの見るも恐ろしい、傴僂の中国人だった！

「彼に手がとどかない！」

スミスが悔しそうにそう言うのを聞いて、わたしは顔を上げた――そして例の中国人が自分の巻いた弁髪をつかみ、引きちぎるのを目にした！　同時に、弁髪にくっついていたかつらも取れた。つぎに、あのぞっとする黄色い仮面が剝がれ、顔から落ちた！

「ほら！　これを！　さあ、急いで！　これで彼を助けて！　早く！　急いで！」

きゃしゃな肩から髪の束を下ろすと、その人物はこの奇妙な命綱をスミスに手渡した。そのときわたしは、その人物が今日、キャドビーの部屋でわたしが会った娘だということに気づいた。

水面に浮かんだまま、その紅潮した美しい顔をじっと見上げた――彼女は心配で顔をゆがめていた……わたしの身を案じて！

スミスは身体を伸ばし、なんとかその髪の綱をわたしの手に握らせた。わたしは最後の力をふりしぼり、その綱に引っ張られていちばん下の桟をつかんだ。友人の腕に抱きかかえられたわたしは、自分で思っていたよりも疲労困憊していることに気づいた。最後に覚えているのは、頭上の床が崩れ、燃えている例の大きな梁が、ジューッという音をたてて眼下の水中に落ちていったことだけだった。わたしがつかもうとしたその梁の先端には、刃先を立てるようにして、細い刀の刃が二本鋲留めされていた。

「切断された指——」と言って、わたしは意識を失った。

スミスがどうやってあの落とし穴からわたしを助け出したのかはわからない——煙と炎がたちこめるなかを、われわれがどうやってあのせまい穴を抜け出られたのか、それもわからない。意識をとりもどしたときには、友人の腕に抱きかかえられていて、ライマン警部補がグラスをわたしの唇にあてがっていた。

まばゆい光に、目がくらんだ。周囲に野次馬たちが集まってきて、ガランガランという金属音や叫び声がしだいに近づいてくる。

「消防車がやって来る」驚くわたしに、スミスが説明した。「シェン・ヤンの店が燃えているんだ。きみが落とし穴から落ちるときに発砲して、オイルランプが壊れたんだ」

「みんな脱出したのか？」

「ああ、あそこにいた者たちは全員逃げた」

「フー・マンチューは？」

スミスは肩をすくめた。

「だれも彼を見ていない。裏に出口があって——」

「彼はもしかしたら——」

「いや」彼はきっぱりと言った。「彼の死体をこの目で見るまでは、彼の死はとうてい信じられない」

やがて記憶がしだいに戻ってきた。わたしはよろめきながらも懸命に立ち上がった。

「スミス、彼女はどこだ？」わたしは叫んだ。「彼女はどこだ？」

「わからない」と、彼がこたえた。

「彼女にはうまく逃げられました、ドクター」ウェイマス警部補が言った。消防車がせまい路地のかどから走ってきた。「シンガポール・チャーリーや、ほかの連中にも逃げられました。捕らえたのは、起きていた者や寝ていた者を含めて六人から八人ほどですが、おそらく彼らをすぐに釈放することになるでしょう。ミスター・スミスの話では、あの娘は中国人の男に変装していたようです。きっとそれでうまく逃げることができたんでしょうね」

わたしはあの偽の弁髪であの奈落からどのように助けられたか、キャドビーに死をもたらした奇妙な発見によって、いかに自分が命拾いしたかを思い出した。さらに、スミスがわたしを梯子の上に引き上げたときに、彼があれを落としたことも思い出した。あの娘は、つけていた仮面は捨てなかったかもしれないが、かつらは――わたしは確信した――ぜったいに水中に落ちたにちがいなかった。

その夜遅く、シェン・ヤンのアヘン窟の焼け跡の処理を消防隊員たちにまかせ、数多くの犯罪が行なわれたこの場所から、スミスとともに去っていくタクシーのなかで、わたしはふとあることを思いついた。

「スミス」と、わたしは言った。「キャドビーの遺体といっしょに見つかった例の弁髪を、きみは持ってきたのか？」

「ああ。あれの持ち主に会いたかったのでね」

「今、あれを持っているかい？」

「いいや。持ち主に会ったんだ」

わたしはライマン警部補から借りた大きなピーコートのポケットに両手を突っ込み、自分の側のシートのすみに寄りかかった。

「われわれはこの仕事にまったく向いてないな」ネイランド・スミスがつづけた。「きみもわたしも感傷的すぎる。あれがわれわれにとって、そして世界にとって、どんな意味を持つかはわかっていた、ピートリー、だがわたしにはどうしてもできなかった。彼女にはきみの命を救ってもらった借りがあった――だからその借りを返したかったんだ」

7　赤い壕

レッドモートに夜がおとずれた。わたしは窓の下にひろがるシルヴァーとグリーンで描かれた夜景を眺めた。低木の植え込みの西には、ニレの木々が破れた天蓋をつくり、迷路の中心をなす赤銅色のブナの木のむこうには、隙間からウェーヴニー川がかいま見え、そこから平坦な土地が広がっている。かすかな鳥の鳴き声が、水面の上でこだました。ほかに聞こえるのは、木の葉のざわめきだけだった。

理想的な田園風景と、イギリスの夏の夕べにふさわしい音楽だったが、わたしの目には、あらゆる影が脅威に映り、わたしの耳には、あらゆる物音が不安の種となった。フー・マンチューの魔の手がレッドモートにも伸び、得体の知れない東洋の恐怖がその家人に迫っていた。

「なあ」ネイランド・スミスが窓際にやって来た。「われわれはなんとかして彼を死に追いやろうとしたが、今もまだ彼は生きている！」

Ｊ・Ｄ・エルタム師が咳払いをしたので、わたしはふりかえり、テーブルに片ひじをついたまま、この牧師の上品で神経質そうな顔に浮かんだ表情を観察した。

「あなたにこうして来てもらったことが、本当に正しかったんでしょうか、ミスター・スミス？」

ネイランド・スミスは勢いよくタバコを吸った。

「ミスター・エルタム」と、彼はこたえた。「たしかにわたしは闇のなかで手探りをしている状態です。マンダレーを発った日から今日まで、任務を果たすめどはまったくついていません。あなたが手がかりをくれたので、わたしはここにいるのです。あなたが置かれている状況はこうですね。あなたの一家は、これまでに何度も強盗に襲われそうになった。昨日も、娘さんとロンドンから戻る列車内で、薬品を嗅がされてどちらも眠ってしまった。娘さんが目覚めると、二人しかいないはずの客室に、べつの人物がいた——黄色い顔の男で、両手で道具箱を抱えていた」

「そうです。むろん、電話ではくわしい内容は話せませんでした。その男は窓際に立っていました。娘が目覚めたと気づくと、彼は娘に近づいたのです」

「その男は持っていた箱でなにをしたんです？」

「娘は気づきませんでした――あるいは、気づいたとは言いませんでした。実際、むりもないと思うのですが、娘は恐ろしさのあまり、それ以上のことは思い出せないのです。ただわたしを起こそうとしたものの、それができず、両肩をつかまれて――気を失ってしまったんです」

「だが、だれかが非常用コードを引き、列車を止めた」

「グレーバにはそんなことをした記憶はありません」

「ふむ！　むろん、黄色い顔をした男は列車には乗っていなかった。あなたはいつ目覚めたんですか？」

「警備員に起こされました、しかも何度も揺り起こされて」

「グレート・ヤーマスに着くと、あなたはすぐにスコットランド・ヤードに通報したんですね？　その判断はじつに賢明でした。あなたは中国にどのくらいいらしたんですか？」

ミスター・エルタムの驚いた様子は、滑稽なほどだった。

「わたしが中国に住んでいたことにお気づきなのは、不思議ではないかもしれませんが、ミスター・スミス」と、彼は言った。「ですが、わたしがそのことを話さなかったのは、変だと思ったでしょうね。事実は」――彼の神経質そうな顔が、ばつの悪さで赤らんだ――「わたしは教会から罷免されて中国を離れたのです。それ以後は、ずっと隠棲してきました。けっして故意にではなかったのです、ミスター・スミス、それとは意識せずに、ただ自分の務めを果たそうと懸命になるあまり、わたしはある根深い偏見を煽ってしまったのです。たしか、どのくらい前に中国にいたのかと、質問なさいましたね？　わたしは一八九六年から一九〇〇年まで、四年間中国におりました」

「当時の状況を覚えていますよ、ミスター・エルタム」スミスの声は妙な響きをおびていた。「どこでこの名前を耳にしたのか、ずっと考えていたんですが、さっき思い出しました。あなたにお会いできて嬉しいです」

すると、牧師はまた少女のように顔を赤らめ、金髪がまばらに残る頭をわずかにかしげた。

「ところで、レッドモートという地名からすると、ここには壕があったんですか？　日が暮れかかっていたので、よくわからなかったのですが」

「まだ残っていますよ。レッドモートは――ラウンド・モートがなまったもので、元は小修道院でしたが、一五三六年にヘンリー八世によって廃止されたのです」ときおり、彼は博識をひけらかした。「しかし壕にはもう水はありません。一部を埋めたてて、キャベツを栽培しています。もっともこの場所の戦略的価値は――彼は微笑んだものの、その態度はまたしてもばつが悪そうだった――かなり高いと言えるでしょう。ここには有刺鉄線の柵があり、それに――ほかにも工夫をほどこしています。なにしろここは、人里離れた場所ですから」と、彼は申し訳なさそうに言い添えた。「さあ、もしよければ、ここらでひとまず夕食をとって、この憂鬱な話の続きはそのあとにしましょう」

彼はわたしたちの前から去った。

「われわれをここに呼んだのは、そもそもだれなんだ？」ドアが閉まると、わたしは言った。

スミスは苦笑した。

「彼がどうして〝罷免された〟のか、知りたくはないかね？」と、彼が言った。「聖職にあったわれわれの友人が煽った根深い偏見は、ついに義和団の乱に発展してしまったのだ」

「なんということだ、スミス！」その言葉が喚起した記憶と、あの牧師の内気な性格とが、まったくむすびつかなかった。

「彼は間違いなくわれわれの危険者リストに載っている」わたしの友人はすぐにつづけた。「だがここ何年間も隠遁生活をおくっていたので、ほかのだれかは彼の存在をやっと思い出したのだろう。ピートリー、J・D・エルタム師は、人の魂を救うことは得意ではないかもしれないが、ともあれ、多くのキリスト教徒の女性たちを死から――そして劣悪な環境から救ったのだ」

「J・D・エルタムは――」と、わたしは言いかけた。

「彼こそ〝ダン牧師〟なのだ！」と、スミスが言った。「襲ってきた二百人の義和団員たちから、十数人の身障者たちと一人のドイツ人医師とともに、南陽の病院を守り抜いた〝戦う伝道師〟、それがＪ・Ｄ・エルタム牧師なのだ！　だが彼が今、なにをしようとしているのか、それはまだわたしにはわからない。彼はなにかを隠している――若き中国が彼に特別の関心を寄せるなにかを！」

夕食のあいだ、われわれがそこにいる理由は、ほとんど話題にのぼらなかった。実際、テーブルでの会話は書物や芝居といったあたりさわりのない内容がほとんどだった。牧師の娘、ブレーバ・エルタムは、魅力的な若い女主人で、ほかにはミスター・エルタムの甥である、ヴァーノン・デンビーが同席していた。彼女がいる前では、われわれは頭からかたときも離れない問題を口には出さなかった。

未知の決着にむかって突進している友人とわたしにとって、このひとときの静けさは、つかの間の安らぎと癒しをあたえてくれた。

今でも懐かしく思い出すが、その夜の、レッドモートの古風なダイニング・ルームでのディナー・パーティは、それはなごやかで、不気味なほど静かだった。わたしにとっては、内心、それは嵐の前の静けさのように感じられた。食事のあと、われわれ男性だけで書斎に移動すると、それまでのなごやかな雰囲気が一変した。

「レッドモートでは」Ｊ・Ｄ・エルタム師がきりだした。「最近、奇妙なことがたてつづけに起きているのです」

彼は暖炉の前の敷物の上に立った。大きなテーブルの上のシェードのついたランプと、マントルピースの上の古い燭台に立てられたキャンドルが、ほの暗い光で室内を照らしている。ミスター・エルタムの甥のヴァーノン・デンビーは、窓下の腰掛けにすわってタバコを吸い、わたしは彼の近くに腰かけていた。ネイランド・スミスは、落ち着きなく部屋のなかを行ったり来たりしていた。

「数カ月前、もう一年ちかくになりますが」牧師は話をつづけた。「この家に何者かが押し入ろうとしたのです。逮捕された犯人は、わたしのコレクションを盗もうとしたと白状しました」と言って、彼は影で覆われているいくつかのキャビネットのほうに曖昧に手を振った。

「それからまもなく、わたしは要塞を築く真似ごとをはじめ、それに熱中したのです」彼は情けなさそうに微苦笑した。「わたしはレッドモートを事実上、要塞化しました――あらゆる侵入者に備えて。ご覧のとおり、この家は大きな塚の上に建てられています。これは人工的な塚で、古代ローマ軍の砦の一部が埋め立てられてできたものなのです」彼はこんどは窓のほうに手を振った。

「ここが小修道院だった時代は、完全に外部から孤立していて、周囲の壕によって守られていました。現在は、有刺鉄線の柵が周囲に張り巡らされています。この柵の下には、東にはウェーヴニー川の支流の小川が流れていて、北と西には、幹線道路が通っていますが、二十フィートほど下は、丘の斜面が垂直に切り立っています。南側は昔の壕の一部が残っていて、今はわたしのキッチン・ガーデンになっていますが、そこから家の高さまでは、やはり二十フィートちかくあり、家の周囲には有刺鉄線が張られています。入り口は、ご存知のように、切通しになっています。階段の（あれは修道院時代から残っている石段なのですよ、ドクター・ピートリー）裾にゲートがあり、そして階段の上にもべつのゲートがあります」

彼は言葉を切り、われわれにむかって少年のように微笑んだ。

「秘密の防御装置について、これからお話ししましょう」と言って、彼は戸棚を開け、一列にならんだ器具と、奥の壁についているたくさんの電動ベルを指差した。「より守りにくい場所は、夜間、このベルとつながっているんです」彼は誇らしげに言った。「有刺鉄線を破ったり、どちらかのゲートから押し入ろうすれば、これらのベルが二つか、それ以上鳴りだします。一度、牛が迷いこんできて、警報が鳴ったことがありました」と、彼はつけ加えた。「それにミヤマガラスが飛んできて、大騒ぎになったことも」

彼はまるで少年のようで――はにかんでそわそわし、ひどく傷つきやすそうだった――とても南陽の病院を救ったヒーローと同一人物とは思えなかった。ただレッドモートへの侵入者に対するのと同じ情熱で、義和団の暴動に立ち向かったのだろうと想像した。それは常軌を逸した行為であり、そのことを後になって彼は恥じている――ここでの〝防御工事〟をかすかに恥じているように。

「しかし」スミスが口をはさんだ。「こうした手の込んだ予防措置は、泥棒避けのためではなかったのでしょう」

ミスター・エルタムはぎこちなく咳払いした。

「ミスター・スミス」と、彼は言った。「警察に助けを求めたからには、あなたにすべて正直に話さなくてはならないことはわかっています。敷地を有刺鉄線の柵で囲んだのは、家に泥棒が入ったからですが、この電動装置までつけたのは、何度か不穏な夜を経験したためです。使用人たちが、日が暮れてから何者かがやって来たと言って、心配しだしたんです。だれもその夜の訪問者の人相がわからないのですが、痕跡はたしかにありました。それは認めます。それから――わたしは警告らしきものを受け取りました。わたしの立場は特別です。娘もこのうろついている人物を、古代ローマ軍の砦のむこうで見かけ、黄色い顔の男だったと言っていました。そんなことがあったすぐあとに、例の列車でのできごとが起きたので、世間の注目を浴びたくはなかったのですが、しかたなく警察に届けたのです」

ネイランド・スミスは窓際に行き、なだらかに傾斜している芝生のむこうの、黒々と横たわる低木林の影に視線を投げた。どこかで一匹の犬がおそろしい剣幕で吠えたてていた。

「結局、あなたの防御装置はさほど堅固ではないようですね」彼はふりかえって言った。「今晩こちらにうかがう途中、ミスター・デンビーから、数日前の夜に、彼のコリーが死んだと聞きました」

牧師の顔が曇った。

「たしかに、あれには驚きました」と、彼は認めた。「わたしが数日間ロンドンに行っているあいだに、ヴァーノンがその犬をつれてここにやって来たのです。彼が着いた夜、犬は吠えながら、あそこの低木林に走っていき、そのまま戻ってきませんでした。彼がランタンを手にして捜しにいくと、犬は茂みのなかに倒れていて、すでに死んでいました。かわいそうに、頭を打ち砕かれていました」

「ゲートは両方とも錠が下りていました」デンビーが口をはさんだ。「ですから、梯子とだれかの手助けがなければ、だれもこの敷地内から出られなかったはずなんです。ですが何者かがひそんでいる気配はありませんでした。ぼくはエドワーズとそこらじゅうを調べたんです」

「あのべつの犬が吠えだしたのは、いつからです？」スミスがたずねた。

「レックスが死んでからです」デンビーがすぐにこたえた。

「あれはわたしのマスチフです」と、牧師が説明した。「裏庭から出さず、家のこちら側には放しません」

ネイランド・スミスは書斎のあちらこちらをぶらついた。

「しつこく質問してすみませんが、ミスター・エルタム」と、彼は言った。「あなたが受け取った警告らしきものとは、どんな内容で、だれから来たものですか？」

ミスター・エルタムは長いあいだ躊躇した。

「前回はじつに不本意な結果となったので」ようやく彼は口を開いた。「わたしが近いうちに河南に戻る計画をたてていると話せば、あなたから厳しい批判を受けるにちがいないと思ったのです！」

スミスはばね仕掛けのようにさっとふりかえった。

「では、また南陽に戻るつもりなんですか？」彼は叫んだ。「それでわかりましたよ！　なぜもっと前に話してくれなかったんです？　それこそが、わたしがずっと探し求めていた鍵だったのに。一連の騒ぎも、あなたが戻る決心をしたときから始まったのではないですか？」

「ええ、たしかにそのとおりです」牧師はおずおずと認めた。

「すると警告は中国から？」

「はい」

「中国人からですか？」

「高官のエン・スン・ヤットからです」

「エン・スン・ヤットですって！　彼があなたに来るなと警告したのですか？　それで、あなたは彼の助言を断わったんですか？　いいですか」スミスは興奮した様子で、目を輝かせ、痩身に緊張をみなぎらせた。「長老エン・スン

・ヤットは、七大人の一人ですよ！」
「おっしゃる意味がよくわかりませんが、ミスター・スミス」

「無理もありません。今日の中国は、一八九八年までの中国ではありません。あの国は巨大な秘密組織で、河南はその重要拠点の一つなのです！　ですがもしも、この高官があなたの友人であるなら、彼はあなたの命を救ったのです！　もしもあなたの友人が中国にいなかったら、今頃あなたは死んでいたでしょう！　ですから、あなたは彼の忠告を受け入れるべきです」

するとわたしが彼と知り合って以来初めて、J・D・エルタム師のなかから〝ダン牧師〟が姿を現わした。

「それはできません！」と、牧師は言い返した──その語気の変化に、われわれは驚かされた。「わたしは南陽に行かねばなりません。わたしを引き留められるのは、ただ一人、あの御方だけです」

深い信仰心と、とげとげしい言い方の組み合わせは、わたしがかつて耳にしたどんなものとも異なっていた。

「ではその御方があなたを守ってくれるでしょう」スミスは叫んだ。「残念ながら、生身の人間にはとうていそんなことはできません！　今、あなたが河南に行っても、百害あって一利なしだ。一九〇〇年の経験を、まだ鮮明に記憶しているはずです」

「そこまで言うことはないでしょう、ミスター・スミス」

「あなたがしようとしている伝道活動は、国際平和にとっては有害なのです。現在の河南は火薬庫のようなもので、そこにあなたが行けば、火のついたマッチを放りこむのと同じことになるでしょう。人が自分の義務と信じていることを邪魔するのは本意ではないが、あなたが中国本土に渡ることには、断固として反対します！」

「どこまでも反対なさるんですか、ミスター・スミス？」

「こうしてここに招待されていながら、こんなことは申し上げたくないが、わたしにはあなたにそれを強制する権限があるのを忘れないでいただきたい」

デンビーが落ち着かなげに身じろぎをした。会話の口調はしだいに荒々しくなり、嵐を予兆させる険悪な空気が書斎に流れた。

一瞬、室内が静まりかえった。

「これは、わたしが恐れていたことであり、また予期していたことです」と、牧師が言った。「だからこそ、公の保護を求めなかったのです」

「幻の黄禍が」ネイランド・スミスが言った。「今や現実のこととして、西側世界に迫っているのです」

「〝黄禍〟などと！」

「あなたもほかの連中も、そうやってばかにしている。われわれは友情の証として差し出された右手を握り、隠された左手にナイフが握られているかどうかを調べない！　世界の平和が脅かされているのです、ミスター・エルタム。それと知らずに、あなたは途方もない事態を引き起こそうとしているのです」

ミスター・エルタムは深呼吸し、両手をポケットに突っ込んだ。

「あなたはずいぶんとあけすけにものを言う人ですね、ミスター・スミス」と、彼は言った。「しかし、あなたのそんなところが好きです。自分が置かれている立場をじっくり考えて、明日またあなたとこの件を話し合いましょう」

このときは、こうしてひとまず嵐はおさまった。とはいえわたしは、迫り来る危険を——不吉な気配を、今ほどひしひしと感じたことはなかった。レッドモートの空気は東洋の邪悪さに満ちていて、悪臭のようにあたりを汚染していた。そのとき、静寂を破り、悲鳴が聞こえた——恐怖に駆られた女性の悲鳴だった。

「おお、あの声はグレーバだ！」ミスター・エルタムがささやいた。

8　低木林にあるもの

われわれがどの順番で客間に駆けこんだかは、覚えていない。しかしわたしが部屋に飛びこみ、フランス窓のそばでうつ伏せに倒れているミス・エルタムを発見したとき、前にはだれもいなかった。

窓は閉まり、かんぬきが掛かっていて、彼女は窓のアルコーヴに両手を伸ばす格好で横たわっていた。わたしは彼女の上にかがんだ。ネイランド・スミスはわたしのすぐわきにいた。

「わたしの鞄を持ってきてくれ」と、わたしは言った。

「だいじょうぶ、気絶しているだけだ」

驚き青ざめた顔で、支離滅裂なことをつぶやきながら、そばでうろうろしている彼女の父親を、ようやくのことでなだめた。わたしが簡単な蘇生術をおこない、娘が身体を震わせて吐息をつき、目を開けると、父親は涙を流さんばかりに喜んだ。

そのときは、わたしは彼女への質問を禁じ、彼女は父親に抱きかかえられて自室に下がった。

十五分ほどしてから、彼女の伝言が届けられた。メイドに案内され、わたしが古めかしい八角形の小部屋に行くと、面前にグレーバ・エルタムが立っていた。キャンドルの明かりが、彼女の顔の柔らかな輪郭を優しく撫で、豊かな茶色の髪を艶やかにきらめかせていた。

わたしの最初の質問に対し、彼女はひどく困惑した表情を見せた。

「なにがあなたをそれほど驚かせたのか、ぜひとも知りたいのです、ミス・エルタム」

彼女は唇を嚙み、不安そうに窓のほうに目をやった。

「できれば父には話したくないんです」彼女は早口で話しはじめた。「きっと父は、わたしの想像のしすぎだと思うでしょうけど、あなたはとても親切にしてくださいました。わたし、二つの緑色の目を見たんです！　ああ、あの目！

ドクター・ピートリー、あの目が芝生につづく階段からじっとわたしを見上げていたんです。まるで猫の目のように光っていました」

彼女の話を聞いて、わたしは奇妙な胸騒ぎをおぼえた。

「それは猫ではなかったんですね、ミス・エルタム？」

「猫にしては大きすぎました、ドクター・ピートリー。それに、見るからに恐ろしげでした。でも二日間で二度も気を失うなんて、なんてわたしは愚かなんでしょう！　たぶん不安でたまらないせいでしょうね。父は」――如才ない医師が相手の場合、えてして女性はそうなるものだが、彼女もしだいに打ち解けて話しだした――「ここに閉じこもっていれば、どんな危険からも身を守ることができると考えています」彼女はふたたび身を震わせた。「でもわたしたちが戻ってから、だれかがレッドモートにいるんです！」

「どういうことですか、ミス・エルタム？」

「いえ、それは……わたしにもよくわからないんです、ドクター・ピートリー。いったいどういうことなんでしょう？　どこかの恐ろしい中国人がミスター・ネイランド・スミスの命を狙っていると、ヴァーノンはわたしに説明していました。でも、もしもその同じ人物が父を殺したいなら、なぜそうしなかったんでしょう？」

「わたしにはさっぱり理解できません」

「もちろんそうでしょうとも。でも――列車で見たあの男。彼は父とわたしを簡単に殺せたはずです！　それに――昨夜、だれかが父の部屋にいました」

「彼の部屋に！」

「眠れないでいると、なにかが動いている物音がしたんです。わたしの部屋はすぐとなりです。壁をノックして、父を起こしました。なにもなかったので、あれは犬の吠え声だったと言ったんです」

「何者にせよ、どうやって彼の部屋に入ることができるんです？」

「想像もつきません。でもあれが人だったかどうか、よくわからないんです」

「ミス・エルタム、話してくれませんか。あなたはなにを怪しんでいるんです?」

「わたしをヒステリックで愚かな女だとお思いでしょうが、でも父とわたしがレッドモートを留守にしていたあいだ、ここではいつもの用心を怠っていたのでしょう。窓まで壁をよじ登ることができる、そんな大きな生き物がいるのでしょうか? 痩せた長い身体つきの生き物について、なにかご存知ですか?」

しばらく、わたしはなにも応えず、ただこの娘の美しい顔と、大きく見開かれ、わたしの目をのぞきこんでいる、ブルー・グレーのすがるような目に見入っていた。彼女はけっして神経質なタイプではない。血色のよい顔、日光を充分に浴びたうなじ。田舎の空気にさらされて健康的に日焼けした腕は、肉付きがよく、引き締まっている。身のこなしはいかにも若々しく機敏で、物憂げで病的なところはまったくなかった。

彼女は怯えている。それは当然のことで、怯えない者がいるだろうか? だが緑色の目の幻影以前に、彼女はレッドモートにこの生き物がいると思いこみ、それに怯えきっていた。

「そんな生き物を見たことがあるんですか、ミス・エルタム?」

彼女はまたためらい、うつむいて指先を合わせた。

「父が目を覚まし、なぜノックをしたのかとたずねたとき、わたしは窓の外に目をやったんです。芝生の半分が月明かりの影になっていて、その影になにかが逃げこもうとしていたんです——茶色くて、関節が目立つ生き物が!」

「大きさや形は?」

「動きがすばやくて、姿形はよくわかりませんでした。ただ六フィートはあるその生き物が、さっと芝生を横切るのが見えたんです!」

「なにか聞こえましたか?」

「低木林でシュッという音がして、そのあとはなにも」

彼女は目を輝かせてわたしを見つめた。わたしがなにもかも理解し、同感すると、彼女に期待されるのは嬉しかったが、実際には、わたしにできるのはただ聴罪司祭の代わりだけだった。

「昨日、列車内で、お父さんは眠っていたのに、なぜあなたは目を覚ましたんでしょうね？」

「わたしたちは駅の食堂でコーヒーを飲んだので、それに薬物が入っていたのでしょう。ひどい味だったので、わたしはほとんど飲みませんでしたけど、父は旅慣れているので、すっかり飲み干してしまったんです！」

ミスター・エルタムが階下から呼びかけた。

「ドクター・ピートリー」すぐさま彼女が言った。「彼らは父をどうするつもりなんでしょうか？」

「ああ、それがわかりさえしたら」

「今お話ししたことを、よく考えてみてくださいませんか？　たしかにこのレッドモートにはなにかがいるんです——父がいくらここを〝要塞化〟しても、それは自由に出入りしているのです！　シーザーにはそれがわかるんです。ほら、聞こえるでしょう。彼が引きちぎりそうなほどチェーンを引っ張っているのが」

わたしたちが階段を降りていくと、マスチフの不気味な吠え声が家じゅうに響き、彼が全体重をかけて大きな体軀を投げ出すたびに、ガチャンという金属音がした。

その夜、わたしがスミスの部屋に行くと、彼はタバコを手にして室内を歩きまわりながら、さかんにまくしたてた。

「エルタムには、影響力のある中国人の友人たちがいる」と、彼は言った。「だが今は、彼らはけっしてエルタムを南陽には来させまい。彼はノーフォークと同じくらいあの国を知っている。彼の目をごまかすことはできまい！

ここでの彼の警戒ぶりに、敵はさぞ面食らったことだろう。列車での一件は、どんな機会も逃がすまいというあせりの表われだ。だがエルタムが留守のあいだに（ちなみに、彼はロンドンであの警備装置をそろえていたんだ）、彼らはここでの二度目の小細工を仕掛けていた。彼が戻るまえに機会がなかった場合にそなえ、ここで彼を襲う準備をしていたんだ！」

「しかしどうやって、スミス？」

「それが謎なんだ。しかし低木林で死んでいた犬と、なにか関係がありそうだ」

「きみはフー・マンチューのスパイが、レッドモートにもぐりこんでいると考えているのか?」

「それはあり得る、ピートリー。きみは秘密の通路とかを想像しているんだろうが、そんなものはない。エルタムはこの場所をくまなく調べ上げた。どこに通じているかわからない通路は、ネズミの穴ひとつない。壕の下のトンネルについては、家自体がハドリアヌス帝時代の要塞跡である、古代ローマの固い石積みの上に建っている。いわゆる〝円形壕小修道院〟の古い見取り図を見たことがあるが、石段以外には入り口も出口もない。だとしたら、いったいどんな方法であの犬は殺されたんだ?」

わたしは暖炉の鉄格子にパイプをあて、灰を落とした。

「まさにわれわれは今、闘いの真っただ中にいるんだな」

「われわれはつねに闘いのただ中にいる」と、スミスはこたえた。「ノーフォークでもロンドンでも、われわれが直面している危険の大きさは変わらない。それにしても、彼らの目的はいったいなんなのだろう? 列車にいた例の男が持っていた、ケースに入った器具とは——なん、い、の器具だ? それに今夜の緑色の目をした幻影。ひょっとしてフー・マンチューの目だったんだろうか? とてつもなく非道なことが計画されているのか——ボスみずからが乗り出してくるほどの?」

「エルタムを殺さずに、ただ彼をイギリスの国外に出すまいと画策しているだけかもしれない」

「そうだな。やつは穏便な策をとるよう指示を受けているのだろう。だが中国人の慈悲など、あてになるものか!」

このあと、わたしは自室に帰ったが、服は脱がず、パイプにふたたびタバコを詰め、開いている窓の前にすわった。あの恐ろしい中国人と顔を合わせて以来、薄皮で覆われたような緑色の目をした彼の顔が、わたしの脳裏から消えたことはなかった。今この瞬間に、あの男が近くにいるかもしれないと思うと、とても眠る気にはなれなかった。

マスチフの吠え声とうなり声が、途切れることなく聞こえてきた。

寝静まった夜のレッドモートで、犬の悲しげな咆哮だけが、不気味にあたりに響き渡った。窓から、なだらかに傾斜している芝生に目をやると、例の低木林が緑の海に浮かぶ黒い島のように見えた。雲のない夜空に、月がぽっかりと浮かび、空気は暖かく、ほのかに草木の匂いを含んでいる。

あの低木林で、デンビーのコリー犬は不可解な死を遂げ、ミス・エルタムが見かけたものが姿を消した。あそこには、いったいどんな奇怪な謎があるのだろう?

シーザーがおとなしくなった。

時計が時を打つのをやめると、寝ている者が目を覚ますことがあるように、遠くからずっと聞こえていた犬の吠え声が急に聞こえなくなると、わたしは陰鬱な想像の世界からはっとわれに返った。

腕時計を月明かりに照らした。夜中の十二時十二分だった。

時計から目を離すと、突然、犬がまた吠えだしたが、こんどは怒りに満ちていて、交互に吠えたりうなったりする様子が、今までとは違っていた。すさまじい音をたててチェーンを引っ張り、犬小屋を力まかせに揺すった。わたしが窓から身を乗り出し、家のすみのほうを眺めると、ついに犬はチェーンを引きちぎった。

太いうなり声をあげ、犬はためらわずに身を躍らせた。彼の重たい体軀が木の塀に飛びこむ音がした。やがて奇妙な、しわがれた声がし……家の裏手から犬のうなり声がしなくなった。犬がいなくなった! だがあのしわがれ声は、犬の喉から出たものとはとうてい思えない。彼はなにを追いかけているのだろう?

彼が追う獲物がどうやって低木林に入りこんだのかはわからない。わたしはただ、シーザーのしなやかな姿が目の前の芝生をさっと走り抜け、その大きな生き物が勢いよく藪に飛びこむのを目にしただけだった。

そのとき、階上と右手からかすかな音がしたので、今の光景を目にしたのはわたし一人ではなかったことがわかった。わたしは窓からぐっと身を乗り出した。

「あなたですか、ミス・エルタム?」と、わたしは呼びかけた。

「まあ、ドクター・ピートリー!」彼女が言った。「起きていてくださって、本当によかったわ。どうにかして助けて上げられないのかしら？　シーザーが殺されてしまうわ」

「彼が追いかけているものを見たんですか？」

「いいえ」と言ってから、彼女ははっと息をのんだ。

奇妙な姿が芝生を駆けていた。それはブルーのガウンを着た人の姿で、ランタンを高くかざし、右手にリヴォルヴァーを持っていた。それがミスター・エルタムだとわたしが気づくと同時に、彼は犬のあとを追って低木林に飛びこんだ。

しかし驚きはまだ終わらなかった。ネイランド・スミスの声がした――

「戻れ！　戻るんだ、エルタム！」

わたしは廊下に飛び出し、階段を駆け降りた。正面ドアが開いていた。低木林の茂みのなかで、マスチフとなにかが激しく戦っていた。芝生に出ると、きちんと服を着たスミスと顔を合わせた。彼は二階の窓から飛び降りたところだった。

「あの男はまともじゃない！」彼は言い捨てた。「あそこになにがいるかわからないというのに！　一人で勝手に行くなんて！」

われわれは、エルタムの揺れるランタンの明かりを目ざして走りだした。争っていた気配が、突然やんだ。切り株につまずいたり、低く伸びた木の枝に顔をはたかれながら、われわれは前進し、茂みのなかでひざまずいている牧師のところにたどりついた。彼が顔を上げ、その目に涙を浮かべているのが、ほの暗い明かりに照らされて見えた。

「これを見てくれ！」彼が叫んだ。

彼の足もとに、犬が横たわっていた。

これほど勇敢な犬がこんな死に方をするのは哀れだったが、かがんで様子を見ると、まだ息をしていた。

「運び出そう。まだ生きてる」と、わたしは言った。

「急ごう」スミスがあたりを見回しながら言った。

そこでわれわれ三人は犬を抱え、この不気味な場所から急いで離れた。怪しい生き物の気配は感じられなかった。

今や周囲はしんと静まり返っていた。

芝生のはしまで来たとき、寝起き姿のデンビーと行き合った。そのすぐあとから、庭師のエドワーズもやって来た。窓の一つから、この家の使用人たちが青ざめた顔をのぞかせ、ミス・エルタムが自室からわたしに呼びかけた。「シーザーは死んだのですか？」

「いいえ、気絶しているだけです」

われわれは犬を裏庭に運び、わたしが犬の頭部を診察した。重たい鈍器のようなもので殴られていたが、幸い頭蓋骨は割れていなかった。さすがにマスチフは強健な犬だった。

「犬の手当てをお願いできますか、ドクター？」と、エルタムが言った。「われわれは犬を襲ったやつを捕まえないと」

彼の表情は険しかった。それはわれわれが知っている遠慮がちな牧師とは別人で、ふたたび〝ダン牧師〟になっていた。

わたしが犬の看病を引き受けると、エルタムはほかの連中を引き連れ、明かりを掻き集めて、低木林の捜索にむかった。わたしがマスチフの頭の傷を洗っているところに、ミス・エルタムがやって来た。わたしの治療よりも彼女の声によって、シーザーは意識をとりもどしたようだった。というのも、彼女がやって来ると、彼はしっぽを弱々しく振り、やがて傷ついた脚でどうにか立ち上がったのだ。

とりあえず犬が歩けるようになったので、彼の世話を若い女主人にまかせ、わたしは捜索隊に加わった。一行は四方向から低木林に入ったが、収穫はゼロだった。

「あそこには怪しげなものはなにもないし、あの場所から出た者もいないはずだ」エルタムはあっけにとられた顔で言った。

われわれは芝生に立ち、たがいに顔を見合わせた。ネイランド・スミスは厳しい表情で考えこみ、当惑したときの癖で、左の耳たぶを引っ張った。

「何者かがシーザーを襲おうとしたんだろう。彼の存在は危険だ。そして怒りのあまり、彼はチェーンを引きちぎった」と、わたしは言った。

「わたしもそう思う」スミスがうなずいた。「しかしこの人物はなぜここに来たのか？　そしてどうやってあの犬を倒し、レッドモートから抜け出したのか？　ゲートが開いている昼間のうちに、何者かが入りこみ、日が暮れるまで隠れていたということは、充分に考えられる。だがいったいどうやって出ていったのだろう？　鳥にでもなって飛んでいったんだろうか」

わたしはグレーバ・エルタムの言葉を思い出し、彼女が目撃したという、この謎に満ちた低木林に駆けこんだ生き物のことを口にした。

「その手の推測は、われわれの理解の範疇を超えている、ピートリー」と、彼は言った。「われわれが理解できることに範囲を限定したほうが、今はまだ不可解なことでも、より早く解明できるだろう。これまでのところ、今回の事件をわたしはこうとらえている――

9 第三の犠牲者

夜が明けるとさっそく、エルタム、スミス、そしてわたしは、警報装置を徹底的に調べた。装置は完璧に作動していた。何者かがどうやって夜のあいだにレッドモートに入りこみ、出ていくことができたのか、その謎がますます深まった。有刺鉄線の柵はそのままで、細工されたような箇所はなかった。

スミスとわたしは低木林を丹念に調査した。ヨーロッパブナの木から五歩ほど西の、ちょうど犬が発見された地点で、草や雑草が踏み潰され、周囲の月桂樹やツツジの枝に格闘の形跡が残っていたが、人間の足跡は発見できなかった。

「地面が乾いている」と、スミスが言った。「これでは証拠は残ってないだろうな」

(1) 軽率にも、中国に戻ろうと決めたエルタムは、友人である中国高官から、イギリスにとどまるようにと警告されている。
(2) わたしはこの中国高官を、イギリスではフー・マンチュー博士に代表される、黄色人種グループの一人だと考えている。
(3) エルタムを襲ういくつかの試みは（それについて、われわれはほどんど知らない）、彼の奇妙な〝防衛〟によって、ことごとく失敗している。列車での襲撃は、駅の食堂のまずいコーヒーを、ミス・エルタムが飲まなかったために失敗した。ここでの襲撃は、彼女が不眠症だったために失敗した。
(4) エルタムがレッドモートを留守にしていたあいだに、彼が戻ったときのためにある準備が行なわれた。すなわち――
(a) デンビーのコリー犬の死。
(b) ミス・エルタムが見聞きしたもの。
(c) 昨夜、われわれ全員が見聞きしたもの。

したがって、この四番目の問題を解明することと――すなわち、これらの準備の特徴をつかむことが――目下のわれわれの課題だ。これらの準備の第一の目的は、ピートリー、何者かをエルタムの部屋に侵入させることだった。ほかは偶発的なできごとにすぎない。たとえば、犬たちを始末しなくてはならなかった。そして二度目は、ミス・エルタムの不眠症が父親を救ったのだ」

「しかし、なにから？　いったいなにからだ？」

スミスは、あちこちに明かりがともされた木陰に、視線をさまよわせた。

「何者かの訪問から――おそらくフー・マンチュー自身の」彼は静かな声で言った。「その訪問の目的は、できればわれわれは知りたくない。知るということは、その目的が達成されたことを意味するのだから」

「スミス」わたしは言った。「きみの考えを完全に理解できたわけじゃないが、彼が得体の知れない生き物をここのどこかに隠しているとは考えられないか？　彼ならやりかねないだろう」

「たしかに、世にも恐ろしい生き物がここに隠れているということは、充分に考えられる。フー・マンチューはレッドモートのどこかにいるにちがいない！」

ここで、われわれの会話は、やって来たデンビーによって中断された。彼は壕、道路沿い、小川の土手を調べたが、足跡も手がかりもまったく発見できなかったと報告した。

「昨夜は、レッドモートからだれも立ち去ってはいないようですね」彼の声には畏怖の感情がこもっていた。

この日は、一日がだらだらと過ぎていった。われわれは不審者の跡を求めて近隣を捜し回り、すぐ近くのローマ時代の廃墟をくまなく調べたが、結果は徒労に終わった。

「きみがここにいれば、フー・マンチューは計画をあきらめるんじゃないだろうか？」と、わたしはスミスにたずねた。

「そんなことはあるまい」と、スミスはこたえた。「いいかね、もしもわれわれがエルタムを思いとどまらせることができなければ、彼は二週間後には旅立ってしまう。だとすればドクターにぼやぼやしている暇はない。そのうえ、彼の計画は綿密に練られたものなので、計画通りに進めるしかないのではないか。むろん、機会があれば、ついでにわたしを始末することはあるかもしれないが！　しかしこれまでの経験からあきらかなのは、彼が自分の陰謀を妨害しようとするものをけっして許さないということだ」

災厄の予想ほど、人の神経をすり減らすものはない。あらゆる予想は、それが頭のなかの予想であるかぎり、喜びでも苦しみでも、つねに現実より強烈だが、差し迫っていることがわかっている災厄を、ただ手をこまねいてレッドモートで待つのは、わたしがこれまで経験したどんなことよりも、神経への負担が大きかった。

わたしはまるでアステカの祭壇に縛りつけられ、神官が手にした黒曜石のナイフが、胸の上に振り上げられているような心境だった！

秘密と敵意に満ちた力が、われわれを包囲していた。われわれにはその力に抗するすべがなかった。恐ろしくはあったが、山場がすぐにおとずれたのは、かえって幸いだった。山場はすぐに、それも突然おとずれた――この一見のどかなノーフォークの家で、気がつくとわれわれは、フー・マンチュー博士のしわざと思われる、謎めいた恐怖と格闘していた。それは気づかぬうちに始まっていた。現実には、ドラマのようにおどろおどろしいBGMはついていない。

しだいにたそがれが近づくなか、われわれはテラスでくつろいでいた。あまりにも平和なひとときだったので、わたしにはもうじき悲劇が起きるということが信じられなかった。そのとき、一日じゅうおとなしくしていたシーザーが、ふたたび吠えはじめ、グレーバ・エルタムが身震いした。

わたしがスミスの視線をとらえ、室内に引き上げようと言いだしかけたとき、それまでの団欒は、思いがけず荒々しい形で掻き乱された。わたしは始め、デンビーがあの娘の気を引くためにやったのかと思ったが、あとで思い返すと、日が暮れかけてからずっと、彼の視線は彼女の顔ではなく、例の低木林に注がれていたのだ。彼はいきなり立ち上がり、椅子を引き倒すと、そのまま木立ちにむかって芝生の庭を走りだした。

「あれを見たか?」と、彼は叫んだ。「あれを見たか?」

彼はリヴォルヴァーを持っていたらしく、低木林のはしで銃声がし、閃光とともに、銃を掲げたデンビーの姿が見えた。

「グレーバ、なかに入って、窓を閉めていなさい」エルタムが叫んだ。「ミスター・スミス、あの茂みに西側から入ってくれませんか? ドクター・ピートリー、あなたは東から。エドワーズ、エドワーズ——」そのまま彼は猫のように神経質な身のこなしで、芝生を横切っていった。

わたしが反対の方角に走っていくと、低いほうのゲートから庭師の声がしたので、エルタムの作戦が読めた。彼はこの低木林を四方から取り囲もうとしていた。

林の奥深くから、さらに二発の銃声がし、閃光が二度走り、やがて大きな叫び声が聞こえ——わたしには、デンビーの声に思えた——そしてつぎに、くぐもった叫び声がした。

あとに残ったのは静寂だけで、マスチフの咆哮だけがその静けさを破っていた。

わたしはバラ園を突っ切り、ゼラニウムとヘリオトロープの花壇を飛び越え、ニレの木々の下の茂みに飛びこんだ。左手奥から、エドワーズの呼びかける声がし、それに応えるエルタムの声が聞こえた。

「デンビー！」わたしは叫び、さらにもっと大きな声を張りあげた。「デンビー！」

だが、ふたたび静寂がおとずれた。

今やレッドモートは薄暮に包まれていたが、目がすでに薄暗がりに慣れていたので、目の前にあるものがはっきり見えた。あたりを警戒することも忘れ、茂みの奥に進んだ。

「ヴァーノン！」一方からエルタムの声がした。

「もっと右だ、エドワーズ」すぐ前方で、ネイランド・スミスが叫ぶのが聞こえた。

災厄が迫っているという、なんとも表現しようのない不気味な感覚に襲われ、わたしは頭上を覆うニレの枝葉の切れ目にあたる、灰色の地面に突き進んだ。ヨーロッパブナの根元で、もうすこしでエルタムにぶつかってつんのめりそうになった。やがてスミスが視野に飛びこんできた。最後に、庭師のエドワーズが大きなシャクナゲのわきから姿を見せた。

だれもがしばらくその場に立ち尽くした。

微風にブナの葉がそよいだ。

「彼はどこだ？」

だれが言ったのか、覚えていない。わたしは驚いて、ただ呆然としていた。やがてエルタムが叫びだした。

「ヴァーノン！　ヴァーノン！　ヴァーノン！」

くりかえすたびに、彼の声は高くなっていく。その呼び声は、風にそよぐブナの葉の下で、あたりに鬱蒼と茂る低木のあいだで、ただむなしく響いた。

家の裏手から、シーザーがかすかに吠えた。

「早く！　明かりを！」スミスが言った。「ランプを集めろ！」

われわれは我勝ちに走りだし、月桂樹やイボタノキを避けながら、芝生に抜け出た。エルタムの顔は蒼白で、歯を食いしばっていた。彼と目が合った。

「神よ、どうかお許しください！」と、彼は言った。「今夜、わたしは殺人を犯すかもしれない！」

彼はあきらかに混乱していた。

明かりが届けられるまでが、ひどく長く感じられた。だが実際には、われわれはすぐにまた茂みにひきかえした。低木林は広くないので、全体を捜索するのに十分とかからなかった。デンビーのリヴォルヴァーを見つけたが、だれもいなかった――どこにも。

全員でまた芝生に戻ってくると、スミスはこれまで見たことがないほど憔悴しきっていた。

「どうしたらいいんだ？」と、彼はつぶやいた。「いったいどうなっているんだ？」

それは問いかけではなかった。答えられる者はだれもいなかった。

「捜すんだ！　徹底的に」エルタムはかすれた声で言った。

彼はバラ園に駆け込み、「ヴァーノン！　ヴァーノン！」とつぶやきながら、狂ったように花のあいだを捜しまわった。

一時間ちかく、われわれは手分けして捜した。金網の柵の内側をくまなく調べたが、なんの痕跡もなかった。どさくさに紛れ、ミス・エルタムが部屋から出てきて、この必死の捜索に加わった。使用人たちも何人かわれわれに協力した。

驚愕と混乱を内に抱えたまま、一同はふたたびテラスに集まった。一人、また一人と捜索をあきらめたが、エルタムとスミスだけは現われなかった。だがついに彼らも、下のゲートへの階段を調べ終え、いっしょに戻ってきた。

エルタムは丸木の腰掛けにすわり込み、がっくりうなだれて両手で頭を抱えた。

ネイランド・スミスは、檻に放り込まれた動物のように、落ち着きなく歩きまわり、歯を噛み鳴らし、耳を引っ張った。

突然、なにかひらめいたのか、それともなにかせずにはいられない衝動に駆られたのか、彼はいきなりランタンをつかむと、黙って芝生を横切り、ふたたび低木林にむかった。わたしもあとにしたがった。おそらく彼は林にひそんでいる何者かを驚かそうとしたのだろうが、実際には、彼自身、そしてわれわれのほうが驚いた。

林のすぐ手前で、彼はつまずいてばったり倒れた。すぐにわたしは駆け寄った。

彼は、そこに横たわっていたデンビーの上に倒れていた！

ついさっきまで、デンビーはそこにはいなかった。どうして今そこにいるのか、われわれにはまったく見当もつかなかった。ミスター・エルタムがやって来て、短く乾いた嗚咽を漏らし、がっくりと地面にひざをついた。やがて三人でデンビーを家まで運んでいくと、マスチフが弔うように遠吠えした。

われわれはテラスから下に傾斜している芝生に彼を横たえた。ネイランド・スミスの顔はげっそりとやつれていた。だがこの最悪の事態を目の前にして、もうすこし早く思いついていたならデンビーを救えたかもしれないあることに、彼ははたと思いいたった。さっとエルタムをふりかえり、川の向こうまで届きそうな声でどなった――

「しまった！　なぜ思いつかなかったんだ！　あの犬を放せ！」

「しかしあの犬は――」と、わたしは言いかけた。

スミスは片手でわたしを制した。

「シーザーが怪我をしているのはわかっている」彼はささやいた。「だがもしもあそこに人間らしきものがひそんでいるなら、犬がそこに連れていってくれるだろう。もしもあそこにひとがいるなら、犬は飛んでいくにちがいない！　なぜもっと早くこのことに気づかなかったのだろう？　なんて間抜けなんだ！」彼はまた声を張り上げた。「革ひもを離すなよ、エドワーズ。シーザーについていくんだ」

この思いつきはうまくいった。

エドワーズが犬を連れて歩きだしたとたん、家のなかで警報ベルが鳴りだした。

「待て！」と言うなり、エルタムは家のなかに駆けこんだ。

しばらくして、ふたたび彼は出てきたが、その目は怒りに燃えていた。

「壕の上手だ」息を切らして、彼は言った。われわれはいっせいに林のはしにむかって走りだした。

壕の上方は暗かったが、それでも、細い竹の節と絹のひもでできた梯子が、二つのフックで、高さ十二フィートの金網の柵からぶら下がっているのが見えた。物音はしなかった。

「やつは外に出た！」エルタムが叫んだ。「階段を降りたんだ！」

われわれは全速力で走りだした。だがエルタムはだれよりも速かった。まるで矢のように突進し、そのまま道路に飛び出した。道路は、ローマ時代の廃墟近くの上り坂まで、まっすぐにつづいていた。しかし路上に動く影はなかった。遠くから犬の吠える声が聞こえた。

「くそっ！　あの犬は走れないんだ」スミスが苛立たしげに言った。「シーザーなしで、影を追うとは！」

数時間後、低木林はついにその秘密をあらわにしたが、それはじつに単純なものだった――大きな樽が穴に沈められ、そのふたに月桂樹の低木が巧妙に固定され、さらに草で覆い隠されていた。細い竹の棒が、柵のそばに落ちていた。先にはフックがついていて、梯子をつかむのに使われたにちがいなかった。

「ミス・エルタムは、この梯子の先端を見たのだろう」と、スミスは言った。「彼女の父親の部屋に入るのを彼女にはばまれたので、やつはこれを引きずって低木林に逃げ込んだのだ。やつは昼間のうちに――エルタムがロンドンに行っているあいだに――手下を連れてここにもぐり込み、用意しておいた樽と必要な道具を運びこんだ。彼らはどこかに――おそらく低木林に隠れ、そして夜のあいだにこの隠れ場所をつくった。掘った土は花壇に捨てたのだろう。まがいものの低木は、あらかじめ用意しておいたにちがいない。いいかね、ここに入り込むのはさして難しくない。だがさまざまな〝防御〟設備があるために、暗くなってから（とにかくエルタムが家にいるときは）出ていくことは不可能だ。したがってフー・マンチューが目的を遂げるためには、レッドモート内に活動拠点をつくることが不可欠だった。彼の手下は――なにしろ彼には助手が必要だったからね――外のどこかで身を隠していたはずだ、どこかはわからないが！　すでに気づいているように、昼間は彼らはゲートを自由に出入りすることができた」

「きみはそれが博士本人だったと思っているのか？」

「その可能性はある。昨夜、ミス・エルタムが窓から見たという目だが、ほかのだれがそんな目をしているというのだ」

残る疑問は、エルタムの中国行きを阻止するために、フー・マンチューがどこまで非道な行為をするつもりでいたかだったが、それはデンビーによってあきらかになった。というのも、デンビーは死んではいなかったのだ。

おそらく彼は例の穴の入り口で侵入者につまずき、気絶させられ（証拠から判断すると、砂袋で）、隠れ場所に引きずり降ろされた――彼があまりにもその近くで倒れたので、彼をどかせば、まがいものの低木に気づかれるおそれがあった。そこで、一時しのぎの策として、侵入者は彼を穴のなかに引きずりこんだ。低木林の捜索が終わると、彼は茂みのはしまで運ばれ、そこに横たえられた。

彼の命がなぜ奪われずにすんだのかは、わたしにはわからないが、彼が意識を回復して低木林の秘密があきらかになったときのために、周到な準備がされていた。マスチフを解き放つことによって、レッドモートへの招かれざる客の来訪はなくなった。

デンビーの回復は遅く、ようやく回復しても、われわれがすでに照合した事実に、なにも付け加えようとはしなかった。なぜなら、彼はすっかり記憶を失くしてしまっていたからだ！

これは――わたしの意見では、他の専門家たちの考えと同様に――頭部の殴打ではなく、背骨の第一頸湾曲部の右やや下への、皮下注射器によるものと思われる穿刺が原因だった。結局、デンビーは意図せずに一連の悪だくみの総仕上げに手を貸すことになった。すなわち、今回の騒動によって、フー・マンチューはエルタムに河南に戻ることを断念させようとしたのだった。

こうした精神症状を引き起こす液体がどんなものだったのかは謎だ――西洋科学を越えた謎であり、フー・マンチュー博士の数多くの不思議な秘密の一つだった。

10　知られざる中国

ネイランド・スミスがビルマから戻って以来、新聞の紙面で、フー・マンチュー博士が引き起こした騒動の証を目にしない日はなかった。これまでそうした記事をわたしが見逃していたのか、それらが特別に注意を引かなかったのか、あるいは数があまりに多くなったのか、どちらとも判断がつかない。

ノーフォークから戻ってほどないある晩に、買ってきた何紙かの新聞に目を通していると、友人とわたしがかかわった恐ろしい事件をあつかった記事を四つも見つけた。

この中国人の無慈悲な残酷さに、平然としていられる白人はおそらくいないだろう。フー・マンチュー博士がイギリスにいるあいだじゅう、マスコミは彼の存在について一様に沈黙を守った。これはネイランド・スミスの力によるものだった。だが、その結果、この中国人の悪行を綴ったわたしの話は、あらゆる方面で、信憑性が疑われることになるだろう。

その日の夕方、この記録を書きはじめたわたしは、平穏な生活をおくっている読者に、クライトン・デイヴィ卿を意図的に殺害するという、冷酷無比な悪人の所業を信じさせることが、いかに難しいかを実感していた。

この神を恐れぬ者が――いかに下劣な敵に対しても――ザイヤット・キスなどという殺人手段を用いないでほしい。そんなことを考えているとき、ふと、つぎの記事が目に留まった――

エクスプレス・コレスポンデント　ニューヨーク

米国政府諜報部は南洋諸島で、マウイ島出身のハワイ人の行方を追っている。この男は、自分の子供たちを殺害しようとしたホノルルの中国人に、猛毒のサソリを売っていたと思われる。

中国人のあいだで、サソリ等による幼児殺しが急激に増加したため、当局は捜査に乗り出し、今回のマウイ島出身のサソリの売人の捜索にいたった。
実際には、変死する赤ん坊はすべて望まれない女児で、ほとんどの場合、親たちはサソリに刺されて死んだと主張し、有毒な虫を証拠として提出する。
当局はサソリの毒をつかった幼児殺しが常習化しつつあると判断し、このサソリの売人をなんとしてでも捕えるようにという命令を出した。

こうした人々がフー・マンチューを生み出したということなのだろうか？ いつの日か、このことを本にまとめる機会があったら、そこにこの話を一つのエピソードとして付け加えようと決め、その記事を切り抜いてスクラップ・ブックに貼った。
《グローブ》紙に載ったロイター電の記事と、《スター》紙の記事も切り抜いた。これらは、その中心から遠く離れた平和なイギリスで、例の不吉な東洋人として顕在化した、根深い不安、秘めた動揺の証だった。

香港　金曜日
昨日、総督に発砲した中国人、リー・ホン・ハンは、殺害する意図で総督に発砲した、すなわち殺人未遂のかどで、治安判事の前で告発された。弁護人がつかない刑事被告人は、罪を認めた。検察側の事務弁護士助手は、月曜日までの再拘留を要求し、承認された。
昨日の凶行の目撃者たちが撮影したスナップ写真から、やはりリヴォルヴァーを所持していた共犯者が存在することが判明した。報告によると、この男は昨夜逮捕され、犯行の証拠となる書類を所持していた。

続報
リー・ホン・ハンの共犯者が所持していた書類を調べた結果、この二人の男たちは広東三合会から多額の資金提供を受けていたことがわかった。この会の指導者たちは、F・M卿あるいは植民相のC・S氏の暗殺を指示していた。やはりこの共犯者が所持していた、広東宛ての報告書のなかで、この襲撃が失敗に終わったことを悔やんでいた。――ロイター電。

サンクトペテルブルグでの公式報告によると、ホータン近くの中国領トルキスタンで、中国人兵士と村民たちが、サイード・エフェンディというロシア国民の家を包囲した。

彼らは家を銃撃し、火を放った。家には百名ほどのロシア人たちがいたが、その多くが殺された。

ロシア政府は、この件に関して猛抗議をするよう駐北京公使に指示した――ロイター電。

最後に、個人消息欄で、つぎの告知を見つけた――

河南。訪問を断念す。――エルタム。

この記事をスクラップ・ブックに貼り終えたところに、ネイランド・スミスがやって来て、テーブルの向かいのアームチェアにすわりこんだ。わたしは例の切り抜きを彼に見せた。

「よかった、エルタムにとって――そして彼の娘にとっても」と、彼は言った。「だが、またしてもフー・マンチューにしてやられたな！　まったく、天罰はいつになったら下されるのだ！」

人知を超えた能力をそなえた相手に闘いを挑んで以来、スミスの日に焼けた顔はますます肉が削げていった。彼は立ち上がると、ブライヤパイプにタバコを押しこみながら、部屋のなかを落ち着きなく歩きまわった。

「ライオネル・バートン卿に会ってきた」だしぬけに彼は言った。「だが、彼に鼻であしらわれてしまった！　彼がどこに行ってしまったのかと何カ月も心配していたのに、そのあいだエジプトのどこかにいたんだ。まったく、不死身の男だな。《タイムズ》に書き送った彼の手紙によると、彼はフー・マンチューが西欧の目をくらまそうとしているものを、チベットで見てきたらしい。実際、彼はインド帝国の扉の新たな鍵穴を見つけたのかもしれない！」

以前、われわれはフー・マンチューと彼の目的の達成のあいだに立ちはだかる人物のリストに、ライオネル・バートン卿の名前を挙げていた。東洋文化の研究者にして探険家で、チベットのラサに初めて足を踏み入れ、巡礼者として、禁断の地であるメッカを三度訪問したが、今はまたチベットに関心を持っているので、そのことでみずから破滅を招いていた。

「彼が無事にイギリスにたどりついたことは、いい兆しなんじゃないか？」と、わたしは言ってみた。

スミスは首を振り、タバコを詰めたパイプに火をつけた。「現在のイギリスはクモの巣だ」と、彼はこたえた。「クモが待ちかまえている。ピートリー、わたしはときどき絶望的になるんだ。ライオネル卿は、ひとの言うことをおとなしく聞くような男じゃない。フィンチリーの彼の家を見てみたまえ。木々ですっかり覆われた、低い、ずんぐりした家だ。沼地のようにじめじめしていて、ジャングルのような臭いがする。なにもかもめちゃくちゃだ。彼は今日着いたばかりだが、まるで地震が起きたあとのサザビーズのオークション会場のような書斎で、仕事や食事をしている（そしておそらく睡眠もとっている）。ほかの部屋も動物園かサーカスみたいだ。ベドウィン人の召使いに、中国人の従者。ほかにもまだ妙な連中がいっぱいいる！」

「中国人だって！」

「ああ、この目で見たが、クウィーという名の斜視の広東人だ。虫の好かない男だ。それに、ストロッツァという秘書もいるが、これもうさん臭い顔をしている。彼は語学が堪能で、近々バートンが出版するマヤパン遺跡に関する本のために、スペイン語の記録を翻訳している。ところで、ライオネル卿の荷物が浮き桟橋からそっくり消えた――彼のチベット旅行の記録ごと」

「それは盗まれたにちがいない！」

「むろんだ。ところが彼は、崑崙山脈からヒマラヤ山脈まで、暗殺されずにチベットを横断したのだから、今さらロンドンで命を狙われるはずがないと言うんだ。別れたとき、彼は一分間に二百語の速さで、記憶している記録を口述していた」

「時間を無駄にしない男だな」

「時間を無駄にするどころか！　ユカタン半島に関する本と、チベット研究に加え、来週は、エジプトで彼が発掘したある墓について、学会で論文を発表することになっている。わたしが帰るとき、二人の男が桟橋から貨物自動車で、船ぐらいある大きな石棺を運んできた。ライオネル卿の話では、その石棺はひじょうに珍しいもので、彼が調べたあと、大英博物館に寄贈されるらしい。あの男は普通なら六カ月かかる仕事を、六週間でこなしてしまう。そしてまた、どこかに出かけてしまうんだ」

「それできみはどうするつもりなんだ？」

「わたしになにができる？　フー・マンチューが彼を襲うことはわかっている。それは間違いない。ううっ！　それにしても、あの家にはぞっとしたな。なにしろ、ピートリー、日光が部屋に射し込むことはまずないだろうし、今日の午後、わたしが行ったときには、街路から光が漏れてくるところに、羽虫の群れが塵の雲のように浮かんでいた。鼻をつまみたくなるような臭いが家じゅうに漂っていて、家の西側は、彼が旅先から持ち帰った見知らぬ植物で覆われている。それがまた、息苦しいほど強烈な臭いを放っているんだ。とにかく、あそこはひとの住めるところじゃない」

「なにか予防策をとったのか？」

「スコットランド・ヤードに連絡して、あの家を見張るよう指示はしたが――」

彼はあきらめたように肩をすくめた。

「ライオネル卿はどんな人物だ？」

「常軌を逸した男だよ、ピートリー。長身で、大柄で、くすんだ色の汚れた部屋着を着ている。くしゃくしゃの白髪頭に、濃い口髭、鋭い青い目、褐色の肌。短い顎鬚なのか、ただの不精髭なのか、どっちとも言えない。奇妙な収集品が雑然と置かれた部屋で、アンティークの家具や参考文献、原稿、ミイラ、槍、陶器のあいだを縫うようにして歩きまわり、ときどき足下の本を蹴飛ばしたり、剝製のワニやメキシコの仮面につまずいたりしながら、口述したり会話したりしていた。いやはや！」

しばらく、われわれは黙りこんだ。

「スミス」わたしが口を開いた。「こんどのことでは、われわれはなんの進展もしていない。フー・マンチューは当局の必死の捜査をかわし、今だに暗躍をつづけている」

ネイランド・スミスはうなずいた。

「全員は把握できないが」彼は言った。「われわれは黄禍を察知した人物を見つけ出し、彼らに警告している——もしも時間があれば。それによって、その人物が助かるかどうかはわからないが。だが、ピートリー、やつの残忍な組織によって毎週殺されるかもしれないほかの人々については、われわれになにがわかるだろう？　われわれには、中国の大問題を予知した人物全員を、残らず突きとめることは不可能だ。溺死者、自殺者、自然死と思われる突然死の死者に関する報告書までを、見ることはできない。いいかね、フー・マンチューは神出鬼没で、あらゆるところに触手を伸ばしている。さっき、ライオネル卿は不死身だと言ったが、われわれがまだ生きていることが奇跡なのだ」

彼は腕時計に目を落とした。

「もう十一時か」と、彼は言った。「だが眠りは時間の無駄だ——それどころか危険ですらある」

ベルが鳴った。しばらくして、ドアをノックする音がした。

「お入り！」わたしが応えた。

メイドがスミス宛ての電報を持ってきた。彼女から電報を受け取り、明かりの下で封筒を開ける彼の顔はいかめしく、目には鋼のような厳しさをたたえていた。彼は文面を見るなり立ち上がり、電報をわたしに手渡すと、わたしの書き物用テーブルに置いてある、自分の帽子に手を伸ばした。

「恐れていたことが起きてしまった、ピートリー！」

電報には、こう書かれていた——

「ライオネル・バートン卿殺害さる。至急、彼の家に来られたし。ウェイマス警部補」

11 緑色の霧

急いで駆けつけたにもかかわらず、われわれを乗せたタクシーが真っ暗な街路にたどりついたときには、すでに真夜中ちかくになっていた。トンネルの先の、街路の突き当たりには、窓に月明かりが反射している、ライオネル・バートン卿の自宅であるローワン・ハウスが見えた。

長く、低い建物のポーチの前に降り立つと、たしかにスミスが言っていたように、家は木々と植え込みに囲まれていた。建物正面は、彼が言っていた珍しい異国の蔓性植物で覆われ、あたりには、朽れかけた植物の匂いと、蔓の枝葉の上に豊かに咲き誇っている、夜咲きの赤い小花の芳香とが漂っていた。

家はまるで荒れ放題で、ウェイマス警部補になかに通されたわれわれは、内部も外側と同様の状態なのに気づいた。玄関ホールはアッシリアの神殿の一部を模して作られていたが、太い柱、低い椅子、カーテンはどれも放置されたまま、埃が積もっていた。室内も、外の木々の下と同じくらいかび臭かった。

刑事に案内された書庫は、蔵書が床にまであふれていた。

「うわっ!」わたしは叫んだ。「なんだ、あれは?」

なにかが本棚の上から跳び降りてきて、本が散らばっている床を音もなくしなやかに歩き、まるで稲妻のようにさっと書庫から出ていった。わたしはあっけにとられてその後姿を見送った。ウェイマス警部補が乾いた笑い声をあげた。

「若いピューマか、アフリカジャコウネコかなにかでしょう、ドクター」と、彼は言った。「この家はまるでびっくり箱だ――しかも謎に満ちている」

彼の口調はやや皮肉っぽく聞こえた。彼は静かにドアを閉めてから、奥に進んだ。

「彼はどこです?」ネイランド・スミスが強い口調で言った。「どういう状況だったんです?」

ウェイマスは椅子に腰をおろし、わたしがさしだした葉巻に火をつけた。

「卿に会うまえに、まずことのいきさつを初めから話しましょう――われわれにわかるかぎりのことを」

スミスはうなずいた。

「では」と、警部補はつづけた。「あなたの指示でやって来た警官は、家の門をよく見渡せる路上の場所から見張りをしていました。すると十時半ごろ、一人の若い女性が現われ、なかに入っていったのです」

「若い女性?」

「ライオネル卿の速記タイピストのミス・エドモンズです。彼女は帰宅してから、財布を入れたバッグを失くしたことに気づき、ここに取りに戻ったのです。その彼女が、悲鳴をあげました。外にいたわたしの部下が騒ぎを聞きつけ、ここにやって来ました。すぐさまわれわれに連絡してきたので、わたしはここに駆けつけ、ただちにあなたに電報を打ったのです」

「きみの部下が騒ぎを聞いたと言ったが、どんな騒ぎだったんだね?」

「ミス・エドモンズがひどいヒステリーを起こしたんです!」

スミスは興奮した様子で、室内を行ったり来たりしていた。

「彼がここに来たときに目撃したことを、くわしく話してくれないか」

「黒人の召使いが――この家にイギリス人はいません――そこの廊下でその娘をなだめようとしていて、マレー人ともう一人の浅黒い肌の男が、額をたたいたりわめいたりしていました。彼らから話を聞くことはとうてい不可能だったので、彼は一人で調査を始めました。夕方のうちに敷地内の部屋の位置を確認し、一階の窓の明かりを頼りに書斎の場所を確かめておいたので、彼はドアを捜しに行きました。見つけたドアは、内側から鍵がかかっていました」

「それで?」

「彼は外から窓に近づきました。ブラインドがないので、植え込みから書斎として使われている物置部屋のなかを見ることができました。彼は、おそらくミス・エドモンズがそのまえにしたように、なかを覗きました。そこで、彼は彼女がヒステリー発作を起こした原因を目にしたんです」

スミスとわたしは彼のつぎの言葉を待った。

「床に散らばったがらくたのなかに、大きなエジプトのミイラの棺が横向きに置かれていて、そこに両腕を投げ出し、うつむいた姿勢で、ライオネル・バートン卿が横たわっていたのです」

「なんということだ！　それで？　先をつづけてくれ」

「シェードの付いた読書用ランプしかともっていなくて、しかもそれは椅子の上に置かれ、彼を上から照らしていたので、床に光の輪ができていました」警部補は両手でその大きさを示した。「ガラスを割って窓を開け、部屋に入っていくと、なにかべつのものが見えたと、そう言うんです」

彼は口ごもった。

「彼はなにを見たんです？」スミスがぶっきらぼうにたずねた。

「緑色の霧のようなものです。まるで生き物のように見えたと、彼は言っています。それは床から一フィートぐらいのところに浮かんでいて、彼の前から書斎の奥のカーテンのほうに動いていったそうです」

ネイランド・スミスは話している相手の顔をじっと見据えた。

「その緑色の霧を、彼が初めに見たのはどこです？」

「彼が言うには、ミスター・スミス、ミイラの棺から出てきたそうです」

「それで？　つづけて」

「彼の名誉のために言っておきますが、彼はその妙なものを見てから、部屋に入ったのです。断言します。彼が遺体を抱き起こすと、ライオネル卿は恐ろしいありさまでした。卿はたしかに死んでいました。そこでクロックステッドは――それが彼の名前です――そのカーテンのところに行きました。ガラスのドアがあり――閉まっていました。彼がそこを開けると、温室に通じていました。温室はタイルの床からガラスの天井まで、がらくたで埋まっていました。

なかは暗かったのですが、彼は書斎のすべてのランプをつけておいたので、書斎から——ちなみに、あそこは本当は応接室なんです——充分な明かりが届いていて、またしても例の緑色の這いまわる霧をかいま見たのです。温室に下りていく三段の階段があります。そこに死んだ中国人が横たわっていました」

「死んだ中国人だと！」

「そうです」

「医師に見せたのか？」スミスがたたみかけた。

「ええ、地元の医師に。ですが彼の手には余ったようです。三度も矛盾したことを言いましたよ。ですがほかの意見は必要ありません——肝心なのは検死官の報告ですから」

「それでクロックステッドは？」

「彼は具合が悪くなったので、タクシーで帰宅させました」

「どうしたのかね？」

ウェイマス警部補は眉をつり上げ、葉巻の灰をそっと落とした。

「彼はわたしが来るまで持ちこたえ、ことの顚末を話したところで、気を失ってしまいました。彼は、温室のなかに潜んでいたなにかに、喉をつかまれた気がしたと言っていました」

「それは実際につかまれたという意味か？」

「さあ、どうでしょうね。当然ながら、ミス・エドモンズも家まで送り届けました」

ネイランド・スミスは、左耳たぶを引っ張りながら考えこんでいる。

「それで、今回の一件についてのあなたの推理は？」彼はだしぬけに言った。

ウェイマスは肩をすくめた。

「さっぱりわかりません——緑色の霧の正体も」と、彼はこたえた。「では、そろそろ行きましょうか？」

われわれはアッシリア風のホールを横切ったが、そこにはこの奇妙な家の住人たちが、うろたえた様子で集まっていた。メンバーは四人で、二人は黒人、あとの二人は東洋人だった。スミスが話していた中国人のクウィーと、イタリア人の秘書の姿はなく、ホールの奥を覗きこんでいるわが友人の様子からみて、彼も二人の不在をいぶかしんでいるにちがいなかった。われわれはライオネル卿の書斎に入った――そこはなんとも形容しがたい場所だった。

ネイランド・スミスが言った、〝地震が起きたあとのサザビーズのオークション・ルーム〟という言葉が、すぐに頭に浮かんだ。部屋は珍奇な品々であふれかえっていた――アフリカ、メキシコ、ペルシャからの戦利品の数々。炉床のそばの空間に、包装箱にのせたガスレンジが置いてあり、かたわらにキャンプ用の料理道具があった。朽ちかけた植物の臭いと、夜咲きの珍しい花の濃厚な香りが、開いている窓から漂ってきた。

床の中央の、ひっくり返った石棺のそばに、くすんだ色の部屋着姿の人物が、古代エジプトのミイラの棺の側面に、両腕を前に投げ出す格好で、うつ伏せに横たわっていた。

わが友人は前に進み出て、死者のかたわらにひざまずいた。

「おい、これは！」

スミスはさっと顔を上げ、複雑な表情を浮かべてウェイマス警部補をふりかえった。

「きみはライオネル・バートン卿の顔を知らないんだな？」

「知りません」ウェイマスはこたえた。「ですが――」

「これはライオネル卿ではない。これは秘書のストロッァだ」

「なんだって！」ウェイマスが叫んだ。

「もう一人はどこだ――あの中国人は――早く！」スミスが叫んだ。

「発見されたままにしてあります――温室の階段に」と、警部補が言った。

スミスは、開いているドアのむこうの、積み上げられた珍奇な品々がかいま見える場所に駆け寄った。カーテンをわきに引いて足下を明るくし、階段に横たわっている人物の上にかがみこんだ。

「思ったとおりだ！」彼が大声で言った。「この男はライオネル卿の召使いのクウィーだ！」

ウェイマスとわたしは、イタリア人の死体をはさんでたがいに見つめ合い、それから、死んだ中国人を険しい顔で見下ろしているわたしの友人に目を向けた。微風に木の葉がそよいだ。異国の花の甘い香りが、開いている窓からカーテンがかかった戸口のほうに流れていった。

それは東洋の匂い――黄色い触手を西洋に伸ばしている東洋の息遣いだった。それは、フー・マンチュー博士に代表される、漠然としてとらえどころのない勢力を象徴していた。かたやネイランド・スミスは――痩せて、機敏で、ビルマの陽射しで日焼けしている――狡猾な敵と闘おうといている、頭脳明晰で敏腕なイギリス人を代表していた。

「一つだけ確かなのは」スミスが言った。「ストロッツァを除き、ライオネル卿がいなかったことを知っている者は、この家にはだれもいないということだ」

「どうしてそう言いきれるんですか?」ウェイマスがたずねた。

「ホールにいる使用人たちは、彼が死んだと騒いでいる。もしも彼らが卿が出ていくのを見ていたなら、ここに横たわっているのが別人だとわかったはずだ」

「あの中国人はどうなんです?」

「書斎からしか温室に入る方法はないのだから、主人が部屋にいないすきに、クウィーはあそこに隠れたにちがいない」

「クロックステッドは、連絡ドアが閉まっていたのを確認しています。では、だれがあの中国人を殺したんでしょうか?」

「ミス・エドモンズもクロックステッドも、書斎のドアには内側から鍵がかかっていたと証言している。だれがストロッツァを殺したのだ?」スミスが言い返した。

「お気づきでしょうが」警部補はつづけた。「この秘書はライオネル卿の部屋着を着ています。ですからミス・エドモンズは窓越しにその姿を見て、てっきり自分の雇い主だと勘違いし、われわれも彼女の話を信じてしまったのです」

「窓から覗いた人間がそう勘違いするように、彼はわざとこの部屋着を着ていたのだ」と、スミスが断言した。

「なぜだ？」わたしは質問した。

「なぜなら、彼は邪悪な目的でここに来たからだ。見たまえ」

スミスは足をとめ、床に散らかっているいくつかの道具を手にとった。「そこにふたがある。彼は石棺を開けに来たのだ。ここにはメネンプタハ二世の治世に活躍したある有名な人物のミイラが納められていた。ライオネル卿はわたしに、多くの貴重な装飾品や宝石が覆いのあいだに隠されているだろうと言った。彼は今夜、この棺を開け、なかの物を調べるつもりでいた。ところがそれをとりやめたので、彼は命拾いをした」

わたしは当惑して髪を掻きあげた。

「だとしたら、そのミイラはどうなったんだ？」

ネイランド・スミスは乾いた笑い声をあげた。

「どうやら緑色の霧となって消えてしまったようだな」と、彼は言った。「ストロッツァの顔を見るがいい」

彼が遺体を仰向けにすると、こうした光景を見慣れているわたしでさえ、イタリア人の苦悶の形相にたじろいだ。

彼が、普通では考えられないほどの暴力を受けて殺されたことは、あきらかだった。わたしは部屋着のひもをほどき、遺体の傷を調べたが、傷らしきものはどこにもなかった。

ネイランド・スミスは部屋のむこうに行き、警部補の手を借りて、中国人のクウィーの遺体を書斎に運びこみ、明るい場所に遺体を横たえた。クウィーのしわの寄った黄色い顔は、イタリア人の形相よりもさらに醜くゆがみ、血の気のない唇をめくりあげて、上下の歯を剝き出しにしていた。暴力をふるわれた痕跡はどこにもなかったが、四肢は――ストロッツァと同様に――激しい苦痛にのたうちまわったために、不自然な姿勢で硬直していた。

風がしだいに強くなり、湿った植え込みからの鼻をつく臭いと、蔓植物の甘ったるい匂いが、開いている窓から絶え間なく漂ってきていた。ウェイマスが慎重に葉巻にまた火をつけた。

「つまりこういうことですか、ミスター・スミス」と、彼は言った。「ストロッツァは、ライオネル卿がいないのを知り、ミイラの棺から宝飾品を盗むためにここに忍び込んだ。一方、クロックステッドは、窓からここに入り、内側から鍵がかかっているのに気づいた。ストロッツァは温室に中国人が隠れているのを知らなかった——」

「そしてクウィーは温室から姿を現わそうとはしなかった。なぜなら彼もなんらかのわけがあってそこにいたからだ」スミスがさえぎるように言った。

「ふたを開けたとき、なにかが——何者かが——」

「それが、ひょっとしてミイラだと？」

ウェイマスが不安をまぎらわすように笑った。

「それはともかく、鍵がかかった部屋から、ドアも窓も開けずに消えたなにかが、ストロッツァを殺したんです」

「そしてそのなにかは、ストロッツァを殺したあと、この中国人を殺した——彼が隠れていた温室のドアを開けずに」スミスはつづけた。「警部補、これはある意味で、フー・マンチュー博士に、彼の大いなる意思をもってしても完全に服従させることのできない味方が現われたということですよ。なんという見境のない暴力だろう。なんとも恐ろしい死刑執行人を彼はあの石棺に閉じ込めたものだ！」

「するときみは、これがフー・マンチューのしわざだと考えているのか？」わたしは言った。「もしもそのとおりだとしたら、彼の能力は超人的だな」

わたしの口調がスミスを刺激したようだった。彼は不思議そうにわたしを見つめた。

「信じられないというのか？　隠れていた中国人の存在だけで充分だ。断言してもいいが、クウィーは例の殺人グループの一員だった。が、おそらくつい最近、仲間に加わったのだろう。彼は武器を持っていない、ということは、彼の役割は、隠れた敵の存在を露ほども疑っていないライオネル卿を、ここで仕事をしているときに暗殺することだったのではないか。だとしたらストロッツァが石棺を開けたことは、あきらかに予想外のことだったにちがいない」

「そのうえ死ぬとは——」

「フー・マンチューの部下がな。うん。その点はうまく説明がつかない」

「きみはこの石棺が暗殺のために運び込まれたと考えているのか、スミス？」

わが友人はあきらかにとまどった顔でわたしを見つめた。

「では、フー・マンチューの手下であるクウィーがここに隠れていたときに、これが運び込まれたのは偶然だったとでもいうのか？」

わたしはうなずいた。するとスミスは石棺の上にかがみ、裏表にほどこされた鮮やかな彩色をしげしげと眺めた。石棺は床に横倒しになっていたので、彼は端をつかんで石棺をひっくり返した。

「重いな」と、彼はつぶやいた。「ストロッツァが倒れるときに、これをひっくり返したにちがいない。ふたをはずすために、これを横倒しにしたとは考えられない。ややっ、これは！」

彼はさらに身を乗り出し、細い麻ひもを引っ張り、ミイラの棺からゴム栓か〝コルク栓〟のようなものをとりだした。

「底の穴にこれが詰まっていた」と、彼が言った。「うわっ！　ひどい臭いだ」

わたしがそれを彼から受け取り、よく調べようとしたとき、玄関ホールで大きな声がした。ドアが勢いよく開き、暖かい陽気にもかかわらず、毛皮が内張りされたコートを着た大男が、部屋に駆けこんできた。

「ライオネル卿！」スミスが厳しい口調で言った。「あなたに警告したはずです！　ごらんなさい、もうすこしであなたが命を落とすところでしたよ」

ライオネル・バートン卿は床に横たわっているものに目を落とし、それからスミスからわたしに、そしてわたしからウェイマス警部補へと視線を移した。彼はまだ本に占領されていない椅子の一つにすわりこんだ。

「ミスター・スミス」卿は動揺した様子で言った。「これはどういうことだ？　説明してくれ――早く」

そこでスミスは、彼が知るかぎりの今夜のできごとを、手短に説明した。ライオネル・バートン卿は彼の話をじっとすわったまま聞き入った――これは、ふだん一時もじっとしていない男にしては、珍しいことだった。

「宝石が目当てだったのか」スミスが話し終えると、卿はぽつりとそう言い、死んだイタリア人のほうに目を向けた。

「彼にそんな気を起こさせたわたしが悪かった。クウィーが隠れてなにをしていたのかは、見当もつかない。ひょっとしたら、ミスター・スミス、きみが言うように、わたしを殺すつもりだったのかもしれないが、わたしにはとうてい信じられない。しかし——これはきみが追っている謎の中国人のしわざとは思えないな」彼は石棺をじっと見つめた。

スミスは驚いて彼を見た。「それはどうしてです、ライオネル卿？」

著名な旅行家は石棺から目を離そうとはせず、その青い目には不安のようなものがにじんでいた。

「今夜、レンボールド教授から電報を受け取った」彼はつづけた。「わたしの不在を知っていたのはストロッツァだけだった、というきみの推測は正しかった。わたしは急いで身支度をし、トラヴェラーズ・クラブで教授と会った。彼はわたしが来週、論文を発表することを知っていて」——彼はまたミイラの棺に目をやった——「メカラの墓について。彼はまたその石棺が、手つかずのままイギリスに運ばれたことも知っていて、ぜったいに棺を開けないでほしいとわたしに懇願した」

ネイランド・スミスは話し手の顔をまじまじと見ていた。

「なぜ教授はそんなことを言ったんですか？」彼はたずねた。

ライオネル・バートン卿はためらった。

「そのときは、ばからしいと思った」ようやく彼は口をひらいた。「メカラの墓は、わたしがチベットに行っているあいだに、代理の者が発見したので、そこに入るために、わたしは旅の帰途にアレクサンドリアに立ち寄った。メカラは、旧約聖書にある出エジプトが行なわれた時代に生きていた最高位の神官で、アメン神信仰を初めて提唱した人物だった。つまり、彼はモーゼと魔法による力比べをした魔術師の一人だった。わたしはこの発見を飛び上がって喜んだが、あとでレンボールド教授から、フランス人エジプト学者のムッシュー・パージュ・ルロワの死にまつわる奇怪な話を聞かされた。それは、わたしには初耳の内容だった」

われわれは卿の話に引きこまれ、じっとつぎの言葉を待った。

「ムッシュー・ルロワは」ライオネル卿はつづけた。「同じ魔術師仲間のアメンティの墓を発見したが、そのことを秘密にしておいた。どうやら彼はその場でミイラの棺を開けてしまったらしい。こうした神官たちは王家の血を引いていたので、王家の谷に埋葬されている。彼の仲間やアラブ人の召使いたちが、彼一人を残してその場を立ち去ったところ——たぶん彼はミイラの棺を見張るために残ったのだろう——あとで、彼は棺のかたわらで窒息死していた。この事実はエジプト政府によってもみ消された。レンボールドは理由は説明できないまま、とにかくメカラの石棺を暴かないでほしいとわたしに懇願した」

だれもが押し黙った。

わたしがパージュ・ルロワの急死という事実を聞いたのは、これが初めてだったが、経験豊かで評判の高いライオネル・バートン卿から聞かされただけに、はかり知れないほどの不気味さを覚えた。

「石棺は桟橋にどのくらいのあいだ置かれていたんですか?」スミスがいきなり質問した。

「たしか、二日ほどだ。ミスター・スミス、わたしもレンボールド教授も迷信深い人間ではないが、パージュ・ルロワの話を聞いたあとでは、自分がこの目で見なかったことを神に感謝したい……あの石棺から出てきたものがなんであれ」

ネイランド・スミスは彼の顔を凝視した。

「あなたが石棺を開けなくて、本当によかったです、ライオネル卿」と、彼は言った。「メカラがこの一件とどんなかかわりがあるにしろ、彼の石棺を利用して、フー・マンチュー博士は初めてあなたの命を奪おうとしたんです。その試みは失敗しましたが、これからわたしといっしょにホテルに移っていただきたい。彼は二度目は失敗しないでしょう」

12　奴　隷

ローワン・ハウスで惨劇が起きたつぎの日の夜、ネイランド・スミスはウェイマス警部補と、桟橋で奇妙な調査を行なっていたが、わたしは自宅に残り、自分の密かな記録に新たな事実を書きこんだ。そして――どうして告白せずにいられるだろう？――前日の記憶とともに、恐怖がふたたびよみがえった。

ライオネル・バートン卿の一件を整理して書き留めようとしたが、それはまるで不完全なものだった。まず、つぎのような疑問をならべてみた――（1）ムッシュー・パージュ・ルロワと、中国人のクウィーとストロッツァの死のあいだに、なんらかの共通点が存在したか？（2）メカラのミイラはどうなったのか？（3）鍵がかかった部屋から、殺人者はどうやって逃げたのか？（4）例のゴム栓の用途はなんだったのか？（5）クウィーはなぜ温室に隠れていたのか？（6）例の緑色の霧はたんなる幻覚で、クロックステッドの想像の産物だったのか、それとも彼は本当にそれを見たのか？

これらの疑問が完全に解けないかぎり、さらなる進展は不可能だった。ネイランド・スミスはまるでわからないと、あっさり認めた。「見たところ、最近のマンダレーの平凡な役人の手には余るような、むしろ心霊研究者が喜びそうな事件だな」と、この日の朝、彼は言った。「ライオネル・バートン卿は、例の最高神官の棺を開けることによって、超自然的な力がはたらいたと信じている。だがわたしは、たとえそうだとしても、それでもまだフー・マンチュー博士があの力を支配していたと考えている。しかしきみはもっと論理的に考えて、だれもが納得できる結論を導き出してくれ。例の緑色の霧のことにあまり執着せず、確認された事実を漏らさず書いてくれないか」

わたしは灰皿のなかで、パイプをたたいて灰を出そうとしたが、パイプを手にしたまま、途中で手をとめた。この家の女家主もほかの者たちも出かけていたので、家のなかは静まりかえっていた。

路面電車が通る音のほかに、玄関ドアが開く音が聞こえたような気がした。あとにつづく静寂のなかで、じっと耳をすました。

物音は聞こえない。待て、油断するな！　そっとテーブルの引き出しに手を入れ、リヴォルヴァーをとりだし、立ち上がった。

音がした。だれか、あるいはなにかが、闇のなかで階段を上がってくる！

中国的な手口に慣れてきたわたしは、反射的にドアを閉めて鍵をかけようとした。だが、そのかすかな音は、今や、わずかに開いているドアのすぐ外から聞こえてくる。ドアを閉める時間はない。かといって、フー・マンチューの命令で引き起こされた数々の恐ろしい事件を目にしていたので、ドアを開ける勇気もない。鼓動が高鳴り、なにが飛び出してくるかわからない暗闇を睨みながら、待った——部屋に入ってくるものを待ち構えた。静けさのなかで、たぶん十二秒ぐらいが過ぎただろう。

「そこにいるのはだれだ？」わたしは叫んだ。「答えろ、さもないと撃つぞ！」

「やめて！　撃たないで」耳に心地よい、美しい声がした。「下ろして——その銃を。早く！　どうしてもあなたに話したいことがあるの」

ドアが押し開けられ、フードのついたマントに包まれた、ほっそりした体型の人物が部屋に入ってきた。わたしは銃を持った手をだらりと下ろし、あっけにとられて立ち尽くし、フー・マンチュー博士の使者の——もしも彼女自身の言葉を信じるならば、彼の奴隷の、美しい黒い瞳を覗きこんだ。これまでに二度、この娘は——彼女とフー・マンチューとのかかわりは、こんどの事件の最も深い謎の一つだった——おそらく口にできないほどの処罰を覚悟で——わたしの命を救ってくれた。その二度とも、彼女がいなければ、わたしの命はなかっただろう。こんどはどんな目的でここに来たのだろう？

彼女は唇をわずかに開き、マントをからだに引き寄せるようにして立ち、熱をおびた眼差しでわたしを見つめていた。

「どうやって――」わたしは口を開きかけた。

だが苛立たしそうに彼女は首を振った。

「彼はこの家のドアの合鍵を持っています」と、彼女は思いがけないことを言った。「今までわたしの主人の秘密を漏らしたことはありませんけど、どうかドアの錠を付け替えてください」

彼女は前に進み出て、ほっそりした両手を迷わずわたしの両肩においた。「お願いです、彼の許からわたしをさらってください」唐突に、彼女はそう言った。

そして彼女はわたしを見上げた。

彼女の言葉は、ひどく混乱しているわたしの心を揺さぶり、わたしはそれを嬉しいと感じている自分に気づいて赤面した。彼女が美しいことはもう話しただろうか？　美しいなどという簡単な言葉では、とうてい彼女を表現しきれない。その透き通るように白い肌、東洋の闇のように神秘的な黒い瞳、そしてすぐ目の前にある赤い唇――彼女はわたしが今まで会ったどの女性よりも魅惑的だった。わたしはこのとき、女性のキスと引き換えに、名誉も国もすべてを投げ捨てたすべての男たちの心情を理解した。

「あなたはしかるべき保護の下にいるはずだ」きっぱりと言ったつもりだったが、いつもの自分の声ではなかった。

「このイギリスで奴隷などという言葉を口にするのは、まるでばかげている。あなたは自由に行動できる人間だ。さもなかったら、今こうしてここにはいないはずだ。フー・マンチュー博士といえども、あなたの行動を束縛することはできない」

「なんですって！」そう叫ぶと、彼女はさっと頭を後ろにそらし、髪を振り払ったので、つややかな髪に留められた髪飾りの宝石がきらりと光った。「できない？　彼にわたしの行動を束縛することができないというの？　あなたは奴隷がどういうものか、わかっているの？　この自由の国、イギリスで、奴隷がどういうものか、本当にわかっているの？　侵略、砂漠の旅、監視人の鞭、奴隷商人の館、恥辱。ふん、ばかばかしい！」

怒ったときの彼女は、なんて輝いているのだろう！

「奴隷制度はもうなくなったと思っているのね？　今どき、この時代に、ソヴリン金貨二十五枚でケニアのガッラ族の少女を買えるなんて、嘘だと思っているんでしょう、それに——急に声を落とし——白人のサーカシア人を金貨二百五十枚で買えるなんて。もしも本当に奴隷制度がなくなったというなら、だったらこのわたしはいったいなんなの？」

彼女がマントの前をさっと開くと、わたしは思わず自分の目を疑い、本当に目をこすった。マントの下に、彼女はほっそりしたからだの見事な曲線がくっきり浮き出ている、透き通った薄いシルクの服に、宝石がちりばめられたベルトと、洗練さに欠ける装飾品を身にまとっていた。それはまさしくイスタンブールの壁に囲まれた庭にこそふさわしい姿で、殺風景なわたしの部屋にはまるでそぐわなかった。

「今夜は、イギリス人女性の服に着替える時間がなかったんです」と言って、彼女はまたすぐさまマントでからだを包んだ。「これが本当のわたしの姿です」

彼女の衣服からかすかに芳香が漂い、その香りで以前に彼女と会ったときのことを思い出した。わたしは彼女の挑みかかるような目を覗きこんだ。

「きみの頼みは、ただ口先だけのことだ」わたしは言った。「なぜあの男の秘密を打ち明けないんだ？　それが多くの人々にとって死を意味するというのに」

「死ですって！　わたしは砂漠で妹が熱病にかかって死ぬのをこの目で見たわ——妹はまるで腐肉のように砂の穴に捨てられた。男たちが鞭打たれて、いっそひと思いに殺してくれと懇願する姿も見たわ。わたし自身も鞭で打たれたことがある。死ですって！　それがなんだというの？」

彼女の言葉は衝撃的だった。マントに身を包み、かすかに外国訛りがあるとはいえ、異国風の美人ではあるものの、いかにも教養のあるヨーロッパ人らしき娘の口から、そうした話を聞くのは恐ろしかった。

「だったら、きみがあの男から決別したがっているということを証明してくれ。ストロッツァとあの中国人がどうして死んだのか、説明してくれ」

彼女は肩をすくめた。

「それは知らないわ。でも、もしもあなたがわたしをどこかに連れ去ってくれるならば」――彼女はわたしの腕をぎゅっとつかんだ――「逃げられないようにわたしを閉じ込めて、なんならわたしを打ちすえてもいいわ――そうしたら、知っていることをすべてあなたに話すわ。彼がわたしの主人であるあいだは、彼を裏切るわけにはいかない。わたしを彼から引き離して――力ずくで、わかる？　力ずくで奪って。そうしたら、なにもかも話すわ。ああ！　でもわかってはくれないのね、あなたも〝その筋の人たち〟――警察も。警察！　ああ、もうこれ以上は言っても無駄だわ」

広場のむこうの時計が、時の鐘を打ちだした。娘は進み出て、わたしの肩にまた両手をおいた。黒いまつげに涙が光っていた。

「あなたにはわからないんだわ」彼女はつぶやいた。「ああ、あなたには理解できないし、わたしを彼から救い出してはくれないのね。もう行かないと。長居をしすぎてしまったわ。よく聞いて。すぐにここから出て。ここにいてはいけないわ。ホテルかどこかに移って。とにかくここにいてはだめ」

「ネイランド・スミスは？」

「彼がどうだというの？　ねえ、どうしてわたしから秘密を聞き出さないの？　あなたは今、危険に身をさらしているのに――恐ろしい危険に！　今夜のうちに、ここから離れて」

彼女は両手をだらりと落とし、部屋から走り出た。開いている戸口でふりかえった彼女は、激しく床を踏みつけた。

「そうしてそこに突っ立ったまま、わたしを引き留めようともしないのね！　警告を無視せず、ここから逃げて――――」涙がこみあげてきたのか、彼女はふいに言葉を切った。

わたしはふりかえらず、なにも言わなかった――冷酷な殺人者、フー・マンチューの美しい片腕である彼女を、わたしは引き留めなかった。やがて彼女が階段を降りていくかすかな足音が聞こえ、さらにドアが――フー・マンチュー博士をはばむ防壁とはなり得ないドアが、開いて閉まる音がした。それでもまだ、わたしは同じ場所に立ち尽くしていて、ドアに鍵が差しこまれ、ネイランド・スミスが部屋に駆け上がってきたときも、依然として同じ場所にいた。

「彼女と会ったのか？」わたしはたずねた。

だが彼がぽかんとした顔をしていたので、今しがた珍しい訪問者が来たこと、そして彼女が言ったこと、彼女の警告を簡単に説明した。

「あんな格好で、よくもこのロンドンの街を歩けたものだ」わたしはあきれて叫んだ。「いったいどこから来たんだろう？」

スミスは肩をすくめ、ひびの入ったブライヤのパイプに、荒く刻んだ混合タバコを詰めはじめた。

「たぶん車かタクシーで来たんだろう」と、彼は言った。「それにフー・マンチューの家から直接やって来たにちがいない。きみは彼女を引き留めるべきだった、ピートリー。あの女がわれわれの手中に飛びこんできたのは、これで三度目なのに、三度とも彼女を取り逃がしてしまった」

「スミス、それはできなかった。わたしに警告するために、彼女は自身の自由意思でやって来たんだ。そんなひどい女とは思えない」

「それは彼女がきみに恋してるのを知ってるからじゃないのか？」と、彼は言い、わたしがかっとして顔を赤らめるのを見て、珍しく大笑いした。「彼女は、ピートリー――どうして気づかないふりをするんだ？　きみはわたしほど東洋人の気持ちがわからないようだが、わたしにはあの娘の立場が理解できる。彼女はイギリスの警察を恐れているが、きみになら捕らえられてもいいと思っているんだ！　もしもきみが彼女の髪をつかんで、どこかの地下室にむりやり引きずっていき、彼女を床にたたきつけ、鞭で脅せば、彼女は知っていることをなにもかもきみに話すだろう。彼女にしてみれば、脅迫されてしかたなくしゃべったのだという言い訳ができて、良心のとがめをやわらげることができる。冗談で言ってるんじゃない。これが東洋人の考え方なのだ。彼女はきみの凶暴性をあがめ、きみを逞しく力強い男だと思うだろう！」

「スミス」わたしは言った。「真剣に考えてくれ。きみは彼女の警告がなにを意味していたのか、知っているのだろう」

「まあ想像はつく」彼は言った。「だれか出てくれ！」

だれかが呼び鈴をけたたましく鳴らしていた。

「この家にはだれもいないのか？」と、わが友人は言った。

「では、わたしが行こう。だれなのか、おおよその察しはつくが」

数分後、彼は大きな四角い箱を抱えて戻ってきた。

「ウェイマスからだ」彼は説明した。「配達人が持ってきた。彼と桟橋で別れたので、あのあとに見つかった証拠を送り届けてくれたんだろう。たぶんこれは例のミイラの破片じゃないかな」

「なんだって！　あのミイラは盗み出されていたというのか？」

「ああ、桟橋で。まず間違いない。石棺がローワン・ハウスに運ばれたときには、なかに何者かがひそんでいたんだ。わたしが知っている石棺は密閉状態になっている。だからあのゴム栓の使用目的はあきらかだ――換気だよ。この人物がどうやってストロッツァを殺したかは、まだわからないが」

「それに、どうやってそいつが密室から逃げたかも謎だ。それと例の緑色の霧についてはどうなんだ？」

ネイランド・スミスは彼らしく両手をひろげてみせた。

「緑色の霧のことは、ピートリー、いくつかの方法で説明がつく。いいかね、その霧は、たった一人の男が見たと言っているにすぎない。そんなあやふやな証言に惑わされてはならない」

彼はテーブルに置いた箱の包み紙を床に放り、箱のふたにある麻ひもの輪を引いた。そのとたんにふたがはずれ、茶箱の内側のような鉛の裏張りがあらわになった。この裏張りは一部が箱の一面にくっついていたので、ふたがはずれると同時に、その部分が持ち上がって傾いた。

すると、不思議なことが起きた。

箱から黄色がかった緑色の雲が――油性の蒸気が立ち昇った。それを見たわたしは、あの美しい訪問者が言い残した言葉を思い出し、ある考えがひらめいた。

「逃げろ、スミス！」わたしは叫んだ。「ドアだ！　ドアのほうに逃げろ！　フー・マンチューがその箱を送りつけてきたんだ！」

　わたしは彼を両腕で抱きかかえた。彼が前かがみになると、その動く蒸気は彼の鼻先まで上がってきた。あわてて彼を後ろに引きずり、階段の踊り場に彼を放り投げた。二人で寝室に駆けこみ、明かりをつけると、スミスの日焼けした顔は恐怖にひきつり、蒼白になっていた。

「あれは毒ガスだ！」わたしはかすれた声で言った。「特徴が塩素に似ているが、まったく違う特性を持っている――あんなものを作れるのは、神かフー・マンチューだけだ！　あの男たちを殺したのは、漂白作用をもつ塩素の煙霧だ。うかつだった――とりわけわたしは。わかるかい？　あの石棺にはだれもいなかったんだ、スミス。そのかわり、一個連隊を皆殺しにするほどの恐ろしい毒ガスが入っていたんだ！」

　スミスは両手の拳を固め、痙攣のように震わせた。

「なんてことだ！　そんな計画をたてたやつと、どうやって渡り合えばいいんだ？　ようやく全体像が見えてきたぞ。やつはあのミイラの棺がひっくり返されるとは考えていなかった。クウィーの役目はひもを引いて栓を抜くことだった――ライオネル卿が窒息死したあとで。たしか、あのガスは空気より重いはずだから」

「塩素ガスの比重は二・四七〇だ」わたしは言った。「空気よりも二倍半重い。液体のように容器から容器に移し替えられる――ただし、防毒マスクをつけていればだが。こうしてみると、違う点は多少あるものの、今のガスとよく似ている。石棺のなかのガスは換気穴から流れ出てしまい、手がかりは残らなかった――臭い以外は」

「ああ、ピートリー、たしかに栓の臭いを嗅いだが、なんの臭いかはわからなかった。きみが臭いを嗅ごうとしたときに、ライオネル卿が現われたのを覚えているだろう？　それにあの花の強烈な香りによって、いくらかガスの臭いが薄まってしまったにちがいない。気の毒に、ストロッツァは間違ってガスを吸いこみ、倒れる拍子に棺をひっくり返したので、ガスは――」

「温室につづくドアの下から流れ出し、石段をつたい落ちて、クウィーが隠れていたところに流れていった。クロックステッドが窓を破って空気を送りこんだので、いくらか残っていたガスが消散した。今ごろは床に溜まっているだろう。これから行って、両方の窓を開けてこよう」

スミスがやつれた顔を上げた。

「彼がライオネル・バートン卿を始末するには多過ぎる量のガスをつくったのはあきらかだ」と、彼は言った。「まるでわれわれをあざわらうかのようだ――きみもそれに気づいただろう、ピートリー？――わたしを小バカにして、あんな大量のガスをつくったんだ。だが彼がわたしをバカにするのも無理はない。わたしは知の巨人にあらがおうとする子供も同じだ。フー・マンチュー博士が二度暗殺に失敗したのは、けっしてわたしの手柄ではない」

13 夢――そして覚醒

わたしが見た奇妙な夢と、気づいたより奇妙なできごとを、これから話そう。空白から――まったくの無の状態から――いきなりその幻影が脳裏に浮かんだので、前置きなしに語ったほうがいいように思う。それはこういうものだった――

夢のなかで、わたしは床の上で苦痛のあまりのたうちまわっていた。からだじゅうの血管が燃えるように熱く、あたりは真っ暗闇だったが、自分の燃えているからだから煙が上がっているのが見えたような気がした。

これが死というものか。

やがて、冷たい雨が降ってきて、肌と組織を通して焼きただれた動脈にしみ込み、血管のなかの火を消した。あえぎながらも、苦痛から逃れ、ぐったりと横たわっていた。

すこしずつ元気が戻ってきたので、起き上がろうとしたが、カーペットが柔らかすぎてなかなか立てない。まるで水のなかでもがくようによろよろと進んだが、周囲はどこまでも深い闇に包まれていた。どうして窓が見えないのだろう。まさか、ひょっとして自分は目が見えなくなったのだろうか！

どうにか立ち上がると、立ちくらみがした。濃厚な香りに気づき、それが香の匂いだとわかった。

やがて――はるか遠くに、かすかな光がともった。その光はしだいに輝きを増していく。まるで青みがかった赤い液体のしみのようだ。それは闇を侵食し、部屋じゅうにひろがっていった。

でもここはわたしの部屋ではない！　それどころか、まるで見たこともない部屋だった。

そこはかつてない畏怖を感じるほど、それほど広大な、あまりにも広大なアパートだった。そのとほうもない広さが音の感覚を生み出した。その巨大さにはまぎれもない音色があった。

四面の壁にタペストリーが掛かっていた。ドアは見あたらない。これらのタペストリーには金色の龍が見事に描かれており、明るさを増していく光を受けて龍の胴体が鈍く輝きだすと、どの龍もたがいによりぴったりと胴体をからませ合っているように見えた。カーペットはごく上等なもので、毛足がひざまで届くほど長かった。そしてこれも、一面に黄金の龍が描かれていて、龍たちは図柄の陰で、人目につかないようにからだをくねらせているように見えた。

ホールの突き当たりに――そこはまさしくホールだった――龍の脚がついた巨大なテーブルが一台、豪華なカーペットの上に据えられていた。テーブルには奇妙な球体、微生物を入れた試験管、想像したこともない大きさと綴り方の書物、そして西洋科学とはまったく異質で、なんとも説明のしようのない珍奇な道具類が床にまであふれ、龍がのたうつカーペットにちょっとしたくつろぎの場所をつくっていた。このテーブルの真上に、天井から下ろした金色の鎖でランプが吊るされていたが、天井があまりにも高いので、鎖を目で追っても、先端は紫色の陰に消えてしまっていた。

このテーブルのむこうの、龍の絵柄のクッションが重ねられた椅子には、一人の男がすわっていた。彼が目の前の珍しいがらくたのほうに身を乗り出すと、吊るされたランプの光が、彼の一方の横顔をくっきりと照らし、もう一方の顔半分を紫色がかった陰に隠した。巨大なテーブルのすみに置かれた、飾りのない真鍮のボウルから、一筋の煙が立ち昇り、ときおりその恐ろしげな顔に薄いヴェールをかけた。

わたしはそのテーブルのほうに目を向け、そこにすわっている男を目にした瞬間から、部屋のとほうもない広さにもかかわらず、また壁飾りのおどろおどろしさにもかかわらず、そこだけに関心が集中した。彼以外に、なにも目に入らなかった。

なんと、それはフー・マンチュー博士だった！

血管が燃えただれ、壁の龍がうごめき、カーペットの長い毛足にひざまで埋もれていた、それまでの一種の意識の混濁状態が、一気に覚めた。あの冷ややかな、薄い膜がかかった緑色の目が、冷たいシャワーのようにわたしの意識を目覚めさせた。あの無表情な顔から視線をそらさなくとも、部屋の壁がもはや生きてはおらず、そこにはただ精巧な中国の龍のタペストリーが掛かっているだけだということが、今のわたしにはわかった。足下の豪華なカーペットも、ひざまで覆う繊維の草むらではなく、ごく普通のカーペットになった——目を見張るほど豪奢ではあったが、それでもやはりただのカーペットだった。それでも空間の広さだけは変わりようがなく、テーブルにならべられ、床にまであふれている品々も、わたしには珍妙にしか思えなかった。

やがて、突如として、一時的にとりもどした正気がまた薄れだした——テーブルの香から立ち昇る煙がしだいに濃さを増していき、濁った灰色の雲となってこちらに漂ってきた。煙はわたしのからだにまとわりついた。ねっとりした煙の渦巻き越しに、フー・マンチューの動かない黄色い顔がぼんやりと見えた。麻痺しかけた頭には、彼が偉大な魔術師に思えた。彼を相手に、愚かにもわれわれは人間の浅知恵で対抗しようとしたのだ。あの緑色の目が霧越しにかすんで見える。いきなり両脚に激痛が走り、はっとして下を見た。すると、夢のなかではいている赤いスリッパの先が長く伸び、上向きに曲がりくねってわたしの喉にからみつき、ぐいぐいと締めつけた！

しばらく間をおいて、また意識が戻ってきた。だがそれは偽物の意識回復で、自分の頭がそっと枕の上にのせられ、女性の手がずきずきと痛む額を撫でさするのを感じた。まるで遠い昔のことのように、キスをしたのをおぼろげに覚えている——そしてその感触は、妙に生々しくいつまでも唇に残った。夢見心地で横たわっていると、耳元で声がした——

「このままでは死んでしまうわ！　彼が死んでしまう！ねえ、それがわからないの？」

朦朧としながらも、死んだのは自分だ、そしてこの耳に心地よい娘の声は、この死という現実をわたしにつたえているのだと思った。

しかし、そんなことに興味はなかった。

何時間もずっと、そのなめらかな手はわたしを愛撫しつづけた。わたしは重いまぶたを一度も上げなかったが、やがてからだじゅうの骨が振動するほどのすさまじい音が——金属的なけたたましい音がして、重い鎖が落ちた。そのとき、わたしは薄目を開け、薄暗がりのなかでほんのちらりとだが、薄く透き通ったシルクの服を身にまとい、ごついバングルを腕にはめ、金の輪を足首に巻いた人影を見た気がした。あの娘はきっと天女にちがいない、自分はきっと間違ってイスラム教の天国に来てしまったのだろうと思った。

やがて——ふたたび意識が遠のいた。

頭がずきずきと痛み、鉛のように重かった。わずかに身じろぎをすると、ジャラリと鎖の音がした。しばらくすると、その鎖が鉄の首輪につながっていて、さらにその鉄の首輪がわたしの首にはまっていることに気づいた。

わたしはうめき声をあげた。

「スミス！」わたしはつぶやいた。「おい、どこにいるんだ？　スミス！」

なんとかからだを起こして腹這いになると、頭のてっぺんが割れるように痛んだ。ようやく記憶が戻ってきた――グレアム・ガスリーに警告するため、ネイランド・スミスと二人でホテルにむかったこと。石段を上がってエンバンクメントからエセックス通りに入ると、通り沿いの建物の前に大きな車が停まっていたことを思い出した。その車の前を通り過ぎようとしたことは覚えている――最新型のリムジンだった。だが通り過ぎるまえに、バタバタと足音がして――一撃をくらった。その後、龍に囲まれたホールにいた幻覚を見たあと、今、こうしてより悲惨な現実に引き戻されたのだった。

闇のなかでまさぐると、すぐそばにひとが横たわっていた。指先で首に触れると、その首にも鉄の輪がはめられていた。

「スミス」わたしはうめき、ぐったりと横たわったままのからだを揺すった。「おい、スミス――起きてくれ！　スミス！」

彼は死んでしまったのだろうか？　恐るべきフー・マンチュー博士との闘いに、ついに彼は敗れてしまったのか？　もしそうだとしたら、これからどんな未来が待ち受けているのだろう――いったいどんな事態に直面するのだろうか？

わたしの震える手の下で、彼が身じろぎをした。

「よかった、生きていたんだ！」わたしはつぶやいたが、この喜びが自分勝手なものであったことは否定できない。なにしろ、この真っ暗闇のなかで意識が戻ったばかりで、見たばかりの幻覚がまだ脳裏に鮮やかに焼きついていたので、一人きりで、鎖につながれたまま、あの恐ろしい中国人に立ち向かわなくてはならないと考えただけで、絶望的な気分に襲われていた。

スミスが支離滅裂なことを口走りだした。

「ひどくやられたものだ！……とんだことになったな、ピートリー！……とうとう彼に捕まってしまった！……」彼は床に手をついてどうにか起き上がり、わたしの手をつかもうとした。

「まあ、そう悲観することはないさ」わたしは言った。「とりあえずは二人ともまだ命があるのだから」

しばらく沈黙がつづき、やがてうめくような声がした。

「ピートリー、きみをこんなことに巻きこんでしまって、本当にすまない」

「やめてくれ、スミス」わたしは静かに言った。「わたしは子供じゃない。けっしてきみにむりやり協力させられたわけじゃない。すこしでもきみの役に立てるなら、ここにいてよかったと思うよ！」

彼はわたしの手を握りしめた。

「二人の中国人がいたんだ。洋服を着て――ううっ、頭がまるで割れるようだ！――あの建物のドアの奥に。彼らはわたしたちを襲った、ピートリー――考えてもみたまえ！――昼日中に、しかもストランドのすぐ近くで！　われわれは車に押しこまれ――そのままどこかに連れ去られ――」彼の声が急に沈んだ。「くそっ！　からだじゅうがぼろ雑巾のようだ！」

「なぜわれわれを殺さなかったんだろう、スミス？　彼はこのままわれわれを生かしておいて――」

「いいや、ピートリー！　もしもきみが中国に行ったことがあるなら、もしもわたしが目にしたものを見ていたなら――」

板石が敷かれた通路を歩いてくる足音がした。一条の光が床を照らしながら近づいてくる。意識がしだいに冴えてきた。あたりは湿った土の臭いがした。ここはじめじめした――悪臭の漂う地下室だった。ドアが勢いよく開き、一人の男がランタンを手にして入ってきた。ランタンの明かりは、わたしの推測どおりのものを――カビだらけの壁に囲まれた、十五フィート四方の地下牢を照らし、さらに、われわれを見下ろしている男の、ゆったりとした長い黄色の外衣と、敵意のこもった知的な風貌を照らし出した。

男はフー・マンチュー博士だった。

ついに彼らは直接対決した――黄禍運動の首領と、全白人種のために闘う男とが。今、こうして目の前にいる人物をどう形容したらいいのだろう――現代における最も偉大な天才とでもいうべきか？

彼については、これまでシェイクスピアに比肩する知性と、サタンのような残虐さを持っていると言われてきた。実際に目にした彼は、どことなくヘビを連想させ、こちらを眠りに引きこむような雰囲気があった。スミスは一回大きく息を吸いこみ、それから黙りこんだ。西洋の最新の警備態勢への嘲りなのか、われわれ二人は中世の捕虜のように鎖で壁につながれたまま、フー・マンチュー博士と対峙していた。

彼はいかった肩を丸め、猫を思わせる妙にぎこちない足取りで、前に進み出た。これから一生夢のなかでわたしを苦しめつづけるにちがいない、あの爬虫類のような視線をこちらに向けたまま、壁のくぼみにランタンを置いた。彼の目は、それまで猫の目でしか見たことがないような緑色をしていて、例の表面の膜がその輝きをときおり曇らせていたが、わたしにはそれぐらいのことしか言えない。

こうしてフー・マンチュー博士と対面するまで、わたしは人間からこれほど強い敵意が発せられるとは考えもしなかった。彼が口をひらいた。彼の英語は完璧だったが、言葉の選び方がときどきおかしく、話し方には喉音と歯擦音が交互に混じっていた。

「ミスター・スミス、そしてドクター・ピートリー、わたしの計画に対するきみたちの妨害工作は目に余るものがあるので、わたしはきみたちに関心を向けざるをえなくなった」

彼が歯を見せると、その歯は小粒で均等にならんでいたが、わたしには見慣れている色に染まっていた。この極限の状況にあっても、わたしは医師としての興味を捨てきれず、あらためて彼の目を観察した。緑色の部分は虹彩らしく、瞳孔は異様なまでに収縮していた。

スミスは壁にもたれ、無関心を装った。

「きみたちは」フー・マンチューはつづけた。「世界の変革にあえて干渉しようとした。だがいくら時代の流れに逆らおうとしても、むだなことだ！　きみたちはわたしの名を、このフー・マンチューの名を、台頭する中国の運動の無用さとむすびつけた！　ミスター・スミス、無能な干渉者のきみを軽蔑する！　ドクター・ピートリー、愚か者のきみに同情する！」

彼は骨ばった片手を腰にあて、切れ長の目を細めてわれわれを見下ろした。この男のあからさまな残酷さは生来のもので、けっして芝居がかってなどいない。それでも、スミスは黙ったままだった。

「そこで目障りなきみたちを始末することにした！」と、フー・マンチューはつけ加えた。

「おまえもアヘンでそう先は長くないさ！」わたしは彼に毒づいた。

感情を表わさずに、彼は細めた目をわたしに向けた。

「それはいろいろと意見の分かれるところだ、ドクター」彼は言った。「きみはどうか知らないが、わたしはその事柄を研究した――いずれにしろ、この先きみの忠告を受けることはないだろう」

「おまえだってあともう何年も生きられまい」わたしは言い返した。「それにわれわれの死はおまえの得にはならない。なぜなら――」

スミスの足がわたしの足に触れた。

「なぜなら？」フー・マンチューは静かに聞き返した。「ああ！　ミスター・スミスはとても用心深い！　彼はわたしが拷問具を使うと思っているのだ！」その言葉の響きに、わたしは身震いした。「ミスター・スミスは拷問用のワイヤー・ジャケットを見たことがあるのだ！　きみはワイヤー・ジャケットを見たことがあるかね？　医師なら、その機能にきっと興味を持つだろう！」

わたしは発しそうになった叫びをこらえた。というのも、鋭い口笛とともに、小さな生き物が薄暗い地下室に飛びこんできて、ぱっと跳び上がった。一匹のマーモセットがフー・マンチュー博士の肩にのり、主人のぞっとする黄色い顔を珍しそうに覗きこんだ。フー・マンチューは骨ばった手を上げ、そのマーモセットを優しく撫で、小声でささやきかけた。

「わたしのペットだ、ミスター・スミス」と言うと、彼はいきなりかっと目を見開き、グリーンのランプのように目を輝かせた。「ほかにもペットはいるが、どれも役に立つ。わたしのサソリを見たことは？　ない？　ニシキヘビやキングコブラは？　ほかにもキノコや細菌のコレクションもある。わたしの実験室にはとても珍しいものを集めたこともある。ハンセン病患者を隔離しているモロカイ島を訪れたことがあるかね、ドクター？　ない？　だがミスター・ネイランド・スミスはラングーンの施設に親しむことになるだろう！　それからわたしの黒いクモを忘れてはならない──ダイアモンドのような目をしたわたしのクモは、暗闇にじっとひそんでいて、隙をみて跳びかかる！」

　彼が肉づきのない両手を上げると、外衣の袖がひじのところまで落ちた。するとマーモセットは騒がしく鳴きながら床に飛び降り、地下室から走り出ていった。

「おお、キャセイの神よ！」彼は叫んだ。「御身の帝国の無限なる繁栄をはばまんとする、この愚かなる者どもに、いかなる死をあたえるべきなりや！」

　アステカの神を崇める神官のように、彼は天を仰ぎ、痩せたからだを震わせた──その光景は、最も無感動な心にすら衝撃をあたえるものだった。

「彼は狂ってる！」わたしはスミスにささやいた。「なん

てことだ、あの男は危険な殺人狂だ！」

　ネイランド・スミスの顔はすっかりひきつっていたが、彼は重々しく首を振った。

「たしかに危険だ、それは間違いない」彼はつぶやいた。「彼の存在は白人種全体にとって脅威だが、今のわれわれは無力で、それを防ぐことができない」

　フー・マンチュー博士はわれに返り、ランタンを手にすると、さっと後ろを向き、ぎこちないが猫のような足取りでドアにむかった。戸口のところで、彼はこちらをふりかえった。

「きみたちはミスター・グレアム・ガスリーに警告するつもりだったのだろう？」彼は穏やかな口調で言った。「今夜、十二時半に、ミスター・グレアム・ガスリーは死ぬ！」

　スミスは黙ったままじっと動かなかったが、その目は相手をひたと見据えていた。

「きみは一九〇八年にラングーンにいたな？」フー・マンチュー博士は話をつづけた。「あの神命を覚えているかね

？」

頭上のどこかから——正確な方向はわからなかった——低い声でむせび泣くような、不気味な旋律が、陰鬱な地下室に響きわたった。そのおどろおどろしい調べは、戸口に立つ黄色い外衣の不吉な男の姿とともに、わたしの血管を凍りつかせた。この旋律がスミスにあたえた効果は驚くべきものだった。彼の顔は薄明かりのなかでもそれとわかるほど蒼白になり、食いしばった歯のあいだから、彼がスーッと息を吸いこむ音がした。

「これはきみへの神命だ！」と、フー・マンチューは言った。「十二時半に、グレアム・ガスリーに神命が下る！」

ドアが閉まり、ふたたび闇があたりを覆った。

「スミス」わたしは言った。「今のはなんだったんだ？」

忍び寄る恐怖がわたしの神経をずたずたに裂こうとしていた。

「あれはシヴァの神命だ！」スミスがかすれた声でこたえた。

「なんだそれは？　だれが発した声だ？　あれにどういう意味があるんだ？」

「あれがなにかはわからない、ピートリー、それにだれが発する声かも。だが、あれは死を意味している！」

14 覚醒——そして夢

世の中には、こんな悪臭漂う地下牢に鎖でつながれていても、暗闇の恐怖に怯えない人間がいるかもしれない。だがわたしはそんな恐怖にはとうてい耐えられない。ネイランド・スミスとわたしは、その知性を犯罪に捧げた大天才の前に立ちはだかっていた。例の政治組織の莫大な金銭的援助を受けているフー・マンチュー博士は、ヨーロッパとアメリカにとって、ペストよりも恐ろしい存在だった。彼は名高い大学で学んだ科学者だが、自然の神秘の探究者として、ひとが立ち入ったことのない未知の領域にまで足を踏み入れてしまった。彼の使命は、極東で広がりつつある例の秘密運動の障害となるもの——邪魔者を排除することだった。スミスとわたしもそうした邪魔者だったので、数ある殺害方法のなかから、彼がどの方法を選んでわれわれを始末するつもりでいるかが、わたしには気がかりでならなかった。

今、この瞬間にも、毒ムカデが通路のぬるぬるした床を這っているかもしれないし、毒グモが天井から落ちてくるかもしれない！ フー・マンチューはこの地下室に毒ヘビを放したかもしれないし、あるいは病原菌を撒いたかもしれない！

「スミス」とても自分の声とは思えなかった。「こんな緊張にはとても耐えられない。やつがわれわれを殺すつもりでいるのはまちがいないが——」

「心配するな」スミスが言った。「そのまえにわれわれの計画を知りたいはずだ」

「というと——？」

「彼が拷問具について話していたのを覚えているだろう？」

「ああ、そんな！」わたしはうめいた。「ここは本当にイギリスなのか？」

スミスは乾いた笑い声をあげ、首を締めつけている鉄の輪をいじった。

「まだ望みはある」と、彼は言った。「こうして捕らえられてしまったが、どんな小さな機会も逃がしてはならない。きみはポケットナイフでその錠をこじ開けてくれ。わたしはこれをなんとかする」

正直なところ、頭がまだ朦朧としていたわたしはそこまで考えていなかったが、友人の提案にすぐさま飛びつき、ナイフの小さな刃で首輪をはずそうとした。作業に没頭し、刃を一枚折ってしまったので、べつの刃を出そうとしていると、物音がした。それは真下の床から聞こえてきた。

「スミス」わたしはささやいた。「聞こえるか?」

引っ掻く音やカチカチと鳴る音がしたので、スミスは動かしていた手をとめた。湿った暗闇のなかで、われわれは身を固くして耳をすました。

床石の下で、なにかが動いている。わたしは息を殺し、神経を集中させた。

数フィート先に、ひと筋の光が現われた。その光は横にひろがり、一本の腺から四角い面となった。落とし戸が持ち上がり、すぐ目の前に、ひとの頭がぼんやりと見えた。恐怖に駆られ、死を、いやそれよりも恐ろしい事態を覚悟した。だが、よく見るとそれは、カールした豊かな髪を垂らした、美しい顔だった。石板を持ち上げているほっそりした白い腕には、太い金のバングルがはめられていた。

その娘は地下室によじ登ってきて、石の床にランタンを置いた。ほの暗い光に照らされた彼女は、とうてい現実のものとは思えなかった——アヘンの幻覚によって生み出された幻影のようだった。からだの線を浮き立たせている薄いシルクの衣服、派手な宝石に赤い室内履き。要するに、これはわたしが夢想する極楽の美女が、生身の姿で出現したと言ってもよかった。自分たちが今、現代のイギリスにいるとは信じられず、まるで中世のバグダッドの地下牢に閉じ込められた、カリフの捕虜になったような気がした。

「わたしの祈りが通じたらしい」と、スミスが静かに言った。「彼女がきみを助けに来たんだ!」

「シーッ!」娘は彼を制し、美しい目をいっぱいに見開いた。「彼に気づかれたら、みんな殺されてしまうわ」

彼女はわたしの上に身をかがめた。わたしのペンナイフの刃を折った錠に、鍵が差しこまれ――首輪がはずれた。わたしが立ち上がると、彼女はつぎにスミスの首輪をはずした。彼女は落とし戸の上にランタンを掲げ、戸の下にある木の階段を降りるようにと、われわれを手招きした。

「あなたのナイフを」彼女はわたしにささやいた。「床に置いて。きっと彼はあなたがそれで錠を壊したと思うわ。さあ、早く！」

ネイランド・スミスは慎重に階段を降り、闇のなかに消えた。わたしもすぐあとにつづいた。謎の友人は最後に降りてきたが、手にしたランタンの明かりを受け、足首につけた金のアンクレットが光り輝いた。三人は低いアーチ状の通路に立った。

「ハンカチーフで目隠しをして、わたしの言うとおりにしてください」と、彼女が命令した。

われわれは彼女に言われたとおりにした。目隠しをしたわたしは彼女に手を引かれ、スミスはわたしの肩に手をおいた。彼女に導かれ、われわれは一列になって進み、やがて石段を上がった。

「左の壁に沿って歩いて」彼女がささやいた。「右側は危険だから」

手探りで壁を見つけ、そのまま前進した。あたりの空気は蒸し暑く、熱帯の植物の匂いがした。だが、かすかに動物の臭いも漂っていて、なにやら謎めいたざわめきが感じられた。

気がつくと、柔らかいカーペットを踏みしめていて、カーテンが肩に触れた。ゴングの音がした。われわれは足をとめた。

遠くで太鼓をたたく音が聞こえてきた。

「いったいここはどこなんだ？」押し殺した声で、スミスが言った。「あれはトムトムの音色だ！」

「シーッ！　シーッ！」

わたしの手をつかんでいる小さな手が、神経質そうに震えた。近くにドアか窓があるらしく、ふっと芳香が鼻をくすぐった。すると、今、フー・マンチューの家からわれわれを連れ出そうとしているこの美女との、数回にわたるこれまでの遭遇を思い出した。彼女はみずから自分はフー・マンチューの奴隷だと語っていた。頭のなかでさまざまな妄想が駆けめぐった――殺人や悪魔的所業に満ちたどす黒さのなかで、彼女の魅惑的な姿がいっそう際立って見えた。彼女とあの恐るべき中国人との結びつきがどのようなものなのか――これまで何度もそのことを自問自答してきた。

静寂がおとずれた。

「早く！　こっちに！」

分厚いカーペットが敷かれた階段を、われわれは駆け降りた。先頭の彼女がドアを開け、われわれを通路に導いた。またべつのドアが開いた――すると外に出た。だが娘はそこで足をとめず、わたしの手を引っ張って砂利の小道を走った。そよ風を顔に受けながら道を進んでいくと、やがて――間違いなく――川の土手に立っていた。歩を進めると、敷き板がきしんだので、目隠しのハンカチーフの隙間から下を覗くと、足下の水面のきらめきが見えた。

「気をつけて！」そう言われ、気がつくと小舟に――パント舟に乗りこんでいた。

ネイランド・スミスがあとから乗りこむと、娘はパント船を漕ぎだした。

「話をしないで！」彼女が命令した。

わたしの頭は混乱していた――夢を見て、目覚めかけているのだろうか？　それとも現実は、あのぬるぬるした地下室に閉じ込められたときに終わり、この静かな脱出は――目隠しをされたまま、まるでアラビアン・ナイトの挿絵から飛び出てきたみたいな美女に導かれ、小舟で川づたいに逃げているのは幻想であり、偽りの眠りなのだろうか？　実際、今こうして自分が舟で浮かんでいて、たしかに水音をたてている川すら、テムズ川なのか、それともチグリス川か三途の川なのか、まるでわからなくなっていた。

パント舟が川岸に寄った。

「数分後に時計の鐘の音が聞こえます」魅力的なアクセントで、娘が静かに言った。「どうかそれまでは、けっして目隠しをとらないでください」

「わかった！」スミスが力強く言った。

彼が岸に這い上がる気配がした。やがてなめらかな手に導かれ、わたしも岸に上がった。舟から降りても、わたしは娘の手を離さず、自分のほうに引き寄せた。

「引き返してはいけない」わたしはささやいた。「きみの身はぼくたちが守るから、あの場所に戻らないでくれ」

「手を放して！」と、彼女は言った。「いつか、わたしを連れ去ってと頼んだとき、あなたは警察が守ると言ったわ。それがあなたの答えだった――警察の保護なんて！ 警察はわたしを牢獄に閉じこめて、彼を裏切らせるにきまっているわ！ でもなんのため？ なんのために？」彼女はわたしの手を振りほどいた。「あなたはなにもわかってない。でもいいわ。いまにわかるときがくるかもしれない！ 時計の鐘が鳴るまで、目隠しをとらないで！」

彼女はいなくなった。小舟がきしみ、棹の先から水がしたたる音がした。舟はしだいに遠ざかっていった。

「彼女にはどんな秘密があるんだろう？」かたわらで、スミスがつぶやいた。「なぜあんな怪物から離れないんだろう？」

やがて、小舟を漕ぐ音がまったく聞こえなくなった。時計の鐘が鳴りだした――半の刻を告げていた。スミスもわたしもすぐさま目隠しのハンカチーフをとった。われわれは引き船道に立っていた。夜空を見上げると、左手に月が出ていて、古めかしい要塞の塔と狭間胸壁が月明かりに浮かんでいた。

それはウィンザー城だった。

「十時半だ」スミスが叫んだ。「あと二時間のうちに、グレアム・ガスリーを救わなくては！」

ウォータールー行きの最終列車が出るまで、きっかり十四分しかなかったが、われわれはどうにか間に合った。しかし疲れ果てて、コンパートメントのすみに倒れこんだ。二人とも、あと二十ヤードと走ることはできなかったろう。いかにひとの命を救うためとはいえ、ウィンザー駅までこれほど全力疾走すべきだったかどうかは疑問だ。

「ウォータールーには十一時五十一分に着くはずだ」息を切らしながら、スミスが言った。「となると、それから三十九分で川向こうにある彼のホテルに着かなくてはならない」

「あの家はいったいどこにあるんだろう？　さっきは小舟で川を上ったのか、それとも下ったのかな？」

「さっぱりわからなかった。だがとにかく、川沿いにあることはたしかだ。場所を突きとめるのは時間の問題だろう。ただちにスコットランド・ヤードに捜索させよう。もっともたいして成果は期待していないが。われわれが逃げたことで、彼は警戒するだろうから」

わたしはしばらくなにも言わず、額から流れる汗を拭きながら、友人がひび割れたブライヤパイプに、荒く刻んだラタキア産混合タバコを詰めるのを眺めていた。

「スミス」ついにわたしは口をひらいた。「あそこで耳にした、あの泣き叫ぶような声はなんだったんだ？　それにフー・マンチューが言ったラングーンのことというのはなんなんだ？　あのとき、きみはひどく動揺していたが」

友人はうなずき、パイプに火をつけた。

「じつは一九〇八年か一九〇九年の初めに、あそこで異常な事態が起きたんだ」彼は話しだした。「じつに不可解なできごとが頻発した。そしてあの不気味な叫び声は、そのことと関連していた」

「どう関連しているんだ？　どんなできごとが頻発したんだ？」

「軍の宿営地にあるパレス・マンションズ・ホテルでの一件が、そもそもの始まりだった。名前は忘れたが、一人のアメリカ人青年が、新築の鉄骨ビルにかかわる仕事で、そこに滞在していた。ある夜、彼は自分の部屋に行き、ドアに鍵をかけ、窓から中庭に飛び降りた。むろん、首の骨を折った」

「自殺なのか？」

「状況的にはね。だがいくつか不可解な点があった。たとえば、彼の銃がかたわらにあったんだ、銃弾が装塡されたままで！」

「中庭に？」

「そう、中庭にだ！」

「ひょっとして殺人だったのでは？」

スミスは肩をすくめた。

「彼の部屋のドアは内側から鍵がかかっていたので、ドアを壊して入らなくてはならなかった」

「だが例の泣き叫ぶ声は？」

「それはあとで始まった、というより、あとになってそれに気づいた。ラフィットという名のフランス人医師が、まったく同じ死に方をしたんだ」

「同じ場所で？」

「同じホテルだが、彼はべつの部屋に泊まっていた。このとき、驚いたことに、彼と同じ部屋に泊まっていた友人が、彼が飛び降りるのを目撃したんだ！」

「窓から飛び降りるところをか？」

「ああ。その友人は――イギリス人だ――あの不気味な叫び声で目覚めた。当時、わたしはラングーンにいたので、最初のアメリカ人よりラフィットのときのほうが、状況がわかっている。実際にその男から話を聞いた。彼はエドワード・マーチンという電気技師で、あの叫び声は頭上から聞こえたと言っていた」

「フー・マンチューの家でわれわれが耳にしたときも、やはり頭上から聞こえたような気がする」

「マーチンはベッドの上でからだを起こした。月がきれいに出ている夜だった――ビルマで見る月は、冴え冴えとしてじつに美しい。ラフィットは、なぜか窓のところに出ていた。マーチンは外を眺めている彼に気づいた。と、つぎの瞬間、すさまじい悲鳴とともに、彼が宙に身を躍らせ――そして中庭に落ちた！」

「それから？」

「マーチンは窓に駆け寄り、そこから下を見た。ラフィットの悲鳴で、周囲の人々は驚いて目を覚ましたが、このできごとの真相はまったくわからなかった。何者かが窓に近づけるようなバルコニーも、壁から突き出た横桟もなかった」

「だがきみは例の叫び声だとどうしてわかったんだ？」

「わたしはパレス・マンションズにしばらく泊まっていた。そしてある夜、このおぞましい咆哮で目が覚めた。この耳ではっきりと聞いたし、けっして忘れることはないだろう。咆哮のあと、かすれた叫び声がした。隣室に宿泊していた蘭の収集家が、やはり同じように飛び降りたんだ！」

「きみは宿を変えたのか？」

「いや。ホテルの評判にとって幸いなことに――そこは一流のホテルだった――同様の事件がほかでも数件、ラングーンでもプロームでもモールメインでも起きた。噂は地元の住民たちのあいだにひろまり、さらにどこかのイカレた行者が、それはシヴァ神が生き返ったためで、その叫び声は生け贄を求める声だなどと言いふらした。とんでもない作り話だが、そのために各地で略奪が起き、地域の監督官は事態収拾に苦労した」

「それらの遺体になにか特徴はなかったのか？」

「どの遺体にも、まるで絞め殺されたかのような跡があった！　わたしの目にははっきりとはわからなかったが、その跡は独特の形をしていると言われ、これもまたシヴァ神の五つの頭を表わしていると噂された」

「死んだのはみんなヨーロッパ人だったのか？」

「いいや。ビルマ人や他のアジア人も数人が同様に亡くなった。はじめは、ハンセン病にかかった者が自殺したのではないかと思われたが、実際にはそんなことはなかった。結局、シヴァの神命がビルマじゅうを悪夢に陥れたんだ」

「その後、今夜以前に、あの声を聞いたことはあったのか？」

「ああ。ある月のきれいな夜に、イラワディ川の上流で聞いた。そのとき、わたしが乗っていた汽船の水夫が、上甲板から川に飛びこんだ！　なんということだ！　あの悪魔の化身、フー・マンチューは、あれをこのイギリスに持ちこんだのだ！」

「いったいなにをだ、スミス？」わたしは当惑してたずねた。「彼はなにを持ちこんだんだ？　悪霊か？　精神病か？　いったいなにを？」

「新たな死の使者だ、ピートリー！　ビルマの疫病流行地で――不潔で得体の知れないものがあふれているところで生まれたなにかだ。だがとにかく今は、なんとしてもガスリーを救わなくては」

15　シヴァの神命

列車の到着は遅れ、タクシーがウォータールー駅前を出て橋にさしかかったとき、無数の教会の尖塔から真夜中を知らせる鐘が鳴りだし、さらにセント・ポール寺院の鐘が、ビッグベンの荘厳な響きと張り合うかのように、高らかに午前零時の刻を告げた。

タクシーの窓から川向こうに目をやり、悲劇の街、エンバンクメントの上方で、夜空の星々のようにまたたいている、ロンドン有数の大ホテル群を眺めた。通りのパブのほの暗さに比べ、巨大ホテルの豪華客室は、まばゆいほど明るかった。

あのきらめく窓の一つ一つで、渡り鳥が——漂浪者が——しばしその羽を休めている。騒がしい地上から隔絶されたホテルの客たちは、自分の個室に閉じこもり、他のだれても触れ合おうとしない！

あのホテル群の一室で、今、グレアム・ガスリーは眠っているかもしれない——もうじきシヴァ神に呼ばれ、生け贄にされるとも知らずに。ストランドに近づくと、スミスはサザビーズのオークション会場の前でタクシーから降りた。

「ひょっとしてフー・マンチューの手下がロビーにいるかもしれない」彼は考え深げに言った。「もしもわれわれがガスリーの部屋に行くところを見られたら、なにもかもぶちこわしだ。きっと厨房に通じる裏口があるはずだ」

「うん」わたしはうなずいた。「裏口にむかう配達トラックを見たことがある。だが時間が間に合うかな？」

「ああ。行こう」

二人で西にむかってストランドの通りを歩いた。鉄の門柱と下り階段があり、有名なワイン貯蔵室の入り口があるせまい路地に入り、かどを曲がった。エンバンクメントと同じ高さで、ストランドと平行な道を進み、目的のホテルの裏側にまわると、両開きのドアが開いていた。アーク灯がなかを照らし、あたりに積み上げられた樽や箱のあいだで、大勢の男たちが働いていた。われわれはなかに入った。

「おい！」白いオーヴァーオールを来た男が声をかけた。

「どこに行くつもりだ？」

スミスは男の腕をつかんだ。

「ロビーを通らずに宿泊階に行きたい」と、彼は言った。

「行き方を教えてくれないか？」

「ここは――」彼をじろじろ見ながら、男が言いかけた。

「時間がないんだ！」友人は威厳に満ちた態度で、相手を制した。「ひとの生死にかかわるんだ。早く案内してくれ、たのむ！」

「警察ですかい？」男は丁寧にたずねた。

「そうだ」スミスは言った。「さあ、早く！」

男はそれ以上なにも言わず、先に立って歩きだした。流し場、厨房、洗濯室、機械室と、まるで迷路のように入り組んだ場所を、たくみに抜けていった。これらはふだん客の目には触れない場所だったが、現代の隊商宿をアラジンの宮殿に変える魔法のからくりだった。三階の踊り場で、ツイードのスーツを着た男と顔を合わせた案内人は、われわれを紹介した。

「ああ、ちょうどよかった。こちらは警察の方たちです」

スーツの男は疑わしげな表情で微笑んだ。

「あなたはだれです？」彼がたずねた。「スコットランド・ヤードの方ではないですね！」

スミスは名刺をとりだし、相手に手渡した。

「もしもきみがホテルの警備係なら、今すぐにミスター・グレアム・ガスリーのところに案内したまえ」

受け取った名刺を見たとたん、相手の態度が急変した。

「これは失礼しました」彼はうやうやしく言った。「どなたか存じあげなかったものですから。全面的にあなたに協力をするよう、指示を受けています」

「ミスター・ガスリーは部屋にいるのか？」

「ずっとお部屋です。だれにも見られずに部屋にいらっしゃりたいんですね？　どうぞこちらへ。四階からエレヴェーターで行けます」

そこで、新しい案内人とともに、ふたたびわれわれは歩きだした。エレヴェーターのなかで——

「今夜、このホテルでとくに変わったことはなかったかね?」スミスが質問した。

「ありましたとも!」という返事がかえってきた。「それでさっきあそこにいたんです。ふだん、わたしはロビーにいます。ですが十一時ごろ、芝居見物を終えた人たちがホテルに戻ってきはじめると、漠然とですが、そのなかにどうもこのホテルとは無縁のだれか、というかなにかがまぎれこんでいる気がしたんです」

われわれはエレヴェーターを降りた。

「意味がよくわからないな」スミスが言った。「なにかが入ってきたのなら、はっきりそうわかるはずだ」

「そこが妙なんですが」警備係はなおも言い張った。「断言はできないんです! ただ階段の上に立っていると、数人の客のあとから——二人のご婦人と、二人の紳士です——なにかが這い上がってくるような気配を感じたんです」

「犬だったのでは?」

「いいえ、犬ではありませんでした。とにかく、その方たちがそばを通ったときには、なにもいませんでした。それがなんであれ、正面から入ってこなかったことだけはたしかです。ホテルじゅうを調べてみましたが、なにもわかりませんでした」

彼がふいに足をとめた。「一八九号室——ここがミスター・ガスリーの部屋です」

スミスがノックした。

「なんだ!」ドアのむこうからくぐもった声がした。「なんの用だ?」

「ドアを開けてください! 急いで。大事な用事なんです」

彼はホテルの警備係をふりかえった。

「きみはそこにいて、階段とエレヴェーターを見張っていてくれ」と、彼は指示した。「それからこのドアを出入りする、すべての人間とすべてのものによく注意してくれ。だがたとえなにを見聞きしようとも、わたしの命じたこと以外は、けっしてなにもしないように」

警備係がその場から立ち去ると、ドアが開いた。スミスがわたしの耳元でささやいた。

「ドクター・フー・マンチューが送りこんだ生き物が、このホテルにいる！」

北ブータンの英国総督代理である、ミスター・グレアム・ガスリーは、白髪混じりの髪、赤らんだ顔、もじゃもじゃの眉の、ずんぐりした大男で、濃い口髭をたくわえ、冴えた青い目をいっぱいに見開いていた。ネイランド・スミスは簡潔に自己紹介し、名刺と開封された手紙をさしだした。

「これはわたしの証明書です、ミスター・ガスリー」と、彼は言った。「これで緊急の用件で、わたしと友人のドクター・ピートリーが、こんな深夜にここにうかがったことを理解していただけると思います」

彼は明かりを消した。

「ゆっくり事情を説明している暇はありません」彼は説明した。「今は午前零時二十五分です。零時半に、何者かがあなたの命を狙うはずです！」

「ミスター・スミス」相手はパジャマ姿で、ベッドのはしにすわっていた。「いきなりそんなことを言われても。もっともきみがイギリスにいることは、今朝、連絡を受けたが」

「フー・マンチュー博士という人物についてなにかご存知ですか？」

「いや、今日聞いたのは——彼がある急進的な政治団体の一員だということだけだ」

「彼はあなたをブータンに戻らせたくないのです。もっと騙しやすい人物を総督に望んでいるんです。ですから、わたしの指示に従ってくださらないと、あなたがこのイギリスを発つことはないでしょう！」

グレアム・ガスリーの息遣いが荒くなった。わたしは暗闇に目が慣れてきて、彼がベッドの手すりをつかんだまま、ネイランド・スミスに顔を向けるのがおぼろげに見えた。われわれがいきなり押しかけてきたので、さぞ驚いているにちがいなかった。

「だがミスター・スミス」と、彼は言った。「ここにいればまず安心だろう！　このホテルは今、アメリカ人の泊まり客でいっぱいで、こうして最上階の部屋に押し込められてしまったので、唯一、火事のときが心配だが」

「ところが、べつの危険があるんです」スミスがこたえた。「あなたがこの建物の最上階にいることで、その危険性はさらに増します。一九〇八年にラングーンで、不可解な事件が頻発したのを覚えていらっしゃいますか――シヴァの神命で何人もの死者が出たことを？」

「インドの新聞でその記事を読んだ」ガスリーは落ち着かなげに言った。「あれは、自殺だったんだろう？」

「違います！」スミスがきっぱりと言った。「殺人です！」

短い沈黙があった。

「あの記事を読んだかぎりでは」ガスリーが言った。「それはありえない。どの場合も、犠牲者たちは鍵がかかった部屋の窓から飛び降りている――しかも外部からその窓に近づくことは不可能だった」

「そのとおりです」スミスはうなずいた。彼がベッドわきの小テーブルにリヴォルヴァーを置くと、薄暗い部屋のなかで銃身が鈍く光った。「ドアに鍵がかかっていないことを除けば、今夜の状況もまったく同じです。どうか静かにしてください。時計の鐘が聞こえます」

ビッグ・ベンの鐘が午前零時半を告げたあと、静寂がおとずれた。この時間でもまだ人々が活動している地上に比べ、人々が食事を楽しんでいるホテルの階下に比べ、人々が腹をすかせているエンバンクメントに比べ、この部屋にいると、奇妙な孤独感に襲われた。この大都会の中心では、砂漠の真ん中にいるのと同じくらい、助けを得るのは難しい。フー・マンチューに死の宣告をされたまま、たった一人でこの部屋にいなくてよかった。おそらくグレアム・ガスリーも、突然押しかけたわれわれを歓迎しているにちがいない。

以前にも話したかもしれないが、この場合はとりわけ強く感じたので、ここでそのことを話しておきたい――フー・マンチューが差し向けた殺し屋を待ち受けているときの、迫り来る危険の感覚を。たとえ今夜、襲撃されることを知らなかったとしても、神経を張り詰めて暗闇で待っていれば、それに気づいただろう。わたしの全神経に、目に見えぬなにかが、あの恐ろしい中国人の到来を告げた。それは死の使徒の存在をつたえる霊気のようなものだった。

すぐ近くで、低いが、鋭いむせび泣きが、部屋の静寂を破った。

「おい!」押し殺した声で、ガスリーが言った。「今のはなんだ?」

「シヴァの声ですよ」スミスがささやいた。「動かないで。じっとしていてください!」

ガスリーの息遣いが荒くなった。

われわれは三人だった。ホテルの警備係はすぐ近くにいた。部屋には電話がある。エンバンクメントを通る車は、すぐ真下を走っている。それがわかっていても、恐怖が押し寄せてくる。息苦しいほどの緊張のなかで、なにを待っているのか?

窓を三度たたく音が、はっきり聞こえた。

グレアム・ガスリーはベッドを揺らしはじめた。「超常現象だ!」と、彼はつぶやいた——彼のなかのケルトの血が、この前兆を恐れた。「あの窓に近寄れるのは人間わざじゃない!」

「シーッ!」スミスが制した。「動かないでいてください」

窓をたたく音はつづいた。

スミスは静かに部屋を横切った。わたしの鼓動は激しくなった。彼が窓を勢いよく開けた。もうこれ以上じっとしていられない。わたしは彼のところに駆け寄り、二人で窓の外を見渡した。

「近づきすぎるな、ピートリー!」彼が肩越しに警告した。

われわれは開いている窓の両側に立ち、エンバンクメントの揺らめく光を、テムズ川のきらめく水面を、向こう岸の建物のシルエットを、そこにひときわ高くそびえるショット・タワーを見下ろした。

頭上で、窓ガラスを三度たたく音がした。

フー・マンチュー博士とかかわって以来、これほど奇怪な現象に直面したことはなかった。彼はいったいどんなビルマの悪鬼を放ったのか? それは外にいるのか? それとも部屋のなかにいるのだろうか？

「ピートリー、わたしをしっかりつかまえていてくれ！」

突然、スミスがささやいた。

大変なことになった。わが友が恐ろしい悪霊に魅入られ、窓から身を投げようとしている！　わたしは無我夢中で彼に飛びつき、ガスリーもあわてて駆け寄った。

スミスは窓から身を乗り出し、建物を見上げた。

その瞬間、彼が息を詰まらせたような悲鳴をあげ、苦しげにもがき、わたしの両腕からすり抜け、今にも窓から落ちそうになった！

「手を貸してくれ、ガスリー！」わたしはどなった。「彼をつかまえてくれ！　手を離すんじゃない！」

友はわたしの腕のなかでもがきながら、片腕を上げた。彼のリヴォルヴァーから銃声がし、それと同時にわたしたちは床に倒れこんだ。

だが倒れながら、わたしは頭上で悲鳴を聞いた。スミスの銃が宙に飛び、そのすぐあとから、黒い人影が落ちてきて、夜の闇に吸いこまれていった。


「明かりだ！　明かりをつけろ！」わたしは叫んだ。

ガスリーは走っていき、明かりをつけた。ネイランド・スミスは、目が飛び出て、顔がふくれた状態で、首にきつく巻きついた絹のひもをほどこうともがいていた。

「殺し屋のしわざだ！」ガスリーが叫んだ。「早くロープをはずさないと！　窒息してしまう！」

震える手で、わたしはスミスの首に食いこんだひもをつかんだ。

「ナイフを！　急いで！」と、叫んだ。「わたしのは失くしてしまったんだ！」

ガスリーはサイドテーブルに駆け寄り、ペンナイフをさしだした。わたしはスミスの首とひものあいだにナイフの刃を差し入れ、そのひもを切った。

スミスは息苦しそうにうめき、わたしの腕のなかに倒れこんだ。

のちに、落下した男の無残な遺体を確認したスミスは、額のしるしをわたしに見せた。それは彼が撃った銃弾の傷のすぐわきにあった。

「これはカーリーのしるしで、この男は殺し屋だった――いや、敬虔な絞殺魔というべきか。フー・マンチューの手下のなかには、殺し屋もいるだろうと思っていた。この残忍な連中がビルマに逃げ込み、例のラングーンでの一連の事件を起こしたのだ――すこしばかり知恵をつかって！　当時、わたしは彼らのしわざだと見抜けなかった。今夜は、わたしが抵抗したので、やつはしくじってしまった。わたしの首の締め方を見ただろう？　まるで非科学的だった。ビルマで彼らが行なっていた方法は、あのひもを犠牲者の首に巻きつけ、窓から犠牲者を落とすというものだった。窓から身を乗り出している犠牲者を襲うのは簡単だ。ひもを引っ張るだけで、犠牲者を外に放り出すことができる。ひもを輪にしないので、犠牲者が落下しても、そのひもは殺人犯の手元に残る。手がかりなしというわけだ！　フー・マンチューはそこに目をつけたんだろう」

　グレアム・ガスリーは、青ざめた顔で、死んだ絞殺犯を見下ろした。

「あなたは命の恩人だ、ミスター・スミス」と、彼は言った。「あなたが来るのが、あと五分遅かったら――」

　彼はスミスの手を握った。

「それにしても」ガスリーはつづけた。「ビルマの強盗殺人犯のしわざだとは、だれも思いつかなかった！　ましてやあの屋根にひそんでいたとは！　この連中は猿のように身軽で、普通の人間ならとうていできそうもないことを、軽々とやってしまう。わたしがこの部屋を選んだのは、彼らにとってはかえって好都合だったにちがいない！」

「彼は今夜遅くにこのホテルに入りこんだんです」と、スミスは言った。「ホテルの警備係が彼を見ていますが、この連中はじつにすばしこい。さもなかったら、たとえ活動の場所を変えても、一人として生き残ることはできなかったでしょう」

「たしかきみは、イラワディ川で同様の事件があったと言ってなかったか？」と、わたしはたずねた。

「ああ」スミスはうなずいた。「きみがなにを考えているかはわかっている。イラワディ艦隊の汽船には、上甲板に波型鉄板の屋根がある。おそらく例の殺し屋はそこにひそんでいて、甲板に船員が来るのを待ち構えていたのだろう」

「だが、スミス、あのむせび泣きはなんのためだ？」

「儀式でもあり、犠牲者を起こすためでもあったんだ。つぎの質問は、フー・マンチュー博士はどうやってこんな殺し屋たちを支配しているのか、じゃないか？　残念だが、われわれにはまだわからない秘訣を、フー・マンチュー博士は知っているとしか答えようがない。だがそれでも、これでようやく反撃できた」

「そうだな」わたしはうなずいた。「だがさっきは本当に危なかった」

「きみのおかげで命拾いしたよ、ピートリー」と、彼は言った。「今夜は、きみと、それから――」

「彼女のことは言わないでくれ、スミス」わたしは話をさえぎった。「フー・マンチュー博士は、彼女がわれわれを逃がしたことに気づいたかもしれない！　そうなったら」

「彼女の無事を祈るしかないな」

16　カラマニ

翌日、われわれはふたたび外出し、たちまち敵と遭遇した。その頃は、事件解決のめどがたたず、あせりに似た焦燥に駆られていた。

この美しい街のどこかに、邪悪な半神半人が、生け贄の祭壇を築いているのを知っているわれわれにとっては、安らぎに満ちたものすべてがまがいものに見えた。穏やかな秋の陽射しを浴びながら、わたしはそんな思いを強くした。

「網はしぼられている」ネイランド・スミスが言った。

「大漁を期待したいな」と言って、わたしは笑った。

ゆったりと流れるテムズ川越しに、ウィンザー城の塔が秋の薄もやにかすんで見えた。絵に描いたように美しい、テムズ河畔の景色だった。

これは、これまで得られた有効な手がかりの一つであり、イギリスじゅうに血文字でその名を記している白人種の敵の本拠地をたたく、絶好の機会だった。フー・マンチュー博士を捕らえることは無理にしても、せめて敵の拠点の一つを破壊したかった。

ウィンザー城を中心にして、テムズ川の両岸にかかる地域に、われわれは地図で印をつけた。われわれが奇跡的に脱出した家が、犯罪史上、最も高度に組織されたグループのアジトが、この地域のどこかにあった。だが、わかっているのはそれだけだった。たとえあの家を見つけたとしても、おそらくフー・マンチューも彼の手下たちも、もうあそこを引き払っているにちがいない。それでも拠点の一つを潰したことにはなる。

われわれは綿密な計画に沿って行動していて、協力者たちは目には見えないものの、数は十二人はくだらず、みな経験豊かな男たちだった。これまでのところ、捜査に進展はなかった。今、スミスとわたしがむかっている家がはっきり見えてきた——そこは壁で囲まれた広い敷地に建てられた、古い邸宅だった。川を背にしてすぐに右折し、両側を高い壁ではさまれた小道に入った。更地の前を通ったとき、そこにジプシーのキャラヴァンがいるのに気づいた。一人の老婆が階段に腰かけ、しわくちゃの顔を伏せ、あご先を手のひらにのせていた。

わたしは彼女に目もくれずに通りすぎ、友人がとなりにいなくなったことにも気づかなかった。目ざす家に早く行こうと、そのことで頭がいっぱいだった。あれが謎に満ちた敵の隠れ家ではないのか——あそこで彼が手下を集め、毒サソリや病原菌や毒キノコを育て、あそこから殺し屋を送り出していたのではないのか。なによりも、ここそが、博士の計画で重要な役割を果たし、なおかつフー・マンチューにその刃が向けられることをわれわれが願っている諸刃の剣でもある、あの美しい奴隷娘が隠れている場所ではないのか。たとえ主人に服従していても、女の美しさは危険な凶器だった。

背後で叫び声がした。驚いてふりかえると、思いがけない光景を目にした。

なんとネイランド・スミスが、あのジプシーの老婆と格闘していた！　長い腕で彼が老婆の首根っこをつかみ、乱暴に路上まで引っ張っていこうとするのを、老婆は声をたてずに、がむしゃらに抵抗していた。

スミスの行動にはしばしば驚かされるが、さすがにこの光景を見て、彼が理性を失ったと思った。駆け戻り、このわが目を疑う争いの場にたどりつき、スミスがさらに容赦ない暴力を老婆にふるいかけたとき、耳に大きなリングをつけた浅黒い肌の男が、キャラヴァンから飛び出してきた。男はわれわれのほうをちらりと見てから、川にむかって走りだした。

スミスは老婆をつかまえたまま、こちらに身をよじった。

「やつを追え、ピートリー！」と、彼が叫んだ。「追いかけろ。逃がすんじゃない。あいつは殺し屋だ！」

頭が混乱し、彼が正気を失ったという疑いを捨てきれないではいたものの、〝殺し屋〟という言葉だけで充分だった。

走り去っていく男のあとを、すぐさま追いかけた。一度もこちらをふりかえらないところをみると、男は自分が追われているのをわかっているのだろう。埃《ほこり》まみれの道に、わたしの足音が響いた。自分は今、知の怪物と闘っている。彼が勝てば、西洋が東洋に負けてしまう。そう思うと、からだに気力がみなぎった。今のわたしは、陰気なフー・マンチューのドラマに出演している役者の一人だった。

川の土手にむかって草地を走っている男は、ジプシーではなく、例の残忍な殺し屋集団の一人だった。わたしはもうすこしで追いつきそうになったが、まさか男が土手から川に飛びこむとは予期していなかったので、男が飛びこむのを見て、あわてて足をとめた。男は勢いよく川に飛びこんだが、その手になにかを持っていた。男はいったん水面に浮かんでから、また水中にもぐり、わたしが川岸で水面を覗いているうちに、その姿は完全に消えてしまった。あとには水の輪がどこまでも水面にひろがっているだけだった。

つかまえた！

男がまた水面に浮かんできたら、岸から見えるだろう。そうしたら、持っている警笛を吹いて、近くにひそんでいる仲間たちを呼び寄せればいい。待った。一羽の水鳥が、この騒ぎなど知らぬげに、滑るように川面を通りすぎていく。たっぷり一分間は待った。後ろの小道から、スミスの声がした——

「やつを逃がすな、ピートリー！」

　水面からかたときも目を離さずに、声にむかって手を振った。だが依然としてさっきの殺し屋は浮かんでこない。あらゆる角度から視線を水面に這わせたが、だれも水面に上がってこない。そこであの男は深く飛び込みすぎて、海草にからまって溺れたにちがいないと考えた。こんなさわやかな秋晴れの日に、突然、ひとが不慮の死をむかえたことに畏怖をおぼえ、水面に最後の一瞥をくれてから、その場から立ち上がった。スミスはあいかわらず老婆をつかまえていた。だが彼のほうに歩みだしたとたん、背後で水がはねる音がした。とっさに、身をかがめた。いつからそんな防御本能がはたらくようになったのかはわからないが、とにかくそのおかげで命拾いした。頭をすくめたとたん、なにかが頬をかすめ、草地の土手を超えて道路わきに落ちた。ナイフだった！

　きびすを返し、川岸にひきかえした。背後でかすかな叫び声がしたが、例のジプシーの老婆にちがいなかった。水面にはなにも浮かんでいなかった。あたりは静かそのものだった。向こう岸近くで、一人の少女がパント舟をさおで漕いでいたが、ナイフを投げた男がいると思われる範囲で、川面に見える人影は、白っぽい服を着たこの少女だけだった。

　そのときのわたしは、途方に暮れたなどという生易しいものではなく、びっくり仰天した。わたしにナイフを投げつけたのは、さっきの男にちがいない。だがあの男はいったいどこにいるのか？　生身の人間が、こんなに長く水中にもぐっていられるはずがない。かといって水面に顔を出してもいないし、アシの茂みのなかや、土手のどこかに隠れている形跡もない。

　明るい陽射しを浴びながら、薄気味悪さがつのった。この場を離れてスミスのほうに歩きかけたとたんに、神出鬼没の敵が、ふたたびわたしの背中にナイフを投げつけるのではないかと思うと、けっしていい気持ちはしない。だがわたしが恐れていたことは起きなかったので、もうすこしでわたしの背中に突き刺さるところだったナイフを拾い、それを手にして友人のところに行った。

彼は、いかにも疲れ果てた様子の老婆のからだを、片腕でしっかりとつかんで立っていた。老婆は彼をすごい形相で睨みつけていた。

「これはどういうことなんだ、スミス？」

だが彼はわたしを制した。

「あの殺し屋はどこだ？」彼が勢いこんでたずねた。

「どうやらあの男は魚のように泳げるらしい」と、わたしはこたえた。「どこにいるのか、さっぱりわからない」

するとジプシーの老婆がわたしを見上げ、笑いだした。その笑い声は響きがよく、とてもくたびれた老婆が発したものとは思えず、どことなくその声に聞き覚えもあった。

驚いて、そのしわくちゃの顔を覗きこんだ。

「きみは騙されたんだ」スミスは怒気をふくんだ声で言った。「手になにを持っているんだ？」

彼に例のナイフを見せ、それを手にいれたいきさつを話した。

「それはわかっている」彼は言った。「ここから見ていた。彼はきみが立っているところから、三ヤードと離れていない水中にいた。きみも彼を見たはずだ。なにも見えなかったのか？」

「まったくなにも」

老婆がまた笑いだした。

「水鳥が一羽だけ」わたしはつけ加えた。「あとはなにも見えなかった」

「水鳥か」スミスがぶっきらぼうに言った。「もしもきみが水鳥の習性を思い出したなら、その水鳥がよっぽどの珍品だと気づくだろうよ。昔から使われている手だ、ピートリー、だがうまい手だ。そいつはおとりに使われたんだ。殺し屋はその水鳥のなかに頭を隠していたんだ！　無駄だ。彼はもうとっくにどこかに逃げてしまっているはずだ」

「スミス」がっかりしてわたしは言った。「なぜそのジプシー女を放さないんだ？」

「ジプシー女だって！」彼は笑いながら、彼の手をふりほどこうとする女をぐいと引き寄せた。「よく見たまえ」

彼が女のむさくるしいかつらを剝ぎ取ると、つやつやとした髪がこぼれ出た。

「濡らしたスポンジで拭き取れば、元の顔になるだろう」

女の黒い目が、あっけにとられているわたしを見つめた。すると、醜い変装で隠された、あの奴隷娘の美しい顔立ちに気づいた。白く塗ったまつげに涙があふれ、彼女は急におとなしくなった。

「こんどこそ」友人はきっぱりと言った。「こうして彼女をつかまえた——このまま逃すわけにはいかない」

上流のほうで、かすかな呼び声がした。

「あの殺し屋だ！」

ネイランド・スミスは痩せたからだをぴんと伸ばし、全身に緊張をみなぎらせた。

またしても呼び声がし、さらにべつの声が応えた。すると警察のかん高い警笛の音が鳴り響き、例の壁のむこうで黒煙が立ち昇るのが見えた。

壁で囲まれた邸宅が燃えている！

「しまった！」と、スミスが叫んだ。「するとあれが彼の隠れ家だったのか。だがむろん、もうとっくにもぬけの殻だろう。それはわかっていた。あの男の大胆不敵さには舌を巻く。最後の最後まで気を抜かない——敵の二つの拠点で、われわれはしくじってしまった」

「一つはわたしのせいだ」

「気にするな。まだもう一つある。これ以上だれも逮捕するのは無理だろうし、あの家は博士の手下たちの手で、跡形もなく燃やされてしまうだろう。すべて灰となって、手がかりは残るまい、ピートリー。だがフー・マンチューの世界を掻き乱すのに有効な道具を、われわれはこの手に握っている」

彼は、自分の腕のなかでぐったりしている、老婆姿の女を一瞥した。彼女は毅然として顔を上げた。

「そんなに強く腕をつかまなくても、もう逃げたりしないわ」彼女は静かな声で言った。わたしはこれまで数々の不思議な体験をし、多くの奇妙なできごとを目撃してきたが、ネイランド・スミスとフー・マンチュー博士をそれぞれの指導者とする、そうした熾烈な人種間の争いのなかで、その日の午後にわたしの部屋で目にした光景ほど、奇妙なものはなかった。

わが友の絶大な権威によって、われわれはスコットランド・ヤードに事情を明かさぬまま、捕らえた美女をすぐさまロンドンに連れ帰った。奇妙な三人連れのわれわれは、帰途、だれもひとことも話をしなかったが、それでもついにわたしの家に到着した。今、われわれは質素な居間にいた——この部屋で、スミスは初めてわたしに、フー・マンチュー博士の野望と、世界の転覆をはかり、ヨーロッパとアメリカを中国の支配下に置こうと画策する、大掛かりな秘密組織の存在を語ったのだった。

わたしはライティング・デスクに両ひじをついてすわり、両手にあごをのせた。スミスは室内を落ち着きなく歩きまわり、火が消えたブライヤパイプにひっきりなしに何度も火をつけた。偽のジプシー女は、大きなアームチェアの上で身を丸めていた。しわくちゃの老婆の顔はきれいに洗い流され、見とれるほど美しい娘の顔に変わっていた。ぼろぼろのジプシーの服が、よりいっそう彼女の美しさを際立たせていた。彼女は指にタバコをはさみ、伏せたまつげ越しにわれわれを盗み見ていた。

いかにも東洋人らしく、彼女は自分の宿命をおとなしく受け入れている様子で、男ならばだれしもが魅了されるであろうその美しい目で、ときおりわたしに視線を投げかけた。この東洋娘の情熱に、心が揺さぶられたが、しいてそのことを考えまいとした。彼女は世にも恐ろしい殺人犯の仲間かもしれないのだ——だがそれにしても、彼女は危険なほど魅力的だった。

「きみといっしょにいた例の男は」だしぬけに、スミスは彼女に向き直った。「つい最近までビルマにいた。わたしがビルマを発つほんのひと月前に、彼はプロームから三十マイル北のイラワディ川で、一人の漁師を殺害した。当地の警察署長は、彼の首に千ルピーの懸賞金をかけた。違っているかね？」

娘は肩をすくめた。

「仮に――そうだとしたら?」彼女がたずねた。

「きみを警察に引き渡そうか?」スミスは断言はしなかった。というのも、われわれ二人は彼女に命を助けられたばかりだった。

「ご自由に」と、彼女はこたえた。「警察はなにもわからないわ」

「きみは極東の人間じゃない」友人はだしぬけに言った。「東洋の血は入っているかもしれないが、きみはフー・マンチューの血縁者ではない」

「そのとおりよ」彼女は認め、タバコの灰を落とした。「フー・マンチューの居所を教えてくれないか?」

彼女はまた肩をすくめ、わたしのほうを物言いたげにちらりと見た。

スミスはドアのほうに歩いていった。

「わたしは報告書をまとめなくてはならない、ピートリー」と、彼は言った。「あとはきみにまかせる」

彼は静かに部屋から出ていった。わたしは自分の役目を承知していたが、実際には、その責任を果たさなかった。いったいどんな態度をとればいいのか? こんな厄介な仕事を、どうやってこなせばいいのか? 思いがけないなりゆきで、わたしの部屋に囚われている娘を見つめながら、頭をかかえた。

「われわれがきみを傷つけるとは思っていないだろう?」おずおずと話しかけた。「だれもきみを傷つけはしない。どうしてわれわれを信用してくれないんだ?」

彼女は宝石のように美しい瞳をわたしに向けた。

「ほかの人たちに対して、あなたたちの保護がなんの役に立ったというの? 彼が狙った人たちは、結局どうなったの?」

たしかに、われわれはあまりに無力だった。彼女の主張はもっともだった。

「もしもきみが話したら、フー・マンチューはきみを殺すというのか?」

「わたしを殺す!」彼女は軽蔑の色をあらわにした。「わたしが自分の死を恐れていると思うの?」

「じゃあ、なにを恐れているんだ?」わたしは驚いてたずねた。

　彼女は複雑な表情を浮かべた。

「わたしがつかまって、奴隷として売られたとき」彼女はこたえた。「妹も連れていかれ、弟は——子供だった」彼女は優しい口調になり、かすかなアクセントがより温かさを感じさせた。「妹は砂漠で死んだ。弟は生き延びた。いっそ彼も死んだほうが、よっぽどよかったわ」

　彼女の言葉がわたしの胸を締めつけた。

「なにを話したいんだ？」彼女に問いかけた。「それは砂漠の奴隷狩りだろう。そんなことがどこで行なわれたんだ？　どこの国の話だ？」

「そんなことが重要かしら？」彼女が聞き返した。「わたしがどこの国で生まれたかなんて。奴隷には国も名前もないわ」

「名前がないだって！」

「カラマニという呼び名はあるわ」と、彼女は言った。

「カラマニと呼ばれた少女だったわたしは、フー・マンチュー博士に売られ、弟も彼に買われた。わたしたちは安い値段で買われたのよ」彼女は自虐的に笑った。

「でも彼は大金をつかってわたしを教育してくれた。わたしにとって、弟はなによりも大切な存在なの。でも彼はフー・マンチュー博士の支配下にいる。わかる？　わたしが裏切ったら、彼がその報いを受けるのよ。あなたはわたしにフー・マンチューと闘えと言い、あなたがわたしを守ると言う。でもあなたの力でクライトン・デイヴィ卿を救えたの？」

　わたしは黙って首を振った。

「これでわかったでしょう、わたしが主人の命令に逆らえないわけが——どうして彼を裏切れないかが」

　わたしは窓際に行き、そとを眺めた。複雑な立場におかれている彼女を、どう説得したらいいのだろう？　スカートの衣擦れの音がし、カラマニと名乗った彼女がかたわらに立った。彼女はわたしの腕に手をおいた。

「逃がして」と、彼女は懇願した。「弟が殺されてしまうわ！」

　彼女は声を震わせた。

「きみが裏切ったわけではないのに、彼がきみの弟に仕返しをするはずがないじゃないか」わたしは声を荒げた。

「きみは捕まったんだ。きみの意思でここにいるわけじゃない」

彼女は勢いよく息を吸いこみ、わたしの腕をつかんだ。その目には、難しい決断に踏み出そうとする、思い詰めた表情が浮かんでいた。

「ねえ」ためらいがちに、彼女はきりだした。「もしもあなたに協力して、フー・マンチュー博士が一人きりでいる場所を教えたら、ぜったいに約束してくれる？　わたしが案内する場所にすぐに行って、弟を解放してくれると。そしてわたしたちを自由の身にしてくれると？」

「ああ」わたしはためらわずに言った。「約束するとも」

「ただし条件があるわ」彼女がつけ加えた。

「なんだい？」

「彼の居場所を教えたら、わたしを解放して」

わたしは躊躇した。この娘に甘過ぎると、スミスからはしばしば批判されている。今、わたしがすべきことはなにか？　彼女は自分が納得しなければ、たとえどんな目にあっても、真実を語りはしないだろう。だが取り引きをして彼女が真実を語ったとしても、そこに利己的な要素はない。彼女の行為を、べつの視点から見た。人道上から、わたしは彼女の提案と手法を受け入れることにした。

「わかった」そう言うと、彼女は興奮して目をきらめかせた——そこには期待と不安が交錯しているようだった。

彼女はわたしの両肩に手をおいた。

「くれぐれも気をつけてね？」彼女は訴えかけるように言った。

「ああ、きみのためにね」わたしはこたえた。

「わたしのためではないわ」

「だったら、きみの弟のために」

「いいえ」彼女は消え入りそうな声で言った。「あなた自身のために」

17　湿地の廃船

テムズ川の下流から、涼しい風が吹いてくる。はるか後方で、この湿地周辺の最後の定住者たちが暮らす、ローズ・コテージの家々の、ほの暗い明かりがまたたいている。われわれとその集落のあいだには、青々とした草むらが半マイルほどひろがっているが、今の時期は、乾いた細道がいくつもできていた。前方には、月明かりを受けて、起伏のない湿地がさらにつづき、湾曲した川から涼しい風が吹いていた。あたりは静まりかえっていた。ただ目的地にむかうネイランド・スミスとわたしの足音だけが、この人気のない場所の静けさを破っていた。

この二十分のあいだに、何度も思い返していた——あの手ごわい中国人をわれわれだけで捕らえようというのは、あまりにも無分別なのではないかと。だがわれわれは今、カラマニとの契約を守っている。そして彼女が提示した条件のひとつが、この件に彼女がかかわっていることを、警察には知らせないということだった。

はるか前方に、光が見えてきた。

「あの明かりがそうだ、ピートリー」スミスが言った。「このまままっすぐ行けば、例の廃船にたどりつくはずだ」

ポケットにしのばせたリヴォルヴァーを握りしめると、いくらか気持ちが落ち着いた。つのる恐怖心を弁解するため、フー・マンチュー博士の恐ろしさ、異様さ、特異さといったものが、どこから生じるのかを説明してみようとした。彼は常人ではない。彼とかかわった者すべてが味わった恐怖、彼にたてつく者が味わわされた恐怖——それが彼を不気味な怪物にしている。こう書くと、だれしもがこの男の邪悪な力に、背筋を寒くするにちがいない。

スミスが急に足をとめ、わたしの腕をつかんだ。われわれはじっと耳をすました。

「どうした？」彼にたずねた。

「なにか聞こえなかったか？」

わたしは首を振った。

スミスは妙に警戒したそぶりで、湿地をふりかえっている。わたしを見た彼の顔は、複雑な表情をしていた。

「これは罠だという気はしないか？」唐突に、彼が言った。

「われわれは彼女を盲目的に信用している」

「いや、そうは思わない」わたしは即座に言った。

彼がうなずいた。われわれはまた歩きだした。

十分ほど歩きつづけると、テムズ川が見えてきた。スミスもわたしも、フー・マンチューの活動がつねにこのロンドンの川沿いに集中していることに気づいていた。この川はまちがいなく彼の交通路であり、通信網であり、これを通じて彼はその謎めいた力をふるっていた。シャドウェル・ハイウェイ近くのアヘン窟、今頃は黒焦げになっている上流の邸宅、そして川に浮かぶ廃船。これはじつに意味深いことで、たとえ今夜の探険が失敗に終わったとしても、今後の闘いにむけての貴重な指標となりそうだった。

「右に曲がろう」スミスが指示した。「攻めるまえに、偵察をしておかないと」

川の土手につづく小道を進んだ。目の前には灰色の水面がひろがり、そこをこの大商都市の船が行き交っている。だがここは、その川の活気とはかけ離れていた。われわれのいる場所にはまったく人気がなかった。荒涼とした景色を月が煌々と照らしていて、これからわれわれが活躍する芝居の一場面には、おあつらえ向きの舞台だった。イースト・エンドのアヘン窟に潜入したとき、また今日のような夜に、のどかなノーフォークの田園の風景を眺めていたとき、現実の世界が迫ってきた。

黙ったまま、スミスが遠くでちらつく明かりに目を凝らした。

「〝カラマニ〟は、ただ〝奴隷〟という意味だ」脈絡なく、彼が言った。

わたしはなにも言わなかった。

「例の廃船がある」彼がさらに言った。

われわれがいる土手は、潮の水位まで傾斜している泥土に浸っている。海にむかって土手は高くなり、せまい入り江近くに――というのも、われわれは岬のようなところに立っていた――粗末な桟橋が見えた。その下の、ゆるやかに渦巻く水面にできた月影に、黒々とした物体があった。この暗闇のなかに、ほのかな明かりが一つだけともっていた。

「あれがキャビンだな」スミスが言った。

あらかじめたてた予定にしたがい、われわれは廃船の上の足場にむかった。木の梯子が下の甲板に降ろしてあり、桟橋の留め環に結び付けられていた。水面の動きにつられて梯子が上下し、ぐらつく手すりにこすれて横木がきしんだ。

「気づかれずに降りる方法はないかな?」スミスがささやいた。

「とにかくやってみるしかない」わたしは言い切った。

それ以上はなにも言わず、わが友人は梯子を降りはじめた。彼の頭が見えなくなるまで待ってから、わたしもぎこちない動作であとにつづいた。

そのとき、廃船がぐらりと傾き、よろめいたわたしは、真下の闇にきらめく水面を覗きこむ格好となった。片足を踏みはずしたので、すかさず梯子のいちばん上の横木をつかんだが、一瞬、あわやこれまでかと死を覚悟した。本当にあぶないところだった。ズボンのポケットからなにかがすべり落ちるのがわかったが、梯子がきしむ音と、揺れている船体のうめきに似た音と、打ち寄せる波音が、リヴォルヴァーが川に落ちる音をかき消した。

顔から血の気が引いたまま、スミスがいる甲板に降りた。彼は一部始終を目撃していたが――

「命がけでやるしかない」と、彼はわたしの耳元でささやいた。「いまさらひきかえすわけにはいかない」

彼が暗がりのなかをキャビンにむかって歩きだしたので、しかたなくわたしもつづいた。

梯子を下まで降りると、水切部の船室から明かりが漏れてきた。どうやらそこは実験室として使われているらしい。ちらりと覗くと、壺や瓶がならんだ棚、実験器具、蒸留器、微生物が入っている変わった形の試験管、見たこともない形の装置がならんでいるテーブルが見えた。木の床には、書籍、書類、羊皮紙の文書が乱雑に置いてある。当惑の声を漏らしたわたしのかたわらで、スミスが毅然とした口調で言った。

「観念しろ、フー・マンチュー博士！」

よく見ると、フー・マンチューがテーブルの席にすわっていた。

そのときの彼の姿は、今でもわたしの脳裏に焼きついている。黄色い長服をまとい、テーブルの上の実験装置に、仮面のような知的な顔を近づけている。シェードがかかった頭上のランプの明かりを受けて、広い額が光っていた。薄い膜がかかった緑色の目を、こちらに向けた彼の顔は、とても現実のものとは思われなかった。

しかし、なにより驚いたのは、室内のありさまが、わたしが地下室で鎖につながれたときに見た幻影と、そっくり同じだったことだ！

室内にある大きな壺には、解剖標本が入っていた。アヘンの臭いがかすかに漂い、フー・マンチューが腰かけている長椅子の、クッションの飾りふさをもてあそんでいたマーモセットが、跳び上がってけたたましく鳴いた。

それは緊張と興奮に満ちた瞬間だった。なにが起きても動じないだけの、心の準備はできているつもりだった——今、この瞬間が来るまでは。

博士の顔からは、なんの感情も読み取れない。膜がかかった目を覆っているまぶたがわずかに動き、緑色の目が一瞬輝いてから、ふたたび薄い膜がかかった。

「両手を上げろ！」スミスが言った。「妙な手出しはするな」彼の声は興奮で震えていた。「ゲームは終わりだ、フー・マンチュー。彼を縛り上げろ、ピートリー」

わたしはスミスのかたわらに進み出て、せまい戸口からなかに入ろうとした。とたんに廃船が生き物のように足下で動き、うめき、きしんだ。朽ちかけた木造の船体に寄せる波音が、もの悲しげに響いた。

「両手を上げるんだ！」スミスが強い口調で命じた。

フー・マンチューはゆっくりと両手を上げ、口元に笑みを浮かべた——それは不気味な笑みで、凹凸のない、変色した歯をのぞかせ、膜がかかった目には、人間らしい温かみや生気が感じられなかった。

彼は歯擦音をたてながら、おだやかに話した。

「ドクター・ピートリー、後ろをよく見たまえ」

スミスの鋭い灰色の目は、一瞬たりとも相手から離れなかった。相手に向けられた銃口も、ぴくりとも動かない。だがわたしは肩越しにちらりとふりかえり、喉まで出かかった悲鳴を飲みこんだ。

頰が触れ合いそうな距離から、あばた面に犬歯が目立つ男の、黄みがかった目が、こちらを覗きこんでいた。筋肉がすじのように盛り上がっている、引き締まった茶色い手と腕が、わたしの喉に三日月形のナイフを押し当てていた。ほんのすこし動いただけで、わたしの首は掻き切られていただろう。

「スミス！」わたしはかすれ声でささやいた。「ふりかえるな。彼からけっして目を離すな。だが、やつの手下がわたしの喉にナイフを押し当てている！」

すると、初めて、スミスの手が震えた。だがそれでも彼は、フー・マンチュー博士の不敵に落ち着きはらった顔から、目を離そうとはしなかった。彼は歯を食いしばり、あご先の筋肉を固くした。

殺し屋が背後にいるのに気づいてから、ほんの数秒間だけ沈黙が流れた。わたしにとっては、その一瞬一瞬が長引く死だった。うめき声をあげている船内で、わたしはこの闘いが始まって以来の、張り詰めた恐怖に襲われていた。頭のなかでは、一つの考えが駆け巡っていた――あの娘がわれわれを裏切った！

「わたしが一人きりだと思ったのかね？」フー・マンチューが言った。「たしかにわたしは一人だった」

だがわれわれが船室に入ったとき、この無表情な黄色い仮面に、恐怖の表情はすこしもなかった。

「しかし、わたしの忠実な部下がきみたちのあとをつけたようだ」と、彼はつけ加えた。「彼に感謝しよう。おかげで面目をほどこせた」

スミスは返事をしなかった。わたしには彼が頭のなかで考えをめぐらせているのがわかった。マーモセットがフー・マンチューの肩に跳びのり、われわれをからかうように鋭い鳴き声をあげた。フー・マンチューはマーモセットを撫でようとした。

「動くな！」スミスが語気を荒げて言った。「動くと撃つぞ！」

それでもフー・マンチューはかまわずに肩に手を伸ばした。

「この場所をどうやって突きとめたのかね？」

「明け方からこの廃船を見張っていたんだ」スミスは平然と嘘をついた。

「それで？」博士の目から、ほんの一瞬だけ曇りがとれた。「それで今日、わたしに家を燃やさせ、わたしの部下の一人を捕まえたわけか。おめでとう。彼女はたとえ鞭打たれても、わたしを裏切りはしないだろう」

刃と血管のあいだに紙一枚も通らぬほど、ナイフがわたしのすぐ喉元にあったが、それでもその言葉を聞き、鼓動がさらに激しくなった。

「ところで」フー・マンチューがつづけた。「ひとつ提案がある。おそらくわたしがなにを約束しても、きみは信じないだろうな？」

「信じられるわけがない」スミスは即座に言った。

「それでは」ときおり出る喉音が、この東洋人の完璧な英語をだいなしにしていた。「わたしがきみの約束を信じるしかない。このキャビンを出てから、きみがどうするつもりなのか、わたしにはわからない。だがそれは、たぶんきみも同じだろう。わたしのビルマの友人とドクター・ピートリーが先に行き、きみとわたしがあとから行こう。沼地を三百ヤードほど歩くことになるだろうか。そこできみは銃を地面に置き、そこに置いておくとわたしに誓う。さらに、わたしがひきかえすまで、わたしを襲わないと保証してほしい。わたしと部下が引き上げたあと、一定の時間が過ぎたら、あとはきみの好きなようにしたらいい。承諾するかね？」

スミスは躊躇した。やがて——

「この殺し屋にも、ナイフを置いていってもらう」と、彼は条件を出した。

フー・マンチューはまたしてもぞっとする笑みを浮かべ

た。

「結構。では先に行ってもいいかな?」

「だめだ!」スミスが制した。「ピートリーとその殺し屋が先だ。それから博士、最後にわたしだ」

喉音が耳障りなフー・マンチューの号令とともに、われわれ四人は、アヘンの臭いが漂い、解剖標本や奇妙な器具が置かれたキャビンを出て、決めた順番どおりに一列になって甲板に上がった。

「梯子は登りにくいな」と、フー・マンチューが言った。

「さっきの約束を守るというきみの言葉を信じよう」

「約束する」言葉が喉につかえてなかなか出てこなかった。

われわれは上下する梯子を登り、桟橋にたどりつくと、湿地を歩きだした。そのあいだじゅう、スミスのリヴォルヴァーはつねに東洋人に銃口を向けていた。われわれの足にまといつくように、マーモセットが跳んだり跳ねたりしていた。黒い下帯姿の殺し屋は、大きなナイフを手にしたまま、わたしとならんで歩き、ときおり残忍そうな目つきをこちらに向けた。かつて、秋の月がこの場所でこんな情

景を照らしたことはなかっただろう。

「ここで別れよう」と、フー・マンチューは言い、手下の男になにごとか言った。

男は持っていたナイフを地面に放った。

「やつのからだを調べろ、ピートリー」と、スミスが言った。「ひょっとしたらべつのナイフを隠し持っているかもしれない」

博士が同意したので、わたしは両手で男の下帯を撫でた。

「フー・マンチューも調べろ」

わたしは言われたとおりにしたが、人間に対して、これほどの嫌悪感を感じたことはなかった。まるで毒ヘビに触れたかのように、からだに震えが走った。

スミスがリヴォルヴァーを放った。

「わたしは大馬鹿者だ」と、彼は言った。「ここでおまえを撃ち殺すことができるというのに」

彼をよく知っているわたしは、スミスの声の抑制された情熱から、いったん交わした約束をあくまでも守ろうとする彼の信念によって、このとき、フー・マンチュー博士は

天罰をまぬがれたのだと悟った。大悪人ながら、わたしはこの東洋人の豪胆さに驚嘆した。というのも、このことは彼も知っていたにちがいなかった。

博士はわれわれに背を向け、手下の殺し屋とともに歩み去った。ネイランド・スミスがつぎにとった行動に、わたしは驚いて目をまるくした。なんとかあの船から脱出できたことを神に感謝し、ほっとしているわたしのそばで、友人は上着とヴェストを脱ぎ、カラーをはずしはじめた。「貴重品をポケットに入れて、きみも上着を脱げ」彼がかすれ声で言った。「あまり勝ち目はないが、それでも二人ともからだだけは元気だ。ピートリー、今夜はこれから命がけで逃げるんだ」

われわれは平和な時代に生きているので、命からがら逃げるという経験をすることがほとんどない。スミスの言葉で、わたしは自分たちがいかに危険な状況にあるかに気づいた。

例の廃船は、岬のようなところのはずれにあった。だとすると、東と西はまず無理だった。南にはフー・マンチューがいる。そこでわれわれが上着を脱いで身軽になり、北にむかって走りだすと、夜の闇のなかで殺し屋の不気味な合図が聞こえ、それに応じる声がし、さらにべつの応答も返ってきた。

「すくなくとも、三人はいる」スミスが低い声で言った。「武器を持った三人の殺し屋だ。勝つ見込みはないな」

「あの銃を使え」わたしは叫んだ。「スミス、でないと――」

「だめだ」歯を食いしばりながら、彼がこたえた。「東洋には〝いったんかわした約束は、最後まで守り通せ！〟というモットーがある。それに、あの銃が相手に使われる心配はあるまい。フー・マンチューは騒がしい武器が嫌いだ」

そこでわれわれは、さっき来た道を走って戻った。最初の建物――無人のコテージだった――まで一マイルほどあり、ひとが住む家までさらに四分の一マイルあった。したがってフー・マンチューの手下の殺し屋たち以外に、ひとと出会う可能性はほとんど無にひとしかった。

はじめのうち、走るのはさほど大変ではなかった。問題なのは後半の半マイルだった。追ってくるプロの殺し屋たちは豹のように身軽なので、これらのナイフを手にした黄色い肌の男たちのことは、あえて考えないことにした。われわれはふりかえらずに走りつづけた。

しばらくのあいだ、どちらもただ黙々と必死に走った。やがてスミスがはっと息を飲むのを見て、危機が迫っているのを悟った。

わたしもふりかえってみるべきだろうか？　怖いもの見たさの誘惑に打ち勝つことはできなかった。

肩越しにちらっと後ろを見た。

その光景は、おそらく死ぬまでまぶたに焼き付いて離れないだろう。二人の殺し屋が仲間（あるいは仲間たち）を引き離し、われわれから三百ヤード以内に迫ってきた。

不自然に顔を上げつつ、前かがみになって走る彼らの姿は、人間というよりも奇妙な動物のようだった。これだけ離れた場所から、しかも走りながらふりかえっただけだったが、剝き出した歯と、三日月形にカーヴしたナイフが、月明かりを受けて光るのが見えた。

「頑張るんだ」息を切らしながら、スミスが言った。「あの空き家のコテージに飛び込もう。助かる道はそれしかない」

スミスはともかく、わたしはそれほど足が速いほうではない。だがこのときばかりは、自分でも驚くほどのスピードで走った。二人とも後ろをふりかえる余裕はなかった。どちらも全力を出しきった。わたしは心臓が破裂しそうで、脚の筋肉がつれそうだった。ようやく目ざすコテージが見えてきたが、もうへとへとで、三ヤードが三マイルにも思えた。そのとき、なにかにつまずいた。

「うわっ！」スミスの口から弱々しい声が漏れた。

だがわたしはバランスを取り戻した。裸足の足音がすぐ背後に迫ってきて、彼らの激しい息遣いから、いかにフー・マンチューの手下といえども、全速力で走るわれわれを追いかけるのは容易ではないのがわかった。

「スミス」わたしはささやいた。「前を見ろ。だれかいるぞ！」

赤い霧のむこうに、黒い人影がコテージの陰から出てきて、ふたたび陰にまぎれるのが見えた。追っ手とはべつの殺し屋にちがいなかった。だがスミスは、わたしが小声で言った言葉が聞こえなかったのか、気に留めなかったのか、ゲートを乱暴にこじ開け、やみくもにドアに突進した。

大音響とともにドアが開き、彼はなかの暗闇に飛び込んだ。そしてそのまま床にばったり倒れ、あとから戸口にたどりつき、なかに足を踏み入れたわたしは、あやうく彼の上に倒れこみそうになった。

必死でドアに飛びついた。彼の足が邪魔で閉められない。その足を蹴ってどかし、力まかせにドアを閉めた。ふりかえると、先頭の殺し屋が、目が飛び出た鬼のような形相で、ゲートからおどりこんできた。

スミスが掛け金を壊したと思いこんでいたが、まさぐった手がかんぬきに触れたのは、嬉しい誤算だった。最後の力をふりしぼり、錆びた受け口にかんぬきを押し込んだ——と、長さ六インチはある鋼鉄が、真ん中の羽目板を裂き、頭上に突き出た。

わたしはのけぞり、スミスのわきに仰向けに倒れた。一つしかない窓のガラスが割られ、獣のような顔がなかを覗きこんだ。

「すまない」聞き取れないほどのかぼそい声で、スミスが言った。彼はわたしの手を弱々しくつかんだ。「きみを連れてきたのは、わたしの間違いだった」

部屋の暗い一隅から、閃光があがった。くぐもった銃声が連続して聞こえた。すると窓際の黄色い顔が見えなくなった。

野太い悲鳴とうめき声が聞こえ、殺し屋の一人が絶命したのがわかった。

灰色の人影がわたしのわきをすり抜け、割れた窓の前に立った。

銃声がふたたび夜の闇に撃ち込まれ、またしても悲鳴とうめき声があがった。

静寂を破るように、外の小道を裸足で走り去る足音が響いた。逃げていく足音は二人だったので、追っ手は四人だったことになる。室内には鼻をつく臭いがたちこめていた。

わたしがふらつきながら立ち上がると、リヴォルヴァーを手にした灰色の人影が、こちらをふりかえった。その灰色の長い服には、どことなく見覚えがあったが、その理由に今ようやく気づいた。

それはわたしのレインコートだった。

「カラマニ」と、つぶやいた。

するとスミスが、よろけてドアわきの横桟につかまりながら、かすれた声で「またしてもきみか！」と、つぶやいた。

娘はからだを震わせ、いつもの訴えかけるような表情で、わたしの両肩に手をおいた。

「あなたのあとをつけたの」と、彼女は言った。「知らなかったの？　でもほかにもつけている人間がいたので、隠れなくてはならなかった。ここまで来たとき、あなたたちが走ってくるのが見えたわ」

彼女はスミスに向きなおった。

「これはあなたの銃よ」彼女が正直に言った。「あなたのバッグに入っていたわ。どうか受け取って！」

彼は黙って受け取った。たぶんなにも話せなかったのだろう。

「さあ、行って。急いで！」と、彼女は言った。「ここにいては、まだ危ないわ」

「でもきみは？」わたしはたずねた。

「あなたは失敗した」と、彼女はこたえた。「だからわたしは彼のところに戻らなくては。ほかに方法はないわ」

あやうく命拾いした男にしては、妙に沈んだ気分で、わたしはドアを開けた。上着なしの格好で、友とわたしは月明かりの下に出た。

地面には、二人の男の死体がころがっていた——どちらも虚ろな目で天を仰いでいた。カラマニの射撃の腕は確かで、二人とも頭を射抜かれていた。わたしには彼女の複雑きわまりない性質が、相反する情熱を持った矛盾した性質が、まるで理解できない。ためらいなくひとを撃ち殺せる一面を持つ彼女ではあったが、それでもその美しさはまばゆいほどで、ある意味では、子供の心を持ってもいた。

「今夜、警察を送りこむ」と、スミスが言った。「でないと新聞が――」

「急いで」コテージの暗がりから、娘が命令した。これは異常な状況だった。心の底では、とうてい受け入れられなかった。だが、われわれになにができるだろう?

「連絡する方法を教えてくれ」と、スミスが言いかけた。

「早く行って。わたしが疑われるわ。わたしが殺されてもいいの?」

われわれはその場から立ち去った。あたりはしんと静まりかえり、前方でかすかに明かりがまたたいていた。夜空にはぽっかりと満月が浮かんでいた。

「おやすみ、カラマニ」わたしはそっとささやいた。

18　アンダマン――セカンド

湿地での冒険談の続きは、くわしく語るほどの価値はない。ただカラマニとの別れだけはべつだった。この別れで、わたしはシェイクスピアの〝甘美なる悲しみ〟という言葉の意味を、初めて悟った。

ここにはべつの世界が、今までその存在すら知られていなかった世界があることを知った。カラマニの心の謎は、ますます深まるばかりだった。わたしは彼女を忘れようとした。彼女を思い出そうとした。彼女のことを思い出すのは楽しかったが、突き詰めて考えれば考えるほど、絶望的な気分になった。

東洋と西洋は混じり合わないのかもしれない。世界政策の学徒として、医師として、そのことを痛感する。それに、もしもカラマニの話を信じるならば、彼女は奴隷としてフー・マンチューに買われた。彼女はあの侵略者たちの手に落ちた。奴隷の監視人たちと砂漠を横断した。奴隷商人の家を知っていた。ありうるだろうか？　イスラム教国の新月旗が色褪せるとともに、そういったことはもう消滅したと思っていた。

だがもしも彼女の話が真実だとしたら？

情け容赦のない奴隷商人たちが、まだいたいけな美少女を、家畜のようにあつかったかと思うと、怒りがこみあげてきて、気持ちを静めようと目を閉じても、想像したくない場面がつぎつぎと浮かんできた。

だが、そのたびに、彼女の話に疑問をいだいてしまう。さらに、なぜそんなことがそれほど気になるのかと、自分でもいぶかしむが、いつも答は出ない。そもそもわたしは一介の開業医だ――ついこのあいだまでの自分は、血気盛んな青春時代はとうに過ぎ去り、医者の仕事に専念する堅実な日々をおくっていて、黒い瞳に赤い唇などというなまめかしい想像に苦しむことなど考えられなかった。

しかし、書き手への同情を求めるのは、この冒険談を書き記す本来の目的からはずれている。これからわたしが語る話は、読者を魅了せずにはおかないだろう。余談はこれくらいにして、さっそく本題に入ろう。

ロンドンっ子はロンドンを知らない――これは意外なようだが、真実だ。友人のネイランド・スミスがビルマから戻ってから、彼の案内によって、その存在すらほとんど知られていない場所が、神出鬼没の新聞記者たちですら知らない場所が、この大都市の中心部に多く存在することを知った。

にぎやかなレスター・スクウェアから、歩いて二分たらずのところにある静かな通りに、スミスはわたしを案内した。小さな商店にはさまれた家のドアの前で、彼は足をとめてふりかえった。

「これからなにを見聞きしても」彼はわたしに忠告した。

「けっして驚かないでくれ」

通りのかどでタクシーから降りたわれわれは、黒いスーツを着て、黒いシルクのふさがついたトルコ帽をかぶっていた。わたしは肌の色を、日焼けした友人と同じくらいの褐色に塗っていた。彼はドアのベルを鳴らした。

すぐに黒人の女性が出迎えた——太った、それは醜い女だった。

スミスは流暢なアラビア語で、なにごとか言った。いつもながら、彼の語学の才能には驚かされる。東洋のさまざまな言語を、まるで母国語のように話す。女性はうやうやしい態度で、すぐにわれわれを薄暗い廊下に案内した。調子はずれな音楽が聞こえているドアの前を通り、われわれは小部屋に入った。そこは家具がなく、壁飾りがわりに粗い織物がかけられ、無地の赤いカーペットが敷いてあった。壁のくぼみに、ありふれたメタル・ランプがともっていた。

メイドが出ていくと、入れ替わりに、長いあご髭をたくわえた老人が部屋に入ってきて、わたしの友人に丁寧に挨拶した。短いやりとりのあと、その年配のアラブ人が——わたしにはそのように見えた——織物をわきにどかすと、そこに暗い空洞が現われた。彼は唇に指を押し当て、黙ってわれわれをなかにうながした。

われわれがなかに入ると、織物がふたたび降ろされた。原始的な調べが、さっきよりはっきり聞こえてきた。スミスがよろい戸の横板をそっとはずすと、わたしはあっと声をあげそうになった。

よろい戸のむこうには広い部屋があり、三面の壁に長椅子や低い椅子が据えられていた。長椅子には、トルコ人、エジプト人、ギリシャ人などがすわっていて、そのなかに二人の中国人も混じっていた。彼らはタバコを吸ったり、酒を飲んだりしている。床の真ん中に敷かれた四角いカーペットの上で、若い女がからだをくねらせて踊っていて、若い黒人の女がギターを奏で、数人の男たちが音楽に合わせて手をたたいたり、低い声でメロディを口ずさんでいた。

われわれが通路に入ってまもなく、踊りが終わり、踊り子は部屋の奥のカーテンのむこうに消えた。人々が会話をはじめた。

「ここは、ロンドンに住む、あるいは訪れる、ある階級の東洋人たちにとっての娯楽の場所なんだ」スミスがささやいた。「さっき会った老人が、ここの主人だ。今まで何度か来たが、まったく収穫はなかった」

彼は奇妙な集会場を熱心に覗きこんだ。

「だれを捜しているんだ？」わたしはたずねた。

「ここは公認の集会場だ」スミスはわたしの耳元で言った。「おそらくフー・マンチューの部下たちも、ここを使っているにちがいない」

わたしは覗き穴から見える人々の顔を観察した。二人組の中国人に目が留まった。

「見覚えのある顔はないのか？」

「シーッ！」

戸口のほうを見ようと、スミスが首を伸ばした。彼に視界をさえぎられたわたしは、彼の緊張した様子や、興奮した気配から、新たな来訪者の到来を感じ取った。

男たちの会話が途絶え、しんと静まりかえった室内に、衣擦れの音がした。すると、やって来たのは女にちがいない。物音をたてないようにしながら、よろい戸に顔を近づけた。

優雅な緋色のオペラ・クロークをはおった女性が、部屋を横切って、われわれが隠れている場所のほうにやって来た。頭に巻いたシルクのスカーフが、顔にまで垂れている。一瞬、その姿をかいま見ただけだったが、彼女はこの場にはまったくそぐわない感じがした。彼女は、われわれの視界の真下にいるらしい人物に近づき、見えなくなった。

人々が彼女に向ける視線から判断すると、彼女はなじみの客ではなく、その来訪はわたしだけでなく、ほかの客たちにとっても驚きのようだった。

こんな怪しげな場所にやって来た、このレディはいったいだれなのだろう？　身分を隠そうとしているようだが、その扮装は一風変わった深夜の探険よりも、晴れやかな夜会にふさわしかった。

小声で質問しかけたわたしを、スミスは腕を引っ張って制した。彼は極度に興奮していた。あの女性の正体がわかったのだろうか？

かすかにだが、特徴的な香りが漂ってきた。それは東洋的な神秘に満ちた香りだった。わたしが知っているただ一人の女性だけが、この香りを身にまとっていた——カラマニ。

そうか、あれは彼女だったのか！

友人の不断の監視がようやく報われたのだ。わたしは前に身を乗り出した。スミスは新たな発見の期待に、からだを震わせた。

またしてもあの独特の香りが漂ってきた。左右に目をやらず、カラマニは――わたしはもはや彼女をカラマニと信じて疑わなかった――ふたたび部屋を横切り、姿を消した。

「彼女が話をした男を」スミスが押し殺した声で言った。「なんとしてもつかまえるんだ！」

彼は織物をわきにどけ、控えの間に戻った。部屋にはだれもいなかった。彼は廊下に出て、ドアに急いだが、そのまえに男が急いで出てきて、ドアから外に出ていった。

ほんの数秒の差だったが、われわれが外に出ると、通りにはだれもいなかった。まるで魔法のように、男は消えていた。一台の大きな車が、レスター・スクウェアにむかって通りのかどを曲がろうとしていた。

「あれはたしかに彼女だった」と、スミスが言った。「それにしても、彼女が伝言をした男はどこに行ったんだ？なにが起きているのか、なんとしても突きとめなくては。こんなチャンスを無駄にするわけにはいかない」

彼は通りのかどに立ち、車が去っていったにぎやかな通りのほうを、無念そうに見つめた。困惑したときの癖で、耳たぶを引っ張り、歯をカチカチと鳴らしていた。わたしもじっと考えこんだ。あの強大な敵と闘うには、手がかりがあまりにも少なかった。今夜のほんの一瞬の手違いが、フー・マンチューに勝利をもたらし、白人種と黄色人種との絶妙なバランスをくつがえすことになるかもしれないと考えると、目の前が暗くなった。

インド帝国の転覆や、全ヨーロッパとアメリカを東洋の支配下に置くことを、秘密裏に画策する動きがあることを知っているスミスとわたしには、黄色い魔の手がロンドンに伸びているように思えた。文明世界にとって、フー・マンチュー博士は脅威だった。にもかかわらず、自分たちの身が脅威にさらされている人々の多くは、彼の存在すら知らなかった。

「いったい彼らはなにをたくらんでいるんだ？」スミスが

言った。「どんな国家機密を盗もうというのか？　つぎはどの英国統治の忠実なる奉仕者を連れ去ろうというのか？　フー・マンチューは、こんどはだれに死の刻印を押したのか？」

「今回、カラマニは博士のスパイではないかもしれない」

「いいや、彼女はやつの手先だ、ピートリー。この黄色い暗雲が包もうとしている人々のうち、彼女の伝言はだれに向けられたものだろう？　あの男にあたえられた指示は緊急のものだった。彼があわてて出ていくのを見ただろう。「彼のくそっ！」彼は右の拳で左の手のひらをたたいた。「彼の顔を見ていない。いつかはこういうことがあるだろうと、ずっとあの場所で見張っていたのに、ようやく訪れたチャンスを逃がしてしまうなんて！」

ぼやきながら歩くうちに、われわれはピカデリー・サーカスに来て、夜の車の波に飲みこまれてしまった。大型のメルセデスの右前輪に轢かれそうになったスミスを、わたしはあわてて引き戻した。やがて通りは渋滞となり、われわれはその真っ只中に取り残されてしまった。

扮装したわれわれを東洋人と勘違いしたタクシー・ドライヴァーたちの罵声を浴びながら、なんとか渋滞から抜け出した。そして警官が交通整理をはじめて車が流れだす直前に、かすかな香水の匂いがふっと鼻をくすぐった。

周囲の車がふたたび動きだそうとしていたので、急いで歩道に引き上げるしかなかった。わたしにはだれかが――その珍しい香りを漂わせている人物が――その車の窓から身を乗り出しているのがわかった。

「アンダマン――セカンド！」そうささやく声がした。

われわれが歩道に戻ると同時に、渋滞していた車の列が動きだした。

スミスは、例の車内にいた、姿の見えない人物がつけていた香水には気づかず、その人物がささやいた言葉も聞いていなかった。だがわたしは自分の感覚に自信があった。カラマニはわれわれのすぐ近くにいて、われわれに気づいていて、われわれのためにあの言葉をささやいたのだ。

帰宅すると、例の〝アンダマン――セカンド〟がなにを意味するのかを、二人で検討した。

「いまいましい！」スミスが叫んだ。「なにか意味があるはずなんだ――たとえば、レースの結果とか」

彼は珍しく大笑いし、愛用のパイプにタバコの葉を詰めはじめた。彼にあきらめる気などまるでないのはあきらかだった。

「だれも思いつかないな――今、ロンドンにいて、フー・マンチューに狙われそうな重要人物は」と、彼は言った。

「われわれをべつにすれば」

われわれは思いついた人物の名前をあげていき、書き留めたメモを入念に吟味していった。ついにわたしがあきらめたときには、もう日付けが変わっていた。それでもなかなか眠りにつけず、〝アンダマン――セカンド〟という言葉が頭のなかでぐるぐるとまわっていた。

やがて電話が鳴った。スミスの話し声が聞こえた。

まもなく、彼が険しい表情で、わたしの部屋にやって来た。

「やはり昨夜、とんでもないことが起きていたようだ」と、彼は言った。「それもわれわれのすぐ近くで！　何者かがフランク・ノリス・ウェストを襲った。今、ウェイマス警部補から連絡があった」

「ノリス・ウェストだって！」わたしは叫んだ。「あのアメリカ人の飛行家で、発明家の――」

「ああ、ウェスト式空中魚雷の発明者だ。彼はそれを英国陸軍省に提供しようとしていたんだが、それが延期になってしまった」

わたしはベッドから飛び起きた。

「どういうことだ？」

「つまり、彼の発明にフー・マンチュー博士が興味を示したということだ」

その言葉に、わたしは飛び上がった。着替えにどれだけ手間取ったか、呼んだタクシーをどのくらい待ったか、タクシーにどれだけ乗っていたかはわからない。混乱する頭のなかで、それらは列車の窓から見える電柱のように過ぎ去っていった。緊張しきった状態で、われわれはこの新たな暴行現場におもむいた。

その痩せた禁欲的な顔が、近頃しばしば新聞に載っているミスター・ノリス・ウェストは、彼のアパートの入り口の床に、受話器を手にしたまま、仰向けに横たわっていた。外のドアは警察が開けた。彼らは羽目板を取り除き、かんぬきをはずした。スミスとわたしがなかに入っていくと、ストライプのパジャマ姿で横たわっている彼の上に、医師がかがみこんでいて、ウェイマス警部補がその様子をかたわらで見ていた。

「薬物を多量に服用したようだ」ウェストの唇に鼻を近づけながら、医師が言った。「だがなんの薬物かはわからない。クロロホルムやその類ではない。このまま眠らせておけば、じきに目を覚ますだろう」

わたしも簡単に調べてから、彼の意見に同意した。

「なんとも不可解な話でしてね」と、ウェイマスが言った。「一時間ほど前に、中国人たちがアパートに侵入したと、彼がヤードに通報してきたんです。そのとき、電話で応対した警官が、彼が倒れる音を聞いたんです。われわれがここに到着したとき、ドアにはかんぬきがかかっていたし、窓は三階です。室内は荒らされていません」

「空中魚雷の設計図は？」スミスが質問した。

「寝室の金庫にあるはずです」と、警部補はこたえた。「金庫にはちゃんと鍵がかかっています。たぶん彼は薬物を多量に服用して、幻覚を見たんでしょう。ですが万が一、彼が言ったことに（といっても、ほとんど理解できませんでしたが）なにか事情があるかもしれないと思い、あなたにお知らせしたんです」

「なるほど」スミスの目がきらりと光った。「彼をベッドに寝かせよう、警部補」

ウェストがベッドに運ばれると、わが友人は寝室に入っていった。

ウェストはベッドで眠っていたらしく、シーツが乱れていたが、部屋に何者かが侵入した形跡はなかった。部屋はせまかったが――そこは家具付きのアパートだった――きれいにかたづいていた。ダイヤル錠の金庫がすみにあった。窓は上が一フィートほど開いていた。

スミスが金庫を開けようとすると、鍵がかかっていた。その場に立ちつくし、歯を噛み鳴らしている彼を見て、ひどく困惑しているのがわかった。彼は窓際に行き、窓を開けた。二人で外を覗いた。

「見てのとおり」ウェイマスの声がした。「その高さでは、例の中国人たちが、竹筒でつくった梯子を下からかけようとしても、とても届かないでしょう。たとえそこまで上がれたとしても、さらに二階上の屋根までは届きません」

スミスはうなずきながら、窓の下枠にはまっている鉄柵の強度を確かめた。突然、彼があっと叫んで身をかがめた。わたしは身を乗り出し、彼が注目したものを見た。

埃がかかった灰色の石の窓枠に、いくつもの跡が――痕跡らしきものが残っていた。

スミスはからだを起こし、わたしにいぶかしげな目を向けた。

「なんの跡だろう、ピートリー?」驚いた顔で、彼が言った。「鳥がここにいたんだ、しかもつい最近」

ウェイマス警部補もその跡を確認した。

「こんな鳥の足跡は見たことがないですよ、ミスター・スミス」と、彼がつぶやいた。

スミスは耳たぶをさかんに引っ張っている。

「ああ」彼は考えこみながらふりかえった。「わたしもだ」

彼はベッドに横たわっている男を見た。

「彼は幻覚を見たんでしょうかね?」警部補がたずねた。

「あの窓枠に残っている跡はどうなんだ?」スミスが言った。

彼は落ち着きなく室内を歩きまわり、ときおり金庫の前で足をとめ、ちらちらとノリス・ウェストに目をやった。だしぬけに彼は寝室から出ていき、ほかの部屋をざっと見てから、また寝室に戻ってきた。

「ピートリー、貴重な時間を無駄にしたくない。そろそろウェストは目を覚ましてもいい頃だ!」

ウェイマス警部補が見つめた。

スミスはじれったそうにわたしをふりかえった。警察に呼ばれた医師は、もういなくなっていた。「なんとかして彼を起こせないのか、ピートリー?」

「彼がどんな薬物を服用したかがわかれば、意識を回復させられるだろうが」

友人はまた室内を歩きはじめたが、ふと足をとめ、ベッドわきの棚にある本の後ろに隠してあった薬瓶を見つけ出した。彼は誇らしげに歓声をあげた。

「ほら、見つけたぞ、ピートリー！」彼は錠剤の入ったその薬瓶を、わたしに手渡した。「ラベルがないな」

わたしは手のひらで錠剤を潰し、中身の粉を舌先で舐めた。

「抱水クロラールの調合剤だな」

「睡眠薬か？」スミスが問いただした。

「これならなんとかなりそうだ」わたしは手帳に処方箋を書き、ウェイマスに彼の部下を近所の薬局に行かせ、解毒剤を手に入れてくるようにたのんだ。

彼の部下が出ていくと、スミスは日焼けした顔に複雑な表情を浮かべ、意識不明の発明家を凝視した。

「アンダマン――セカンド」と、彼はつぶやいた。「ここであの謎が解けるかな？」

ノリス・ウェストが錯乱して妙な電話をかけたと、頭から決めてかかっているウェイマス警部補は、部下が戻ってきたとき、苛立たしげに口髭をかじっていた。わたしが気付け薬を投与すると、これはあとでわかったのだが、じつはウェストが意識不明になったのは抱水クロラールを服用したせいではなかったのだが、それでも解毒剤の効果はてきめんだった。

ノリス・ウェストはどうにかからだを起こし、憔悴した顔であたりを見まわした。

「中国人が！　中国人たちが！」彼はつぶやいた。

いきなり立ち上がった彼は、スミスとわたしを引きつった顔で睨みつけ、それからよろめくように倒れこんだ。

「だいじょうぶ」わたしは彼のからだを支えた。「わたしは医者です。あなたは今まで意識を失っていたんですよ」

「警察は来たのか？」彼は勢いこんで言った。「金庫は――金庫を確かめてくれ！」

「だいじょうぶ」ウェイマス警部補が言った。「金庫には鍵がかかっています――ほかにだれも数字の組み合わせを知らないのなら、心配することはありません」

「わたし以外はだれも知らない」と言って、ウェストはよろめきながら金庫に近づいた。まだ意識が朦朧としているようだったが、意を決したかのように顔をこわばらせ、意識を集中させて金庫を開けた。

彼はかがんでなかを覗いた。

そのとき、フー・マンチューが仕組んだ芝居の、第二幕のカーテンが上がろうとしているのを、わたしは肌で感じた。

「そんな！」ほとんど聞き取れないほどの小声で、彼がささやいた――「設計図が失くなってる！」

19 ノリス・ウェストは語る

ウェイマス警部補は愕然とした。

「そんなことはありえない！」と、彼は言った。「このアパートの出入り口は一つしかない。しかも内側からかんぬきがかかっていたのに」

「ええ」ウェストはうめき、額に手をやった。「十一時に帰ってきたとき、わたしがドアにかんぬきをかけたんです」

「この窓に外から近づくことは不可能だ。例の空中魚雷の設計図は金庫のなかにあった」

「わたしが自分で金庫に入れたんです」ウェストが言った。「陸軍省から帰ってくると、ドアにかんぬきをかけ、設計図を確認してから金庫に入れ、鍵をかけたんです。今まで鍵はかかったままで、ダイヤル錠の数字はわたししか知らない」

「それなのに設計図は失くなってしまった」ウェイマスが言った。「まるで魔法だ！　どこに消えたんだろう？　昨夜、なにがあったんです？　どうして警察に電話したんです？」

このやりとりを聞きながら、スミスは部屋のなかを行ったり来たりしていた。それからいきなり飛行家をふりかえった。

「とにかく一部始終をくわしく話してください、ミスター・ウェスト」彼はてきぱきと言った。「できるだけ事実を簡潔に」

「アパートに帰ってきたのは」ウェストは話しはじめた。「十一時ごろで、今朝のインタヴューのためにメモを書き留めてから、設計図を金庫に入れ、床《とこ》に入ったんです」

「アパートのどこかに、だれか隠れていませんでしたか？」スミスが質問した。

「いいえ、だれも」ウェストはこたえた。「見てまわりましたから。いつもそうしているんです。ベッドに入ると、すぐに眠ってしまいました」

「睡眠薬を何錠飲んだんですか？」わたしが質問した。

ノリス・ウェストはわたしをふりかえり、かすかに微笑んだ。

「さすがに鋭いですね、ドクター」と、彼は言った。「二錠飲みました。悪い習慣ですが、飲まないと眠れないんです。あれはフィラデルフィアの会社が、わたしのために特別につくってくれたものなんです。

眠ってからどのくらいたっていたのかはわかりませんが、薄気味悪い夢を見ているうちに、その夢がしだいに現実に思えてきたんです。ふっと目が覚めると、顔が目の前に近づいてきて、わたしの顔を覗きこんだんです。

わたしは自分が夢を見ているのだとわかっていながら、必死に目覚めようと、いや、逃げようともがいていました。でも悪夢のような重苦しさに襲われて、身動きができず、横になったままの状態で、わたしを上から眺めているしなびた黄色い顔を、ただ見返すしかありませんでした。その顔はすぐ間近にあったので、左耳から口のはしにかけて残る傷跡や、歯をむき出した犬のような唇がはっきりと見えました。敵意に満ち、黄疸にかかったような目でした。ゆがんだ口からは低い声が――不吉な言葉が漏れていました。その耳元でのささやきは、耐えがたいほど不快でした。やがてその醜い黄色い顔は遠ざかり、まるで粘り気のある液体みたいに頭上はるかまで伸び、暗闇のなかでピンの先ぐらいに小さくなりました。

わたしはやっとのことで立ち上がり――あるいは夢のなかで立ち上がりました。どこまでが夢で、どこからが現実だったのか、よくわからないんです。きっとみなさんは、昨夜、わたしが幻覚を見たのだと思うのでしょうが、でもベッドの手すりにつかまり立ちしたとき、動脈を流れる血液が、スクリュー・プロペラのような音をたてて脈打っているのが聞こえたんです。わたしは笑いだしました。唇から漏れる笑い声がかん高い口笛のような音をたて、痛みがからだじゅうを刺し貫き、自分の笑い声がこのブロックじゅうの静寂を破りそうでした。自分でも頭が錯乱していると思い、必死に感情をコントロールしようとしました。きっと睡眠薬の量を間違って飲み過ぎたんだろうと思ったんです。

やがて寝室の壁が遠のいていき、ついにはトラファルガー・スクウェアくらいの部屋の真ん中で、人形のベッドくらいに縮んだベッドに、自分がしがみついて立っていたんです！　そこの窓は、見えないくらいはるか遠くに行ってしまったけれど、その窓から中国人が――醜悪な黄色い顔をした中国人が、なかに入ってくるのがわかりました。そのあとからべつの中国人が、ものすごく背の高い中国人が入ってきました。二人がこっちにやって来ると（わたしの夢のなかでは、彼らがこの部屋を横切るのに、三十分もかかったように思えました）、二人目の中国人はまるで大木のように大きく見えました。

わたしは彼を見上げました――残忍そうな、つるんとした顔でした。ミスター・スミス、わたしは昨夜見たあの顔を、死ぬまでけっして忘れないでしょう――でも本当に見たのかどうか。あるいは夢だったのか。あの尖ったあご先、丸くて広い額、それからあの目――一度見たら忘れられない、あの大きな緑色の目――！」

彼はからだを震わせ、スミスをじっと見つめた。ウェイマスは口髭をしごきながら、驚きと好奇心がないまぜになった表情で、ウェストの話を聞いていた。

「血液がどくどくと脈打って」ウェストは話をつづけた。「からだが破裂しそうでした。部屋は広がったり縮んだりしつづけました。天井が頭の上に迫ってくると、あの中国人たちは――二人にも思えたし、二十人にも思えました――小人になったんです。でもつぎの瞬間、天井は大聖堂の屋根みたいに高くなりました。

〝目が覚めているんだろうか、それとも夢を見ているんだろうか？〟

そうささやいた自分の声が、こだまのように壁に反響して、はるかかなたの屋根の下の暗がりに吸いこまれていきました。

〝おまえは夢を見ているんだ〟緑色の目をした中国人がわたしに言いました。彼がその言葉を発するのに、はてしない時間がたったように思えました。〝だがわたしは自在に主観を客観に変えられる〟自分が夢のなかでこんな言葉を吐くとは、とても思えませんね。

それから彼は緑色の目でわたしを見つめました――光り輝く緑色の目でした。わたしは身動きしませんでした。彼らはわたしから生気を――精神力を奪いとっていました。悪夢の部屋全体が緑色になり、わたしは自分がその緑色のなかに吸いこまれていくのを感じました。

あなたたちがどう思っているかはわかります。幻覚を見ているわたし自身ですら、同じことを考えました。それから、幻覚のクライマックスが来ました――幻覚なのか、実体験なのか、判然としないんですが。なんとわたし自身の口から、ある言葉が出てくるのが見えたんです！」

ウェイマス警部補が軽く咳払いした。スミスはさっと彼のほうをふりかえった。

「これはあなたには信じがたいことでしょうが、警部補」と、彼は言った。「ですがわたしはミスター・ノリス・ウェストの話を聞いても、すこしも驚きませんね。こうしたことが起きた原因はわかっています」

ウェイマスは疑わしそうに見つめたが、わたしにもおおよその察しはついていた。

「どうして音が見えたのか、わたしには説明できません。ただ見たままを話しているんです。自分の意思に反して、なにか秘密をばらしてしまったようなんです」

「あなたは金庫の組み合わせ番号をしゃべってしまったんですよ！」スミスが言った。

「まさか！」ウェイマスがうめいた。

「頭が真っ白になるまえに、ある名前が目の前に浮かんだんです。バイアード・テイラーという名前が」

　そこで、わたしは口をはさんだ。

「わかったぞ！」わたしは叫んだ。「わかった！　べつの名前が浮かびましたよ、ミスター・ウェスト。あのフランス人のモローです」

「どうやら謎を解いたようだな」と、スミスが言った。

「もっともミスター・ウェストが、アメリカ人旅行家のバイアード・テイラーを思いついたのは、ごく自然のことではあるが。モローの著作は純粋に科学的なものだから、彼はおそらく読んだことがないだろう」

「わたしは意識が混濁しそうになるのを、必死でこらえました」ウェストはつづけた。「そのおぼろげに聞き覚えのある名前と、自分が体験している幻覚とを結びつけようとしました。部屋にはもうだれもいないみたいでした。電話がある廊下にむかいました。といっても、足を引きずるのがやっとでした。電話にたどりつくのに、三十分ちかくかかったような気がします。スコットランド・ヤードに電話したのは覚えていますが、そのあとのことは覚えていません」

　張り詰めた、短い間があった。

　わたしは途方に暮れたが、ウェイマス警部補はウェストを正気ではないと思っているようだった。スミスは後ろ手を組み、窓のそとを見つめた。

「アンダマン――セカンド」ふいに彼が言った。「ウェイマス、ティルブリ行きの始発は何時だね？」

「フェンチャーチ・ストリートから五時二十二分に出ます」スコットランド・ヤードの刑事は即座にこたえた。

「遅過ぎる！」友人は一喝した。「タクシーに飛び乗って、部下を二人連れてすぐ駅にむかうんだ！　二十五分後に出るティルブリ行きの特別列車をチャーターしてくれたまえ。それからわたし用に一台、タクシーをそとで待たせておいてくれ」

ウェイマスはあっけにとられていたが、スミスのうむを言わさぬ口調に、あわてて部屋から出ていった。

スミスの意図がまだ理解できないわたしは、彼を黙って見つめた。

「ミスター・ウェスト、今ならもう明晰にものを考えられるでしょう」と、彼は言った。「今夜の経験から、なにを連想します？　時間の感覚の欠如、音が見えるという考え、部屋の大きさが変化するという幻覚、笑いの発作、それにバイアード・テイラーという名前の記憶。あなたはその作家の著作、『サラセンの世界』をご存知のはずです。そして当然、今あげた症状についても――」

ノリス・ウェストは、痛むらしい頭を両手で押さえた。

「バイアード・テイラーの著作」彼は記憶をたぐった。「そうだ！……頭のなかで思い出そうとしていたもの――ハッシッシを体験したテイラーの記述だ。ミスター・スミス、わたしは何者かにハッシッシを飲まされたんです」

スミスがいかめしくうなずいた。

「インド大麻」と、わたしは言った。「それからつくられた麻薬を、あなたは飲んだんです。今は、吐き気と喉の渇き、それと筋肉の痛み、とりわけ三角筋に痛みを感じているはずです。あなたは少なくとも十五グレーンは摂取したにちがいない」

スミスはウェストの前で歩きまわるのをやめ、彼のどんよりした目を覗きこんだ。

「昨夜、何者かがこのアパートをおとずれ」彼はゆっくりしゃべった。「あなたの睡眠薬をハッシッシとすりかえた。もしかすると、ほかの薬品も混じっていたかもしれない。フー・マンチューは卓越した化学者ですからね」

ノリス・ウェストは目を見張った。

「何者かがすりかえた――」彼はつぶやいた。

「そのとおり」スミスは鋭い目で彼を見つめた。「昨日、だれかがここに来たんです。心当たりはありませんか?」

ウェストはためらった。「午後、来客がありました」ひどく言いにくそうだった。「ですが——」

「女性ですか?」スミスが言った。「女性が訪ねてきたんですね」

ウェストはうなずいた。

「そのとおりです」彼は認めた。「どうしてわかったのか知りませんが、つい最近知り合ったばかりの、外国の女性で——」

「カラマニだ!」スミスが断言した。

「なんのことかさっぱりわかりませんが、とにかく彼女はここに来ました——ここがわたしの現在の住まいだと知っていて——チャリング・クロスから変な男につけられているから助けてほしいと、わたしに言ったんです。その男がロビーにいると彼女が言うので、わたしは彼女をここに待たせ、一人でロビーに降りていき、その男を追い払ったんです」

彼は短く笑った。

「女性にからかわれるには、わたしは年をとりすぎている。今、フー・マンチューとかいう名前を言いましたね。そいつがあの設計図を盗んだんですか? 今までヨーロッパの二つの政府の諜報員に襲われたことはありますが、中国人は今回が初めてです」

「この中国人は」スミスは確信をもって言った。「この時代の最もユニークな人物です。バイアード・テイラーの記述と、あなたの症状は同じものでしたか?」

「ミスター・ウェストの話は」わたしが言った。「モローが『ハッシシの幻覚』で書いたことと似通っている。ただフー・マンチューはインド大麻を使うことにこだわったようだ。もっとも純粋なインド産大麻だったかどうかは疑わしいが。とにかく、その薬物は——」

「ミスター・ウェストの感覚を麻痺させ」スミスがさえぎった。「フー・マンチューは彼に見られずにアパートに入ることができた」

「そして幻覚症状を起こした彼は、博士の意のままに操られた。今回は幻覚と現実を分けるのは難しいが、どうやらフー・マンチューは、ミスター・ウェスト、あなたの麻痺した脳に催眠術をかけたようです。彼があなたから金庫の組み合わせ数字を聞き出したのが、そのなによりの証拠です」

「なんということだ！」ウェストが言った。「それにしても、このフー・マンチューという人物は何者なんです？　それに彼はいったいどうやってこの部屋に侵入したんですか？」

スミスは腕時計に目を落とした。「そのことについては」彼は急いで言った。「ここで説明している暇はありません。なんとしてでも設計図を持っている男をとらえなくては。行こう、ピートリー。一時間以内にティルブリに着きたい。なんとか間に合えばいいが」

20 推理と事実

ネイランド・スミスとともに、待たせてあったタクシーに乗りこみ、まだ目覚めはじめたばかりのロンドンの通りを走り抜けるあいだ、わたしは当惑しきっていた。ノリス・ウェストがハッシッシによる幻覚症状を起こしたことはあきらかだったが、今回のフー・マンチューのたくらみについては、まだなにも理解していなかった。ウェストの体験を聞き、インド大麻中毒特有の副作用に気づいた医者にとっては、彼がインド大麻を服用し、一時的な精神錯乱を起こしたことは明白だった。あの中国人の博士の能力を知っているわたしには、麻薬で意識が朦朧となっているウェストから、彼が催眠術をつかって金庫の組み合わせ番号を聞き出すのは、さほど難しいこととは思えなかった。だが建物の三階にある、鍵がかかったアパートに、どうやってフー・マンチューが入りこんだかは、わたしには謎だった。

「スミス」わたしは言った。「あの窓の下枠に残っていた鳥の足跡だが――どうもあれが謎を解く鍵になりそうな気がするんだが」

「そのとおりだ」苛立たしげに腕時計を見ながら、スミスが言った。「フー・マンチュー博士の習慣を思い出してみたまえ――とくに彼のペットのことを」

あの中国人が飼っている不気味で恐ろしい生き物を思い浮かべた――サソリ、病原菌、その他の、黄色人種の帝国設立に反対する人物を抹殺するために、彼が凶器としてつかった有毒な生き物を。だがどれも、ウェストの部屋の窓枠に残っていた足跡とは結びつかなかった。

「さっぱりわからない、スミス」わたしは降参した。「今回はわからないことだらけだ。あれがなんの足跡なのか、見当もつかない」

「フー・マンチューのマーモセットを忘れたのか?」と、スミスが言った。

「あの猿か!」わたしは声をあげた。

「あれは小型の猿の足跡だった」と、友人はつづけた。「最初は、わたしも大きな鳥の足跡だと思った。だが以前にさまざまな猿の足跡を見たことがあるが、中南米産のマーモセットは、ビルマ産の猿と似ていなくもない」

「まだよく話が飲み込めないんだが」

「これはあくまでも仮説だが」スミスはつづけた。「こういう推理が成り立つ。まず、フー・マンチューの性格からして、彼がただ愛玩するためだけに生き物を飼うとは考えづらい。だとしたらあのマーモセットは、ある仕事をするよう訓練されているにちがいない。

あの窓の横に雨どいがあった。窓には清掃夫が落ちないための鉄の柵があった。猿ならあの窓枠まで登るのはわけないだろう。からだにひもをくくりつけられた猿が、窓枠まで登り、鉄柵を乗り越えて、また下に降りてくる。そのひもをつかって、ロープを鉄柵まで引き上げ、さらにそのロープをつかって、例の絹と竹でできた梯子を引き上げる。博士の手下が上がっていき、ハッシシがちゃんと効いているかどうかを確かめる。ウェストが夢のなかで見た、自分の顔を覗きこんでいる黄色い顔がそれだ。そのあとから博士が上がっていき、麻薬で頭が朦朧としているウェストを、催眠術で思いどおりに操った。深夜の通りには人気がなかっただろうし、いずれにしろ、部屋に上がったあとは、梯子を引き上げただろう。そしてウェストから金庫の錠の番号を聞き出し、例の設計図を手に入れてから、ふたたび梯子を降ろしたんだ。錠剤については、麻薬に溺れた者のおかしなたわごと――東洋についてなにも知らない者は、ウェストの話を聞いて、きっとそう思うにちがいない――のほかには、なんの手がかりも残さないとは、じつに特徴的だ。むろん、ウェストが日頃飲んでいる睡眠薬が、瓶に戻されていた。彼の命だけ助けるとは、いかにも手が込んでいる」

「カラマニはまたしてもおとりだったのか？」わたしはぶっきらぼうにたずねた。

「そうだ。彼女の役目は、ウェストの習慣を確かめ、錠剤をすりかえることだった。彼女はあの高級車のなかで待ち――あの時間にあの場所では、タクシーよりもそのほうが人目につきにくい――盗まれた設計図を受け取った。彼女は自分の仕事をきちんとこなした」

「哀れなカラマニ。彼女はそうするしかなかったんだ！彼女が伝言した男の顔をひと目見られるなら、百ポンド出してても惜しくないと言ったが、今なら千ポンド出してもいい！」

ところで、〝アンダマン――セカンド〟とは、どういう意味だったんだろう？」

「まだきみはわからないのか？」スミスがあきれ顔で言った。同時に、タクシーが駅に到着した。「オリエンタル・ナヴィゲーション・カンパニーの客船、アンダマン号が、もうじき中国にむけてティルブリを出航する。われわれが捜している男は、二等室の乗客だ。船の出航を遅らせるように、これから電報を打つ。特別列車で行けば、四十分以内に波止場に着くはずだ」

さわやかな秋の早朝に、われわれが波止場に急行したときのことを、今でも鮮烈に記憶している。最高機関から特別の権限をあたえられている友人のために、ウェイマス警部補の指示ですべての手配がととのっていた。

駅長に案内されてプラットフォームに急ぎ、五人で——ウェイマスは犯罪捜査課の二人の部下を連れていた——特別列車の座席にすわると、ネイランド・スミスの使命の重さが、わたしにもひしひしとつたわってきた。

列車は猛スピードで途中の駅を通り過ぎていった。特別列車は物珍しいので、プラットフォームにいる駅員たちは、首をかしげて見送ったにちがいない。すべての普通列車を差し止め、一度も停止せずに走ったわれわれの列車は、驚異的な時間でティルブリに到着した。

波止場には、わたしの友人の権限によって、極東への船出が延期された大型快速船が停泊していた。こんな胸躍る体験は初めてだった。

「ネイランド・スミス弁務官は?」船長は、部屋に案内されたわれわれの顔を一人ずつ眺め、それから手にした電報に視線を戻した。

「わたしがスミスです、船長」友人はきびきびした口調で言った。「さっそく用件に入らせてください。スエズ以東のすべての港の関係当局に、この船の二等のある乗客を、下船時に逮捕するように指示するつもりです。彼は、英国政府が事実上所有する設計図を所持しています」

「なぜ今、逮捕しないんです?」船長がぶしつけに質問した。

「なぜなら彼を知らないからです。二等の乗客の荷物はすべて、上陸時に検査されるはずです。そのときが、彼を捕まえる最大のチャンスです。ですが個人的にあなたにお願いしたい——東洋系の乗客を監視し、いっしょに乗船する二人のスコットランド・ヤードの刑事たちに協力するよう、この船の船室係たちに指示してもらえませんか? あの設計図を取り戻すには、ぜひともあなたの力が必要なんです、船長」

「全力を尽くしましょう」船長は彼に請け合った。

他の見送り客たちとともに、波止場で船の出航を見守っているとき——ネイランド・スミスは複雑な表情で、ウェイマス警部補はひどくとまどった様子だった——今にいたるまで説明のつかない、じつに不可思議なことが起きた。われわれ三人の耳に、しわがれ声がはっきり聞こえたのだ——

「またしても中国の勝利だ、ミスター・ネイランド・スミス！」

はっとしてふりかえった。スミスも同時にふりかえった。わたしはまわりの人々の顔を一人ずつ確認した。見知らぬ顔ばかりだった。この場から立ち去った者もいないようだった。

だがあの声は、フー・マンチュー博士の声だった。

このとき、われわれが受けた衝撃の大きさは、これを今読んでいる読者には想像もできないだろう。このできごとで感じた不気味さは、とても言葉では表現できない。今でも、あのときのことを思い出すと、やや薄らいではいるものの、あのときからだじゅうの血管を走った寒気が、ふたたびよみがえってくる。

イギリス人たちにまぎれて——ひょっとしたら、偶然あなたのとなりにいたかもしれない——だれにも気づかれずに歩み去った、この謎に満ちた中国人について、わたしは多くのことを書き落としている。そうした未解明の事柄について、ここで長々しく考察するつもりはない。この波止場でのできごとについても同様だ。

もう一つ不可解なのは、ウィンザー近くの家の地下室に閉じこめられたときに見た幻影だ。あれはハッシシの幻覚作用に似ていた。あのとき、われわれはインド大麻を飲まされたのだろうか？　インド大麻が危険な麻薬であることは、医者ならばだれもが知っている。だがフー・マンチューの麻薬の知識は、われわれのそれをはるかに凌駕していた。そのことはウェストの体験が証明している。

西洋のために東洋の秘められた知識を収集する機会を、わたしはこれまで軽んじていたようだ——まあ、その判断は読者にまかせよう。その知恵は——フー・マンチューによって蓄積された知恵は——永久に失われるかもしれない。それでも、そのうちいくらかは生き残るかすかな望みがある。そしていつの日か、あの中国人の博士とのかかわりを記したこの記録に、より科学的な視点を加えた続篇を発表したいと考えている。

21　フー・マンチューの家

日々は過ぎていったが、われわれのゴールはなかなか見えてこなかった。友人のネイランド・スミスは例の一件を慎重に新聞の紙面から排除したので、一般の関心は彼が解明のためにビルマから戻ってきた謎にまつわるできごとに集まっていたものの、秘密課報部とスコットランド・ヤードの特別捜査課をべつにすれば、このところの数件の殺害および殺害未遂事件、強盗および行方不明事件が、鎖の環のように密接に関連していると気づく者は少なかった。ましてや邪悪なる存在がわれわれのすぐ近くにいること、凶悪なる人物がこの大都市のどこかにひそんでいることを知る者はほとんどいなかった。この恐ろしい人物は、当局から捜査を託された、才気と英知にあふれた人々を嘲笑うかのように、彼らの追及の手をやすやすと逃れていた。

こうした鎖の一つの環に、スミス自身は長いあいだ気づかなかった。だがそれは重要な大きな環だった。

「ピートリー」ある朝、彼がわたしに言った。「これを聞いてくれ――

……上海に着いたのは――暗い夜だった。一隻のジャンク船がアンダマン号の海側に近づき、青い閃光が上がった。一分後、〝ひとが海に落ちたぞ！〟という叫び声がした！

調査の結果、行方がわからなくなったのは、上海までの乗船券を買っていた、二等船客のジェームズ・エドワーズという男だと判明した。この名前は偽名と思われる。この男は東洋系で、われわれの監視下にあったが……

これが彼らの報告書の最後だ」と、スミスが言った。

彼らというのは、ティルブリからアンダマン号に乗船した、犯罪捜査課の二人の刑事たちのことだった。

彼は注意深くパイプに火をつけた。

「これは中国の勝利なのかな、ピートリー？」彼が静かに言った。

「大戦であの国が秘めた実力に目覚めて――わたしが生きているうちに、そんな日が来ないことを願うが――先のことはなんとも言えないな」と、わたしはこたえた。

スミスは室内を行ったり来たりしはじめた。

「われわれがつくったリストのトップはだれだった？」だしぬけに彼が言った。

彼が言っているのは、ロンドンをひそかに侵略した悪の天才が画策する、黄色人種による白人種支配を阻止しようとしている著名な人物たちのリストのことだった。

わたしは手帳を開いた。

「サザリー卿だ」

スミスは朝刊をわたしのほうに放った。

「見てみたまえ」彼がぶっきらぼうに言った。「彼は亡くなった」

わたしはその貴族の死亡記事を読み、長い死亡告示にざっと目を走らせた。彼は最近、東洋から戻ってきたが、心臓を患ってあっけなく亡くなった。周囲は病気がそれほど重いものとは考えておらず、スミスも――フー・マンチューという狼から狙われている子羊たちに注意を払ってはいたが――彼がこれほど早く亡くなるとは予期していなかった。

「彼は自然死したと思うか、スミス?」

友人はテーブルに手を伸ばし、死亡記事の小見出しを指で示した――

〝フランク・ナークーム卿の到着、間に合わず!〟

「見たまえ」スミスは言った。「サザリーは夜に亡くなったが、フランク・ナークーム卿は数分後に到着し、卒倒により死亡したとただちに診断を下した。不審な点はなかったようだ」

わたしは考えこんだ。

「フランク卿は腕のいい医者だ」ゆっくりと口を開いた。

「だが不審な点をあえて探そうとはしなかっただろう」

「もしもフー・マンチューがサザリーを殺したのなら、専門家以外の目には、なにも不審な点はないように見えるだろう。フー・マンチューは手がかりを残さないから」

「調べるつもりなのか?」

スミスは肩をすくめた。

「いいや。サザリー卿はやはり病死したのかもしれない。それにあの中国人が彼の命を奪ったとしても、犯行の痕跡は残っていまい」

彼は朝食をとらず、室内を歩きまわり、数分で消えてしまうパイプの火をそのたびにつけ直し、炉床をマッチで散らかした。

「やはりこのまま放っておけない、ピートリー」突然、彼は言った。「こんなことが偶然に起きるわけがない。これから調べに行こう」

一時間後、われわれは、ブラインドが下ろされ、死の静寂に包まれた部屋で、偉大な技師だったサザリー卿ことヘンリー・ストラドウィックの、青ざめた知的な顔を見下ろしていた。彼は生前、ロシアが莫大な金額を支払った鉄道の建設を計画し、近い将来、二大大陸間を、今よりも一週間は早く船でたどり着けるようになる運河をつくる構想をたてた。だがもはや、彼はその構想を実現させることはできない。

「このところ、彼は狭心症の発作を起こしていました」と、彼のかかりつけの医者は言った。「ですがこんなに早く亡くなるとは予想していませんでした。今日、午前二時に呼ばれて行くと、すでにサザリー卿はひどく衰弱していました。できるだけのことをし、フランク・ナークーム卿を呼びにやりました。ですが彼が着く直前に、患者は息を引き取ってしまったんです」

「すると、ドクター、あなたはサザリー卿に狭心症の治療をしていたんですね？」と、わたしは質問した。

「ええ、この数カ月間」

「では卿の死因は狭心症だと判断されたんですね？」

「むろんです。なにか不審に思われることでも？ フランク・ナークーム卿もわたしと同意見です。疑わしい点はないと思いますが」

「ええ」スミスは思案するように左の耳たぶを引っ張った。

「けっしてあなたの診断に疑いをはさむつもりはありません」

「ですが、あなたがたは警察の方ではないんですか？」と、医者はたずねた。

「ドクター・ピートリーもわたしも警察とはかかわりがありません」と、スミスはこたえた。「しかしながら、われわれがここに来たことは、内密にしていただきたい」

サザリー卿の遺体との対面を果たしたあとで、われわれが家を出ようとしたとき、スミスが足をとめ、階段ですれちがった黒服の男を呼びとめた。

「きみはサザリー卿の身のまわりの世話係かね？」

男はお辞儀をした。

「卿が最期の発作を起こしたとき、部屋にいたのかね？」

「はい、おりました」

「そのとき、なにか普段と違うものを見たり聞いたりしなかったかな――なにか気になるようなことを？」

「いいえ、なにも」

「たとえば、家の外で妙な物音はしなかったか？」

召使いが首を振ったので、スミスはわたしの腕をとり、そのまま通りに出た。

「ひょっとしたらこれはただの想像かもしれないが」と、彼は言った。「だがあそこにはただならぬ空気が漂っている——目に見えぬフー・マンチューの死の刻印が、あの家のドアに押されているように思えてならない」

「きみの勘は正しいよ、スミス！」わたしは同意した。「言わないでいたが、わたしもフー・マンチューの気配を感じ取る勘が鋭くなってきたようだ。確たる証拠があるわけではないが、彼がサザリー卿を死に追いやったにちがいないと確信するね」

われわれは自分たちの無力さと、あの中国人のとほうもない能力に、もどかしさとあせりを感じながら、無為な数日間をすごした。友人は焦燥感に駆られているようだったが、それでもわれわれには為すすべがなかった。

そんなある日の夕暮れに、わたしはニュー・オックスフォード・ストリートの古本屋の店先で、安売りされている本をめくっていた。たまたま中国の秘密組織について書かれた本を見つけたので、店員に声をかけようとしたとき、いきなりだれかに腕をつかまれた。

驚いてふりむくと——なんとそこに、カラマニの美しい黒い瞳があった！　今日の彼女は、しっくり合った外出着に身を包み、つややかな髪をおしゃれな帽子の下に隠していた。

彼女はあたりをちらっと見まわした。

「急いで！　こっちに来て。あなたに話したいことがあるの」彼女は興奮を抑えきれない様子だった。

わたしは彼女を目の前にして動揺していた。彼女に見つめられて動揺しない男などいないだろう。それほど彼女は美しく、謎めいていた——そして謎が彼女をいっそう魅力的にしていた。おそらく彼女は逮捕されるべきなのだろうが、わたしには彼女を捕らえさせることなどとうていできなかった。

わたしを連れて静かな通りに入った彼女は、足をとめて言った——

「あなたの助けが必要なの。フー・マンチューを捕まえる手助けをしてほしいと、今まで何度かあなたにたのまれたけれど、ようやくその決心がついたわ」

彼女の言葉をすぐには信じられなかった。

「きみの弟が——」と、言いかけた。

彼女はわたしの腕にしがみつき、懇願するようにわたしの目を覗きこんだ。

「あなたは医師でしょう。いっしょに来て、彼を見てほしいの」

「なんだって！　彼はロンドンにいるのか？」

「フー・マンチュー博士の家にいるわ」

「そこにわたしを――」

「いっしょに来て、お願い」

ネイランド・スミスなら、すがるような目をしたこの娘の手に、自分の命を預けるような真似はするなと、わたしをとめただろう。だがわたしはためらわずに承諾し、彼女とともにタクシーで東にむかった。カラマニは終始無言だったが、わたしがふりかえるたびに、大きな目でじっとわたしを見つめていた。その目には、懇願、悲しみ、それ以外のもの――形容しがたいが、妙に心を掻き乱すなにかが映っていた。タクシーはコマーシャル・ロードを下り、新しい造船所の近くにむかっていた。ここはフー・マンチュー博士と初めて遭遇した場でもあった。目的地に近づくにつれ、ごみごみしたイースト・エンドの町並みに、夕闇が迫ってきた。さまざまな肌の色をした外国人たちが、薄暗い路地から明るい大通りに出てきた。短時間のドライブで、われわれは西洋の輝かしい世界から、東洋のいかがわしい下層社会に来ていた。

カラマニは、主人である中国人の家に近づくにつれ、しだいにわたしにすり寄ってきて、タクシーから降り、二人で川にむかってせまい路地を歩きだすと、怯えたようにわたしにしがみつき、ひきかえしたがっているようにすら見えた。しかし、必死に恐怖と格闘しながら歩きつづけた。迷路のような路地を歩いているうちに、わたしは自分のいる場所がわからなくなってしまい、今や自分の運命がカラマニの手中にあることをしみじみと実感した――その生い立ちが謎に満ちていて、その本性が計り知れず、そのまばゆいほどの美しさの下に、ヘビの狡猾さがひそんでいるかもしれない娘の手に。

彼女に話しかけようとした。

「シーッ！」腕に手をおき、彼女はわたしを黙らせた。

波止場の建物の一部らしい茶色の高い煉瓦の壁が、闇のなかにぬっと現われ、川の手前にある、暗いトンネルのような隙間から、テムズ川下流の強烈な悪臭が漂ってきた。造船所からか、重い金属音が聞こえてくる。カラマニは鍵を開け、開いたドアのなかにわたしを引き入れ、ドアを閉めた。

そのとき初めて、路地の悪臭とは対照的な、彼女がつけている香水の香りに気づいた。あたりが真っ暗なので、この香りを頼りに彼女が近くにいることを確認するしかなかったが、やがて彼女に手を引かれ、カーペットが敷かれていない廊下を歩き、階段を上がった。二つ目のドアには鍵はかかっておらず、なかの部屋には趣味のよい家具が揃えられていた。たくさんの絹のクッションのそばに、象嵌模様の低いテーブルがあり、その上に置かれたシェードのついたランプの明かりが、室内を柔らかく照らし、光の輪の内側だけが、ペルシャ絨緞の黄色が鮮やかだった。

カラマニは戸口の前にかかったカーテンを持ち上げ、じっと耳をすました。

静寂は破られなかった。

やがて、折り重なったクッションの隙間でなにかが動き、二つの小さな光る目がわたしを見上げた。目を凝らすと、それは柔らかい布地のあいだに身をうずめている、小さな猿だった。フー・マンチュー博士のマーモセットだった。

「こっちよ」カラマニがささやいた。

まともな医師なら、けっしてこれ以上ばかな真似はしないだろう。だがここまで来た以上、いまさら思い直しても無駄だった。

奥の廊下は厚いカーペットが敷かれていた。前方にきらめくかすかな明かりを目ざして進むと、広い部屋の奥にバルコニーがあった。われわれは薄暗いバルコニーに立ち、そこからこの地区周辺にあるとは想像もつかないものを目にした。

そこは最初に入った部屋よりも、さらに豪華な部屋だった。この部屋の床にも、色鮮やかな無数のクッションが積み重ねられていた。天井から鎖で吊るされている三つのランプは、厚い絹のシェードで光がやわらげられている。一方の壁一面にガラスのケースが置かれ、そのなかには化学装置、試験管、蒸留器などの、フー・マンチュー博士の風変わりな実験器具が収められていた。そしてべつの壁際に、ひときわ目を引くものがあった――低いカウチに、少年が身動きせずに横たわっていた。真上に吊るされたランプの明かりで、カラマニそっくりのオリーヴ色の顔が見えたが、肌色は彼女のほうが白かった。少年の黒くカールした髪は、白いシーツの上で逆立ち、組んだ両手が胸の上にのっていた。

その少年の姿を目にしたわたしは、驚いて立ちすくんだ。『アラビアン・ナイト』はもはやただのおとぎばなしではなかった。ロンドンのイースト・エンドにあるこの家は、まさしく本物の魔法使いの住処で、美しい奴隷も魔法をかけられた王子様もたしかに実在した！

「あれが弟のアジズよ」

われわれは階段を降りていった。カラマニはひざまずいて少年の上にかがみこみ、彼の髪を撫で、彼に優しくささやきかけた。わたしも彼の上にかがんだ。彼の様子を調べているわたしを、食い入るように見つめていた娘の不安げな表情を、けっして忘れることはないだろう。

だが調べるまでもなく、少年はすでに息をしていなかった。それでもカラマニは冷たい手をさすり、母国語らしいアラビア語で優しく話しかけた。

わたしが黙ったままでいると、彼女はふりかえってわたしの表情を読み取り、立ち上がって身を固くし、震える手でわたしの腕をつかんだ。

「彼は死んでない――死んでないわ！」彼女はそうささやき、だだをこねる子供のようにわたしのからだを揺すった。「ねえ、死んでないと言って――」

「それは無理だ」わたしはおだやかに言った。「彼はもう息絶えている」

「そんなことないわ！」彼女は目を見開き、取り乱したように両手で顔を覆った。「あなたはわかってないわ――医者のくせに。まるでわかってないわ――」

彼女は悲しげにうめき声を漏らし、少年のととのった顔立ちからわたしへと視線を移した。その様子は哀れで、不気味だったが、わたしはこの娘が気の毒でならなかった。

そのとき、以前にフー・マンチュー博士がいた家々で耳にしたことがある音が、どこかから聞こえた——例のくぐもったどらの音だった。

「急いで！」カラマニがわたしの腕をつかんだ。「上に行きましょう！　彼が戻ってきたわ！」

彼女とバルコニーに駆け上がり、物陰に隠れた。分厚いカーペットが足音を消してくれなかったら、入れ替わりに部屋に入ってきた男に気づかれていただろう。

男はフー・マンチュー博士だった！

黄色い長衣に身を包み、猫の目のように光る緑色の目をした彼が、重なり合ったクッションのあいだを抜け、ベッドに横たわるアジズの上にかがみこんだ。

カラマニは腕を引っ張ってわたしをひざまずかせた。

「見て！」彼女はささやいた。「よく見て！」

フー・マンチュー博士は、わたしが死亡宣告したばかりの少年の脈をとってから、背の高いガラス・ケースのところに行き、首の長い、打ち出し模様がついた金色のフラスコをとりだし、そこからメートルグラスに、見たこともない琥珀色の液体を数滴垂らした。注意して見ていると、グラスは液体で満たされた。彼はその液体を注射器に移し、ふたたびアジズの上にかがんで注射をした。

すると、この男がこれまで起こしたとされる数々の奇跡が、一気に真実味をおびてきた。アジズを診察した医者ならばだれもが感じるにちがいない畏怖をおぼえつつ、彼はたしかに奇跡を起こせると認めざるをえなかった。なぜならわたしの目の前で、死者が生き返ったのだ！　頰に生気がよみがえり——少年が動きだし——両手を頭の上に伸ばし——中国人の博士に支えられて、からだを起こした！

フー・マンチューは秘密のベルを鳴らした。顔に傷跡がある醜い東洋人が、スープらしい湯気がたっている流動物が入ったボウル、オート麦のパン、それに赤ワインのポケット瓶をのせたトレーを運んできた。

少年が、ごく普通の眠りから目覚めたのと変わらない様子で、食事をはじめると、カラマニはわたしをそっと廊下に導き、最初に入った部屋に戻った。飛び跳ねながら主人を捜して階下に降りていくマーモセットとすれちがったときは、驚いて心臓が止まりそうになった。

「見たでしょう」カラマニが震える声で言った。「弟は死んでいないわ！　でもフー・マンチューなしでは、死んでいるのと変わらないわ。アジズの命が彼の手に握られているのに、どうしたら彼の許を離れられるというの？」

「あのフラスコか、あの中身を手に入れてくれ」と、わたしは言った。「それにしても、彼はどうやってきみの弟をまた死んだ状態に戻すのだろう？」

「説明できないわ」と、彼女はこたえた。「わからないの。あのワインになにか入っているのよ。一時間後には、アジズはまたさっきの状態に戻ってしまうの。でも、ほら」と言って、彼女は黒檀の小箱を開け、なかから例の琥珀色の液体が半分入った薬瓶をとりだした。

「うん、これでよし！」わたしは薬瓶をポケットに入れた。「フー・マンチューを捕まえて、きみの弟を生き返らせるのは、いつがいちばんいいだろう？」

「あとで知らせるわ」と、彼女はささやき、ドアを開けて、わたしを部屋から追い出した。「今夜、彼は北のほうに出かけるけど、でも今夜来てはだめ。さあ、急いで！　この廊下をまっすぐ行って。わたしはいつ彼に呼ばれるかわからないわ」

そこで、西洋科学ではまだ知られていない、すごい効能の調合剤が入った薬瓶をポケットに入れ、カラマニの美しい目を最後にもう一度見つめてから、彼女の香りが漂う謎めいた家を出て、悪臭が鼻を突くテムズ川沿いのせまい路地に出た。

22 北にむかう

「さっそくその家に警察をむかわせるべきだ」と、スミスが言った。「こんどはぜったいに彼女の協力を得られる——」

「だがわれわれは彼女との約束を守るべきだ」と、わたしは彼を制した。

「きみはそうしたまえ、ピートリー」友人が言った。「わたしはフー・マンチュー博士を捕らえることしか関心がない！」と、彼は言い切った。

部屋のなかを歩きながら、火の消えたブライヤパイプをぎゅっと嚙んだので、彼の両あごの筋肉が固く緊張した。ビルマで日焼けした肌が、灰色の目の輝きをより強調した。

「わたしはずっと主張してきただろう？」彼はわたしに向き直った。「カラマニは博士の最強の武器だが、いつかきっと彼を裏切ると。その日がついに来たんだ」

「彼女からの連絡を待つべきだ」

「それはそうだ」

彼はパイプの灰を暖炉の火床に落とした。それから——

「ところで、あの薬瓶の液体の正体はわかったのか？」

「いいや、さっぱりだ。それに分析する暇がない」

ネイランド・スミスは熱いパイプにまたタバコの葉を詰めはじめたが、同じくらいの量を床にこぼしていた。

「じっとしていられないんだ、ピートリー。仕事にとりかかりたくてたまらない。だが間違った策はかえって——」

彼はパイプに火をつけ、窓の外を見つめた。

「むろん、注射器は持っていく」わたしは説明した。

スミスは返事をしなかった。

「もしも仮死状態をひきおこす薬の成分がわかれば」わたしはつづけた。「わたしの名声は死後も長く残るだろう」

友人はふりかえらなかった。だが——

「彼はワインになにかを入れたと、彼女は言ったんだな？」と、彼は言った。

「うん、ワインにな」
沈黙が流れた。わたしはカラマニのことを考えた。フー・マンチュー博士は、どの奴隷よりも彼女をきつく束縛している。弟のアジズを生死の境におかれたら、あの狡猾な中国人の命令にしたがう以外、彼女になにができるだろう？ まったくあの男はなんと邪《よこし》まな天才なのだろう！ もしも彼が手に入れた、世に知られていない知識の宝庫が、病で苦しんでいる人々に公にされたなら、フー・マンチュー博士の名は他の知の偉人たちとともに、いつまでも称えられることだろうに。

ネイランド・スミスがいきなりふりかえったが、その表情にわたしは驚いた。

「L——行きのつぎの列車の時刻を調べてくれ！」彼が叫んだ。

「L——に？ どうして急に？」

「ブラッドショー列車時刻表がある。ぐずぐずしている暇はない」

彼の声には、わたしがよく知っている命令の響きがこもっていた。彼の目には、緊急を告げる光があった——信じがたい真実が突如ひらめいたにちがいなかった。

「三十分後だ——最終列車が出る」

「それに乗ろう」

それ以上の説明はせず、彼は急いで着替えをした。この日の午後は、彼は部屋着姿で、ひっきりなしにパイプを吸いながら、部屋のなかをうろうろと歩きまわっていた。

外に出ると、最初に来たタクシーに飛び乗った。スミスは急いでくれと運転手をせかした——彼は緊迫した状況にあるときの、張り詰めた雰囲気を漂わせていた。

車内の彼はじれったそうに窓の外を見やりながら、さかんに耳たぶをひっぱっていた。

「今はまだなにも理由を聞かないでほしい」と、彼は言った。「頭のなかで整理したい問題があるんだ。さっき言ったものを持ってきたかい？」

「ああ」

それきり会話は途絶え、タクシーが駅に着くころになって、ようやくまたスミスが口をひらいた——

「サザリー卿は当代一の建設技師だったと思うか、ピートリー？」

「もちろんだ」と、わたしはこたえた。

「ベルリンのフォン・ホーマーよりも優秀かな？」

「それは違うだろうが、フォン・ホーマーは三年前に亡くなっている」

「三年前に？」

「おおよそだが」

「そうだったのか！」

駅に着くと、われわれは片側廊下のないコンパートメントを確保し、スミスはエンジン車から車掌車まで、他の車両の乗客をそれとなく点検した。彼はマフラーで目元まで顔を隠し、わたしに人目につかないようにコンパートメントの端にいるようにと警告した。そうした彼のふるまいが、わたしには不可解でならなかった。やがて列車が動きだした——

「べつにあとできみをあっと言わせるために、わざとなにも説明しないわけじゃないんだ、ピートリー。わたしはただこれが無駄な探索になることを恐れているんだ。きみはわたしの推理がまだわからないようだが、いずれ事実がわたしの理論の正しさを証明してくれるだろう」

「わたしにはなんのことやら、さっぱりわからないんだが」

「だったら、わたしの考え方を押しつけるのはやめよう。ただ状況をよく考えたら、この急な外出の理由がわかるはずだ。ぜひともきみ一人で推理してみてくれ」

だがわたしには理由がわからず、スミスも教える気がなさそうだったので、それ以上はしつこくたずねなかった。

列車はラグビーで停車し、そこで彼は駅長となにやら謎めいた相談をしていた。だがL——で、彼らの目的はあきらかになった。そこでは高性能車が待機していて、われわれは大勢の乗客がプラットフォームに降りるまえに、その車に乗りこみ、月明かりが射す道を猛スピードで走りだした。

二十分ほど車を走らせると、やがて前方に、鬱蒼とした森を背景にして、白い邸宅がくっきりと見えてきた。

「ストラドウィック・ホールだ」と、スミスが言った。

「サザリー卿の自宅だよ。われわれが先だ――フー・マンチューは列車に乗っていた」

そのときようやく、わたしにも事情が飲みこめてきた。

23 地下納骨所

「あなたのとほうもない申し出を聞いて、背筋が凍りましたよ、ミスター・スミス！」

ボーイ長のように見える（だがじつは、サザリー家の顧問弁護士だった）、しゃれたスーツを着込んだ小男が、憤然として葉巻を吹かした。落ち着きなく歩いて書斎の向こうはしまで行ったネイランド・スミスは、くるりとふりかえり、遠くから自信にあふれた態度で、弁護士とともに、囲いのない炉床のそばに立っているわたしのほうを見た。

「あなたの協力が必要なんです、ミスター・ヘンダーソン」と言って、彼は弁護士のほうに進み出て、きらめく灰色の目で相手を見つめた。「海外勤務についている相続人をべつにすれば、ほかにサザリー卿の近親者はいないのでしょう。許可する権限はあなたが持っているんです。もしもわたしの考えが間違っていて、あなたがわたしの申し出を承諾しても、だれの感情も傷つけはしないでしょう——」

「わたし自身が傷つきますよ！」

「もしもわたしの考えが正しくて、わたしがやろうとすることをあなたが妨害するなら、あなたは殺人者になるんですよ、ミスター・ヘンダーソン」

驚いて不安そうに見上げる弁護士を、スミスは威嚇するように見下ろした。

「サザリー卿は孤独なひとだった」わが友人はつづけた。「もしも彼の血縁者にこの申し出をしたなら、返ってくる答えはきまっていたはずだ。なぜためらうんです？　なぜそんなに怖がるんですか？」

ミスター・ヘンダーソンは暖炉の火に見入った。彼の生まれながらの赤ら顔が青ざめていた。

「あなたの言うことは常軌を逸している、ミスター・スミス。われわれにはそんなことを認める権限はない——」

スミスは苛立たしげに歯を嚙み鳴らし、ポケットから時計をとりだし、時刻を確認した。

「権限ならわたしが持っています。命令書をあなたに出しましょう」

「まるで異教徒の所業だ。そんなふるまいは中国かビルマなら許されるかもしれないが——」

「あなたは人命をそんな屁理屈と比べるんですか？　わたしは無責任だとしても、ドクター・ピートリーが自分でも必要だと信じなかった、こんなことを容認すると思いますか？」

ミスター・ヘンダーソンがおろおろした目でわたしを見た。

「家には客がいるんです——今日の葬儀に参列した弔問客たちが。彼らが——」

「知ることはないでしょう、もしもわれわれが失敗すれば」と、スミスが制した。「まったく困ったひとだ。いつまでぐずぐず迷っているんです？」

「このことは内密にしておいてくれますね？」

「立ち会うのはあなたとわたし、それとドクター・ピートリーだけです。われわれはけっして自分たちの良心に恥じる行為はしません」

弁護士は汗が光る額に手をやった。

「わたしは今までこれほど重大な決断を、これほど性急に迫られたことはありませんよ」と、彼は告白した。

しかし、スミスの不屈の意思に助けられ、彼がついに決断したので、われわれ三人は陰謀者のようにこそこそと庭園を横切った。庭内に鬱蒼と茂る木々を、月明かりが優しく照らしていた。風はなく、木々の葉はそよとも動かない。夜の静けさがすべてを眠りに誘っていた。だがスミスの判断が正しければ（わたしは彼の判断が正しいと信じていた）、フー・マンチュー博士の緑色の目はこの情景を観察していたはずだ。そう思っても、この庭園の美しさは変わらなかったが、今でもあの不気味な中国人はわれわれのすぐ近くにいるにちがいなかった。

古びた鉄の門の鍵をあけたミスター・ヘンダーソンは、ネイランド・スミスをふりかえった。その顔は奇妙にゆがんでいた。

「言っておきますが、わたしはこんなことをするのは気がすすまないんです」と、彼は言った——「できれば、こんなことはしたくない」

「わたしが責任を負います」と、スミスはこたえた。

その痩せたからだにみなぎる意気込みで、彼の声は震えていた。彼は身じろぎせずに、耳をすました——彼がだれの気配を捜しているのかが、わたしにはわかった。彼は左右に目を配り、近くにいるはずの出会いたくない人物の気配を探った。

門を抜けると、それまでの庭園の雰囲気から一変して、あたりには厳粛さが漂っていた。目的地に近づくほど、頭上の木々の枝が重くのしかかってくるように感じられた。

今夜のように月光を浴びながら、サザリー卿の棺はこの地面の上を運ばれていった。ストラドウィック家の代々の人々が、この小道を通って永眠の場所にむかったのだった。

地下納骨堂の扉に、月明かりが射しこんでいた。木々の枝も葉も、扉を覆ってはいない。ミスター・ヘンダーソンの顔がひきつり、鍵を持つ手が震えた。

「ランタンで照らしてください」彼がうわずった声で言った。

周囲の物陰にふたたび目を凝らしていたネイランド・スミスは、マッチを擦り、持っているランタンに火をつけた。

彼は弁護士をふりかえった。

「落ち着いて、ミスター・ヘンダーソン」彼は厳しい口調で言った。「これはあなたの依頼人に対する当然の義務です」

「わたしにはそうは思えないが」と、ヘンダーソンはこたえ、扉を開けた。

われわれは石段を降りた。地下室の空気は湿っていて、ひんやりと冷たかった。まるでねっとりと冷たい指で頬を撫でられたような感じがしたが、それはけっして物理的な肌の感触だけではなかった。

王侯の尊敬を集めた偉大な技師である、サザリー卿の遺体を納めた棺の前で、ヘンダーソンはよろめいてわたしにつかまった。スミスとわたしは初めから彼の手助けを期待していなかったが、やはり無理だった。

目をそむけたまま、墓所の石段わきに立ちつくしている彼を放っておいて、友人とわたしは仕事にとりかかった。医師として、わたしは日頃から不快な作業にたずさわっているが、このような状況で仕事をしたことは一度もなかった。歴代のストラドウィック家の人々が、わたしがねじ釘をまわす音に耳をそばだてているように思えた。

ついに棺のふたが開くと、永遠の眠りをさまたげる明かりが、サザリー卿の青白い顔を浮かび上がらせた。ランタンを掲げたネイランド・スミスの手は、まったく震えていなかった。あとになれば、意思の緊張が突然に解放されるだろう——肉体的にも精神的にも起きる反応だ——だがそれは、作業が終わったときに初めて起きることだった。

わたしの手が震えなかった理由は、プロ意識の一語に尽きる。もしもこのことが失敗に終わって、事実が露見した場合には、英国医学協会から厳しい尋問を受けるのを覚悟で、わたしは白人の医師がかつて試したことのない実験をしようとしていた。

失敗しても、成功しても、英国医学協会や他の評議会で審議されることは、まずありえない。ましてや失敗すれば、まったくありえない。だが、わたしはいんちきな医者という烙印を押されるだろう。それでも、わたしが世間の非難を免れている世界にとって、じつに危険な人物が存在するという確信は深まるばかりだった。医学の未来のために、わたしが新たな一歩を——手探りではあるが——踏み出す巡り合わせになったことが嬉しかった。

わたしの医学知識では、サザリー卿はすでに亡くなっている。躊躇することなく、死亡証明書を出したことだろう——ただし、考慮すべき点が二つある。第一に、卿の最近の計画はフー・マンチュー博士の利害に反していたものの、その非凡な才能が他の運河の建設に利用されうる場合は、卿を抹殺するよりも生かしておいたほうが、この黄色人組織の役に立つ。第二に、わたしはこの目で実際に、このように死んだ状態だったアジズという少年が生き返るのを目撃している。

持参した薬瓶から、例の琥珀色の液体を注射器に移した。注射をし、待った。

「彼は本当に死んでいるのかも！」スミスがささやいた。「三日も食事をせずに生き延びられるとは、とても信じられない。もっとも一週間、断食をした行者を知っているが」

ミスター・ヘンダーソンがうめいた。

時計を手に、卿の生気のない顔を見守った。

一秒が過ぎた。二秒、三秒。四秒後に、奇跡が起きはじめた。冷たい骸に、かすかに赤みがさしてきた。心臓がふたたび動きだし、鼓動の力強さが増していった。

死んだ状態から救い出されたサザリーは、苦しげな悲鳴をあげ、からだを起こし、とろんとした目であたりを見まわし、ふたたび後ろに倒れた。

「ああっ！」スミスが叫んだ。

「だいじょうぶだ」わたしは自分の医師らしい落ち着いた口調に気づいた。「気付け薬がわりに、わたしのフラスクからすこしブランデーを飲ませればいい」

「患者が二人になったぞ、ドクター」友人が言った。

ミスター・ヘンダーソンが卒倒して地下室の床に倒れて

いた。

「静かに」スミスが低い声で言った。「彼がここにいる」

彼は明かりを消した。

わたしはサザリー卿を助け起こした。「なにが起きたんだ？」彼はうめきつづけた。「ここはどこだ？　どうなっているんだ？　なにが起きたんだ？」

わたしは小声で彼をなだめ、着ていたコートを彼の肩にかけた。納骨堂の石段の上にあるドアを、われわれは閉めただけで、鍵をかけてはいなかった。今、文字どおり墓場から救出した男を抱きかかえていると、ドアがまた開く音がした。ヘンダーソンを助けたくとも、身動きができない。スミスはかたわらで荒い息をしていた。なにが起きようとしているのか、そしてそれによって意識がまだ朦朧としているサザリー卿の身がどうなるかを、わたしはあえて考えまいとした。

地下の墓の闇に、一条の光が射し、石段のいちばん下を照らした。

早口の喉音でなにかを話す声が聞こえたので、フー・マンチュー博士が階段の上に立っているがわかった。ネイランド・スミスの姿は見えなかったが、彼がリヴォルヴァーを手にしているのがわかったので、わたしもポケットから銃をとりだした。

ついにあの老獪な中国人が罠に落ちようとしている。今夜、彼がこの場から逃れるには、その傑出した才能を駆使しなくてはならないだろう。あの鍵がかかっていないドアに彼が不審を抱かなければ、彼はもう捕まったも同然だった。

だれかが石段を降りてきた。

リヴォルヴァーを右手に持ち、左腕でサザリー卿を支えた状態で、生きた心地のしない十秒間が過ぎた。

まぶしい光線が、ふたたび闇の淵を貫いた。

サザリー卿、スミス、そしてわたしは、壁のすみに隠れていたが、ミスター・ヘンダーソンの紫色がかった顔を、光線が照らした。強い光が彼の意識に届いたのか、彼はしわがれた声をあげて意識をとりもどし、よろよろと立ち上がると、凍りついた表情で階段を見上げた。

スミスが彼に飛びついた。なにかが彼のほうに光り、同時に明かりが消えた。彼が首をすくめるのが見え、ナイフが床に落ちる音がした。

なんとか場所を移動し、石段にむかって、フー・マンチュー博士の黄色い顔を狙って発砲すると、あの緑色の目が薄暗がりでも猫の目のように光るのが見えた。だれかが一度に三段ずつ石段を駆け上がっていった（それはほとんど裸同然の褐色の肌の男だった）。男がつまずいてころんだので、被弾したのだとわかったが、それでも彼は足をとめず、そのあとをスミスが追った。

「ミスター・ヘンダーソン！」わたしは叫んだ。「ランタンの明かりをつけて、サザリー卿をたのみます。ここにフラスクがありますから、あとはあなたにまかせます」

わたしが石段を駆け上がると、スミスのリヴォルヴァーがふたたび銃声をあげた。外の月明かりのせいで、黒いシルエットとなった彼がよろめき、倒れるのが見えた。倒れながら、彼が三発目を撃つのが聞こえた。

とっさに彼のそばに駆け寄った。木々の下の暗い小道を走り去っていく足音がした。

「だいじょうぶか、スミス？」わたしは彼に声をかけた。

彼は立ち上がった。

「やつは手下を連れていた」と言って、彼は手に持っていた、血がついた長くカーヴしたナイフをわたしに見せた。「危ないところだったよ、ピートリー」

遠くで車のエンジンの音がした。

「やつを取り逃がしてしまった」と、スミスが言った。「だがサザリー卿を救うことができた」と、わたしは言った。「フー・マンチューもわれわれの実力を見直しただろう」

「車に戻ろう」スミスがつぶやいた。「あいつらを追いかけるんだ。ううっ！ 左腕は使いものにならないな」

「今さら追いかけても、時間の無駄だろう」と、わたしは言った。「彼らがどっちに逃げたか、まるで見当もつかないんだから」

「見当ならついている」スミスが言った。「ストラドウィック・ホールから海岸までは十マイルもない。意識不明の男をひそかにここからロンドンに運ぶ方法は一つしかない」

「彼は卿をここからロンドンに連れていくつもりだったというのか？」

「そこからさらに中国に連れていくつもりだったんだろう。彼の情報センターはおそらくテムズ川にある」

「船ということか？」

「たぶんヨットが海岸沖に待機しているのだろう。ひょっとしたら、フー・マンチューは卿をそのまま中国に連れ去るつもりだったのかもしれないな」

わたしのコートをはおった、異様な姿のサザリー卿が、同じくらい蒼白な顔をした弁護士にともなわれ、地下納骨堂から月明かりが降り注ぐ地上に現われた。

「今回はきみの勝利だ、スミス」と、わたしは言った。

フー・マンチューの車が走り去る音が小さくなり、やがて夜の静寂に飲みこまれた。

「半分だけの勝利だ」と、彼がこたえた。「だがまだチャンスはある――彼の家に踏みこむんだ。カラマニからの連絡はいつ来るんだ？」

サザリー卿が弱々しい声で口をひらいた。

「みなさん、どうやらわたしは死からよみがえったようだ」

埋葬されたばかりの人間が、墓所から出てきてしゃべるというのは、じつに奇怪なことだった。

「ええ」スミスがおもむろにこたえた。「ですが、これまでに何人の天才がこうして連れ去られたことか。今回は、サザリー卿を黄色人種の結社から守ることができたが、フー・マンチュー博士は三年前にドイツにいた。そして、ちょうどその頃、あなたの偉大なるドイツ人のライヴァルが突然死した。だがその墓を暴かなくとも、わたしには彼らがフォン・ホーマーを自国に連れ去ったと断言できる。あの中国の奇怪な連中は、そうやって有能な人々をむりやり働かせているのだ！」

24　アジズ

サザリー卿の救出劇から、ここで話は一転する。いつまでも以前のできごとを悠長に語っているわけにはいかない。それはわたしの望むところではない。この一連の奇想天外な話に登場する人物たちをくわしく紹介するために、時間を引き延ばすわけにはいかない。それはわたしの意図するところではない。当時、わたしはたびたびオマル・ハイヤームの四行詩に、自分の気持ちを重ね合わせたものだった――

わたしたちはたんなる影法師にすぎない
真夜中に、人形遣いが掲げる
まばゆいランタンの明かりに照らされ
影絵のなかで動きまわる

だが、今回の場合、〝人形遣い〟はフー・マンチュー博士だった！

これまでの事件があって以来、わたしは何度も質問された――フー・マンチュー博士とは何者なのか？　それに対するわたしの最終解答は、まだ出ていない。今の段階では、推論の域を出ないので、読者の想像にまかせたい。

そもそも満州人の敗北の原因はどこにあるのか？　現代中国史を学ぶ者ならば、こう答えるだろう――〝新生中国〟。この答えでは不充分だ。新生中国とはどういうことか？　わたし自身が耳にしたところでは、フー・マンチューはそうした動きとの連携を拒絶していた。おそらくその名前は偽りのものではなく、彼は反満州主義でも共和主義でもなさそうだった。

中国共和制支持者は高級官吏階級の人々だが、彼らはその儒教思想を西欧風に洗練させた新世代の人々である。こうした若く、判断力を欠いた改革者たちが、年長だがやはり判断力がなく、視野のせまい政治家たちとともに、新生中国を代表すると言われている。こうした混乱のなかで、われわれはつねに第三のグループを求め、そしてつねに見つける。わたしの意見では、フー・マンチュー博士はそうしたグループの指導者の一人だった。

もう一つ、いつも気になることは――博士はロンドンで工作活動をしているあいだ、いったいどこに隠れているのか？　一時は、ネイランド・スミスもわたしも、例の旧ラトクリフ・ハイウェイ沿いのアヘン窟が、あの中国人の活動拠点だと考えたが、のちに、ウィンザー城近くの邸宅が、彼の隠れ家だと信じるようになり、さらには、テムズ川下流の沼地のはずれに停泊している廃船がそれだと考えた。だがわたしは今、彼の自宅はこれらのどれでもなく、わたしが最初に足を踏み入れた、イースト・エンドの川沿いの建物だと確信している。確信した理由は、あそこがフー・マンチュー、カラマニ、彼女の弟のアジズの住まいだというだけではなく、ほかのあるものの住まいでもあるからだが、それについてはあとで話そう。

警察の手入れにともなって起きた、その恐ろしい悲劇（正確には、一連の悲劇）は、おぞましい事件のあまりにも悲惨なできごととして、いつまでもわたしの記憶に残るだろう。そのときなにが起きたかを、これから順を追って説明していきたい。

カラマニの助けで突きとめたかつての倉庫は、外見はみすぼらしかったが、内部は贅沢を極めていた。われわれの美しい共犯者が選んだ時刻に、ウェイマス警部補とその部下たちが、建物をとり囲んだ。河川警察の大型ボートは、川岸に上陸できる波止場近くに待機していた。漆黒の闇の夜に、これほど完璧な準備態勢は考えられなかった。

「わたしとの約束を忘れないでね？」と言って、カラマニはわたしを見上げた。

彼女は大きくゆったりしたマントに身をくるみ、フードの陰からのぞく美しい目を、星のように輝かせていた。

「われわれにどうしてほしいんだね？」ネイランド・スミスがたずねた。

「あなたとドクター・ピートリーが」彼女はすぐさまこたえた。「まず先に入って、アジズを運び出して。彼を無事に助け出してから――それから……」

「フー・マンチュー博士を捕まえるんだな？」ウェイマスがあとを引き取った。いつものことではあるが、カラマニはなかなか畏怖する主人の名前を口にすることができなかった。「だが罠が仕掛けられていないとどうして言いきれる？」

このスコットランド・ヤードの刑事は、あの中国人の奴隷だった東洋人の娘の誠実さを、わたしほどには信じていないようだった。

「アジズは私室にいます」必死に説明する彼女の口調は、ふだんよりも母国語のアクセントが目立った。「家にはビルマ人の召使いが一人しかいません。彼は命令がないかぎり、けっして入ってきません！」

「しかしフー・マンチューは？」

「彼を恐れることはありません。今から十分後には、彼はあなたたちに捕らえられるんですから！　こんなところでぐずぐずしていないで――わたしを信じてください！」彼女はじれったそうに足を踏み鳴らした。

「あの殺し屋は？」スミスがたずねた。

「彼も同じです」

「わたしもいっしょに行ったほうがよさそうですね」と、ウェイマスが考えながら言った。

カラマニは肩をそびやかすようにすくめ、薄暗く、悪臭漂う路地と、フー・マンチュー博士の豪華な住まいとをへだてる、高い煉瓦の壁にあるドアの鍵を開けた。

「音をたてないで」彼女が警告した。スミスとわたしは彼女のあとから、カーペットが敷かれていない廊下を進んだ。ウェイマス警部補は、すぐ下の部下にあとの指揮をまかせ、われわれのあとにつづいた。ドアがふたたび閉められた。廊下の先の二つ目のドアには、鍵がかかっていなかった。家具のない小部屋を通り抜け、さらに廊下を進み、バルコニーに出た。その変化は驚くべきものだった。

室内は闇と静けさに満ちていた――芳香に満ち、眠気を誘うような闇と、謎めいた静けさだった。眼下の部屋の壁のむこうから、テムズ川の活気に満ちた工場群の騒音がかすかに聞こえる。建物の周囲の悪臭がひどい地域には、テムズ下流の煤煙混じりの蒸気が浮かんでいた。

波止場の騒々しい金属音から、船舶があわただしく行き来する波止場の不快な異臭から隔絶され、われわれはこの香がたきこめられた静謐のなかにいた。シェードがかかったランプが、まわりの壁をほの暗く照らし、対照的に室内をより濃い闇で覆っていた。

テムズ川沿いの活発な動きは――ドックの耳障りな金属音、貨物の休みない積み下ろし、蒸気があげる悲鳴など――この芳香が漂う部屋までは届かなかった。シェードがかかった明かりに照らされ、死んだように動かない黒髪の少年と、彼の上にかがみこむカラマニの姿が浮かび上がった。

「ついにフー・マンチュー博士の家に、足を踏み入れたぞ！」と、スミスがささやいた。

娘が安全を保証したにもかかわらず、われわれはあの東洋の怪人の近くには危険がひそんでいるのを承知していた。ここはライオンのねぐらではなく、蛇の巣穴なのだ。

押し寄せる黄禍のこの先兵を追って、ネイランド・スミスがビルマから戻っていらい、フー・マンチュー博士の顔がわたしの夢に出てこない日はなかった。この国の民が安らかに眠っているあいだ――彼らのために、われわれはこうして命をかけて闘っている！――危険が迫っている現実を知るわれわれは、フー・マンチュー博士が手下の殺し屋どもをつかい、手がかりを残さずに人々の命をひそかに奪っていることを知っていた。

「カラマニ！」わたしはそっと呼びかけた。

ランプの下でかがんでいた娘がふりむくと、柔らかな光が彼女の愛らしい顔をぼんやりと照らした。これまでフー・マンチューの言いなりに動いてきた彼女は、今、社会から彼を排除するための道具になろうとしていた。

彼女は警告するように指を立て、それからわたしを手招きした。

毛足の長いカーペットを踏みしめながら、薄暗がりから明かりの許へと近づくと、わたしのかたわらで、カラマニは横たわる少年を見下ろした。彼は西洋の医学知識では死んでいると判断するしかなかったが、実際には、あの中国人の驚嘆すべき技量によって、昏睡状態のまま生きつづけていた。

「急いで！」彼女が言った。「早く！　この子を起こして！」

持ってきたかばんから、注射器と、琥珀色の液体が少量入った薬瓶をとりだした。このこれは英国薬局方には載っていない薬だった。この薬の組成について、わたしはなにも知らない。この薬瓶は数日間手元にあったが、を一滴たりとも分析のためにつかう気にはなれなかった。琥珀色の液体に、アジズ少年の命、ネイランド・スミスの使命達成、あの悪魔のような中国人の破滅がかかっていた。

わたしは白いベッドの上掛けを持ち上げた。少年は服を着たまま、胸の上で腕を交差させて横たわっていた。以前の注射跡を見つけ、薬瓶から中身を注射器に移し、こんな実験がこれで最後になることを願いながら、少年に注射をした。今、こうしてアジズ少年の血管に流しこんでいる薬品の中身を知ることができるのなら、財産をすべて投げ出しても惜しくはない。少年の土気色の顔は、しだいにオリーヴ色をおびてきて、医師であるわたしの目から見ても、あきらかに生気がよみがえってきた。

しかし、わたしがここにやって来たのは、彼を生き返らせるためではない。フー・マンチュー博士の家から、カラマニを縛っていた生きた鎖を助け出しに来たのだ。アジズが生きて自由になれば、この奴隷の娘に対する博士の拘束力は失われるだろう。

わたしの魅力的な相棒は、両手を固く握りしめ、ひざまずいて、治療学史上まれにみる生理学的変化を起こしている少年の顔を、食い入るように見つめた。彼女がつけている独特の香水が――それは彼女の一部のようで――つねに彼女を思い出させた――ほのかに香った。カラマニは荒い息遣いをしていた。

「心配はいらないよ」わたしはささやいた。「ほら、彼の頰に赤みがさしてきた。あともうすこしで、彼はすっかり元気になるだろう」

派手な色のシェードがかかった天井のランプが、隙間風に吹かれたのか、静かに揺れた。少年の重いまぶたが震えだすと、カラマニは不安そうにわたしの腕をつかみ、二人で少年の長いまつげのまぶたが開くのを待った。部屋の静けさがあまりにも不自然で、自分たちが猥雑なイースト・エンドの只中にいるという事実が信じられないほどだった。実際、この重苦しいほどの静寂が、わたしには息苦しくなってきた。

肩越しに、ウェイマス警部補のいぶかしげな顔が見えた。「フー・マンチュー博士はどこにいるんだろう?」つぎにかたわらに来たネイランド・スミスに、わたしは小声で言った。「どうにもこの静けさが気になるんだが――」

「見まわして」アジズの顔から目を離さずに、カラマニがこたえた。

薄暗い壁を見まわした。高いガラス・ケース、書棚、壁のくぼみがあった。このまえ上階のバルコニーから見たとき、そこには試験管や蒸留器、得体の知れない微生物が入った容器、難解な書籍など、フー・マンチューのオカルトと科学の探究の証拠がならんでいた。今、書棚もケースもくぼみも空っぽだった。彼が奇妙な実験を行なうときにつかう、西洋人の目には異様に映る、複雑な器具。未分類の病気の細菌を、彼が隔離培養していた試験管。もしもその内容を知ったなら、ひと目見るために、ハーレー街の名医たちがいくらでも金を積むにちがいない黄表紙の書籍。これらがすべて失くなっていた。絹地のクッションも、象嵌模様のテーブルも消えていた。

室内にあったものは、すべて運び去られていた。フー・マンチューは逃げたのだろうか? 部屋の静寂が新たな意味を持ちはじめた。彼の手下たちもみな逃げたにちがいない。

「きみは、彼を逃がしたんだな!」わたしはカラマニに言った。「彼を捕らえるために協力すると約束したのに――われわれに絶好の機会を教えると――だが実際には時間稼ぎをして――」

「違う」彼女は言った。「違うわ!」と言って、彼女はまたわたしの腕をつかんだ。「ああ! ねえ、もうとっくに目を開けてもいいんじゃないかしら? なにか間違っていたんじゃないの?」

彼女の頭のなかは、この少年のことでいっぱいだった。弟を気遣う彼女の気持ちが、こちらにもつたわってきた。もう一度アジズを診たが、これほど驚かされる患者は初めてだった。

しっかりしてきた脈をかぞえていると、彼が黒い目を開けた――それはカラマニの目とそっくりだった――そして、姉に抱きかかえられるようにして、彼は起き上がり、きょとんとした顔であたりを見まわした。

カラマニは弟に頬ずりしながら、アラビア語で優しくささやきかけ、初めてその国籍をネイランド・スミスにあきらかにした。わたしはワインを入れておいたフラスクを彼女にさしだした。

「わたしは約束を果たした！」と、わたしは言った。「きみは自由だ！　こんどはフー・マンチューを捕まえる！

だが、まず警察をこの家に入れよう。家のなかがやけに静かなのが、どうも怪しい」

「だめよ」彼女がこたえた。「先に弟を安全なところに運び出して。この子を連れ出してくれます？」

彼女は、恐れと驚きの表情を浮かべているウェイマス警部補を見上げた。

がっしりした体格の警部補は、女性のように優しく少年を抱き上げ、部屋を横切って階段を上がり、そのまま奥の暗がりに消えた。ネイランド・スミスが熱っぽく光る目で、カラマニをふりかえった。

「われわれを騙すつもりじゃないだろうな？」彼が厳しい口調で言った。「われわれはちゃんと約束を果たした。つぎはきみの番だ」

「そんな大声を出さないで」娘は彼に懇願した。「彼はすぐ近くにいるわ――ああ、怖い！」

「彼はどこだ？」友人はなおも問いただした。

カラマニは恐怖のあまり顔をひきつらせた。

「警察が来るまでは、彼に触れてはだめ」と、彼女は言ったが、そのうろたえた眼差しを向けた方向から、わたしには、弟の無事が確認された今、彼女はわたしの身を、わたしの身だけを気遣っているのがわかった。その眼差しに、わたしの血が躍った。カラマニは東洋の宝石であり、こんな美女を目の前にして、その愛を得たいと願わない男はいない。彼女の目は謎に満ちた一対の湖で、わたしはこれまで幾度となく、その謎を探りたいという欲望に駆られていた。

「見て――そのカーテンの奥を」――彼女は消え入りそうな声で言った――「でも入らないで。ここにいても、彼が怖くてたまらないの」

彼女の怯えきった様子に、われわれはただならぬものを感じた。悲劇とフー・マンチューはけっして切り離せない。われわれは二人で、大勢の味方がすぐ近くにいたが、それでもここは、東洋からやって来た、じつに悪賢い殺人者の館だった。

複雑な感情を抱きながら、ネイランド・スミスとともに分厚いカーペットを横切り、カラマニが指差したカーテンを引くと、そこにドアが現われた。さらに、そのドアの奥の薄暗い部屋を覗いたとたん、ほかのことはいっさい脳裏から消えてしまった。

そこは四角い小部屋で、四方の壁には中国風のタペストリーが掛けられ、床にはクッションが散らばっていた。部屋のすみに横たわっているのは――ローテーブルに置かれたランプから漏れている、ほのかな青い光が、頬がこけた顔にグロテスクな影を落としていた――フー・マンチュー博士だった！

彼の姿を見たとたん、心臓の動きが止まりそうになった。それほどこの男がわたしにあたえる恐怖は大きかった。カーテンにしがみつきながら、彼を観察した。まぶたがあの悪意に満ちた緑色の目を覆っていたが、薄い唇は微笑んでいるように見える。やがてスミスが黙って彼の手を指差した――その手には小さなパイプが握られていた。吐き気を催すような臭いが漂ってきた。それで、この家が異様なほど静かなわけや、われわれの計画がこれまで容易に運んだ理由がわかった。世にも残忍で狡猾な男は、深い眠りのなかで夢をむさぼっていた。

フー・マンチューがアヘンを吸って眠りこけている！

淡い光が、網目のように走るこまかいしわを浮き上がらせていた――あご先から広く突き出た額まで、黄色い顔一面を覆うしわは、目の下のくぼみに深い影をつくっていた。ついにわれわれが勝利した。この男の悪癖がみずからの失墜を招いたのだった。

彼の忘我の状態がどれほど深いものかは、わたしには判断がつかなかった。そこで嫌悪感をこらえ、カラマニの警告も忘れて、不快なアヘンの煙が充満している部屋に入っていこうとしたとき、柔らかい吐息が頬を撫でた。

「なかに入ってはだめよ！」耳元でささやくカラマニの声は震えていた。

彼女は腕をつかんで、スミスとわたしをドアから引き離した。

「あそこは危険よ！」押し殺した声で、彼女は言った。「あの部屋に入ってはだめ！　警察が行って、彼を引きずり出さないと！　あの部屋には入らないで！」

娘の声は興奮のあまり震え、目は熱っぽく潤んでいた。卑劣な悪事に対する義憤を感じはじめてはいたが、まだフー・マンチューへの恐怖のほうが大きいようだった。ウェイマス警部補がふたたび戻ってきた。

「少年を署のライマンの部屋に運ばせました」と、彼は言った。「ドクター・ピートリー、あなたが行くまで、地区の外科医にあの子を診ていてもらいます。さあ、すべて準備はととのいました。ボートは波止場近くに待機していて、この建物も部下たちが包囲しています。で、やつはどこにいるんです？」

彼はポケットから手錠をとりだし、もの問いたげに眉を上げた。物音がしないことに――自分がこれから逮捕しようとしているずる賢い中国人が騒がないことに――彼はとまどっていた。

ネイランド・スミスがカーテンのほうに親指を立てた。

それを見たウェイマスは、われわれが止める間もなく、カーテンがかかったドアに近づいた。彼は目標にむかって突進するタイプで、熟慮を重ねてから行動するタイプではなかった。そのうえ、家のなかの雰囲気が（家具が運び出されているにもかかわらず、濃厚で官能的な匂いに満ちていた）彼を圧倒しかけていた。彼はそんな空気を振り払おうとして、一挙に行動に出たのかもしれなかった。

彼はカーテンを引き、部屋に足を踏み入れた。しかたなく、スミスとわたしもあとに従った。三人でドア近くに立ち、東洋と西洋の国々を恐怖に陥れた、無防備に横たわる人物を眺めた。今、この知の巨人は意識もなく、まったくの無力でありながら、それでもわれわれを恐怖で縛りつけた。

われわれがあとにした、ほの暗い部屋で、カラマニが押し殺した悲鳴をあげた。だが、時すでに遅かった。

まるで火山が爆発したかのように、絹のクッションも、青いシェードのランプと象嵌模様のテーブルも、派手な壁掛け、顔に不気味な光の影が落ちていた、横たわる人物も——すべてが振動し、上に飛び上がった！

そうわたしには思えた。だが、すぐに——あとの祭りではあったが——以前、フー・マンチューの隠れ家で体験したことを思い出した。そして実際にわれわれの身になにが起きたかを悟った。落とし穴の仕掛けがはたらき、足下の床が落ちたのだった。

自分のからだが落ちたのを覚えている——だがその先のことはよく覚えていない——足下の床がいきなり消えて、一瞬、からだが浮くような感じがした。あとはただ、首まで浸かった息苦しいなにかから逃れようと、必死にもがいたことしか覚えていない。息ができなかったが、両手はむなしく空《くう》をつかむばかりだった。

恐ろしい死の淵に沈んだ。大声を出すことができない。なにもできない。ほかの二人がどうなったのかもわからない——想像すらつかない。

やがて……意識が薄れていった。

25 キノコの地下室

わたしは荷袋みたいにビルマ人の肩に担がれ、薄暗いトンネルのような場所を運ばれていた。男は大柄ではなかったが、わたしを軽々と担いでいた。ひどい吐き気がしたが、乱暴に荷物扱いされたおかげで、意識をとりもどすことができた。両手と両足はきつく縛られ、全身から力が抜けていた。ここまでなんとか生き長らえてきたわたしも、こんどこそついにもう助からないと覚悟した。

ふと、ある空想が浮かんだ。そのなかでは、意識をとりもどすと、なんと中国に運ばれていた。そして男の肩に担がれながら、こんなひとりごとを言う――地面に散らばっている大きくてふわふわじたものは、巨大なキノコの一種で、今まで見たことがないし、今、自分がいる中国のこの地域でも、おそらく珍しいものだろう。

空気は蒸し暑く、腐りかけた植物の臭いがした。わたしを担いでいる男は、長い地下室のようなところを裸足で進みながら、地面に生えているこのふくらんでぶよぶよしたものを、慎重に避けて歩いた。

低いアーチをくぐると、男はわたしを乱暴に地面に降ろして走り去った。呆然としたまま、わたしは地下室の奥に消えていく、男の敏捷な茶色いからだを見送った。地下室の壁や屋根が、ほのかに青白い光を放っているように見えた。

「ピートリー！」前方で弱々しい声がした……「きみか、ピートリー？」

ネイランド・スミスだった！

「スミス！」わたしは起き上がろうとした。だが強烈な吐き気に襲われ、そのまま気を失ってしまった。

また彼の声がしたものの、その言葉の意味まではわからなかった。吹きつける強風の音も聞こえた。

さっきのビルマ人が、重たい荷を担いでまた現われた。地下室の床に生えている、丸くふくらんだものを、器用に避けながら歩く男の様子を見ながら、彼が運んでいるのがぐったりしたウェイマス警部補であることに気づいた。それにしてもあの小柄な茶色い肌の男の力は、自分の体重の何倍も重たいものを持ち上げるナイルのカブトムシを連想させた。

やがて、彼のあとから、二人目の人物が現われ、わたしの関心はそこに集中した。

「フー・マンチュー！」暗闇からわたしの友の声がした。たしかにそれは、まぎれもなくフー・マンチューだった――アヘンで意識が朦朧としていたはずのフー・マンチューだった。この中国人の驚くべき狡猾さに――その度胸のよさに――わたしはただただあきれるばかりだった。

彼はアヘン中毒のふりをして、医師であるわたしを、そしてわたしよりもこの悪しき習慣にくわしいカラマニをも騙した。そして、家が警官たちに包囲されているなかで、みずからがおとりとなって、われわれを処刑台に誘いこんだ！

おそらくあの部屋は、彼が実際にアヘンを吸うときにつから部屋で、落とし戸の細工は、昏睡状態にあるときに身を守るために設置しておいたのだろう。

今、ランタンを頭上高く掲げて、われわれがネズミのようにまんまとかかった罠を仕掛けた主《ぬし》が、ウェイマスを運んできた褐色の肌の男のあとから、長い地下室を歩いてやって来た。ランタンのほのかな光（なかにはキャンドルの火がともっていた）に照らされ、巨大なキノコの森が見えた。毒々しい色をした、異様にふくらんだ無数のキノコが、床からぬるぬるした壁一面を覆い、気味悪い寄生虫のようにアーチ状の屋根にまで達していた。

フー・マンチューは、この生い茂るキノコが有毒であるかのように、やけに慎重に避けて歩いた。

さっきも聞こえた風の音が、しだいに大きくなり、ついにすさまじい破裂音をたてた。フー・マンチューは、意識を失った刑事を運んできた男とともに、アーチをくぐり、歩いてきた地下道をふりかえってから、ランタンを消した。この怪人がこれまでに発した脅しの言葉を、わたしがぼんやりと思い返していると、騒々しい音が遠くから聞こえてきた。

と、突然、その音がやんだ。フー・マンチュー博士が重たい扉を閉めたためだった。驚いたことに、その扉はガラスでできていた。キノコが発している鬼火のような光が、地下室全体をほの明るくしていた。フー・マンチューがおだやかに話をはじめた。彼の喉音が目立つ発音には、ときおり歯擦音も混じったが、興奮した様子はまったくなかった。この男のなにものにも動じない態度からは、人間らしさが感じられなかった。彼が思いもよらぬ大胆な行動に出たために、今や騒ぎの渦中にありながら、そのガラス扉によって、警察がこの家の封鎖された場所に入ってこられなくなったことに——つまり、彼らがこの中国人の魔の手からわれわれを救出できなくなったことに、ようやく気づいた。

「わたしは決めた」彼はゆっくりと言った。「きみはわたしが思っていたよりも、注目に値する人物だ。あの不老不死の秘薬の秘密を解ける者は」(わたしは秘密を解いたわけではなく、ただあの薬を盗んだだけだった)「わたしの組織にぜひとも加えたい。ミスター・ネイランド・スミス弁務官とスコットランド・ヤードの計画の全容を、なんとしても知らねばならない。そのために、きみたちをしばらくは生かしておこう!」

「そんなことを言っていられるのも、今のうちだけだぞ!」ウェイマスがかすれた声で言った。「おまえらの仲間を、残らずとっつかまえてやる!」

「それはありえない」静かな声が返ってきた。「もう仲間はきみたちの手の届かないところにいる。何人かは定期船に水夫として乗船し、ほかの者たちはべつの手段で国外に出た。おお!」

最後のひとことだけに、淡々とした彼の口調のなかで、唯一、感情らしきものがこもっていた。毒々しい色のキノコに覆われた通路に、まぶしい光が踊ったが、ガラスの扉が密閉状態をつくりだしているために、音はまったくこちらに届かなかった。ここは、さっき通ってきた通路よりもずっと涼しく、吐き気もしだいにおさまってきたので、いくらかまともにものが考えられるようになった。このあとになにが起こるかを知っていたら、正気が戻ったことを悔やんだにちがいない。いっそ意識がなかったなら、つぎに起きたことを目撃せずにすんだだろう。

「あれはローガンだ！」ウェイマス警部補が叫び、縛られた手足の縄をふりほどこうとした。その声から、彼も鮮明な意識をとりもどしつつあるのがわかった。

「ローガン！」彼は叫んだ。「ローガン！　こっちだ――助けてくれ！」

だが叫び声は、密閉空間のなかで響くだけで、見えない壁のむこうまでは届かなかった。

「この扉は密閉性が高いのでね」フー・マンチューがからかうように言った。「われわれにとっては、そのほうが幸いだ。これはわたしの観察用の窓だ、ドクター・ピートリー、ここでとっくりと菌類の研究をするがいい。ホコリタケが知覚麻痺を引き起こすことは、もうすでに身を持って体験したはずだ。あのキノコが煙のような胞子を出すのを見たかね？　きみたちが落ちた部屋には、あの胞子が充満していた。わたしは自分で工夫して、この点でのホコリタケの価値をおおいに高めた。ウェイマス警部補は頑強に抵抗したが、それでも十五秒で意識を失った」

「ローガン！　助けてくれ！　こっちだ！」

ウェイマスの声には恐怖がにじんでいた。たしかに、この状況はあまりに奇怪で、現実とは思えないほどだった。数人の男たちがはるか遠くの地下室に入り、懐中電灯を持った男を先頭にして、こちらに進んできた。強い白光が、丸くて灰色のキノコや、異様な形をした毒々しい色のキノコを照らし出した。あざけるような口調で、中国人の講義は続いた――

「床に雪のようなものが生えているだろう、ドクター。小さいからといって、あなどってはならない。あれはエンプーサ目の菌類で、わたしが培養して大きくしたものだ。イギリスでは、シロカビに覆われ、窓ガラスのそばで死んでいるイエバエをよく見かける。わたしはこのカビの胞子を培養し、大型の種をつくり出した。オレンジとブルーのテングタケに強い光をあてたときの反応も、じつに興味深い！」

わたしのすぐわきで、ネイランド・スミスがうめいた。ウェイマスは急に黙りこんでしまった。鳴をあげそうになった。これから起きることを知って、わたしは恐怖の悲然とした。そして瞬時に悟った——ほの暗いランタンの明かりのわけを、地下道の床一面に生えているキノコを、フー・マンチューも彼の手下もけっしてそれに触れないように歩いていたわけを。たしかにフー・マンチュー博士は、世界じゅうで最も偉大な菌類学者であり、警官たちはなにも知らずに死の谷にむかって歩いていた。

やがて、地獄絵のような光景が目の前でくりひろげられた。

懐中電灯の強い光をあてられると、暗闇で息をひそめていた毒キノコの、色鮮やかなカサが勢いよくはじけた。茶色っぽい雲が——それが液体か粉末状かはわからなかった——地下室にひろがった。

わたしは目を閉じようとした——毒キノコの胞子の雲のなかに飛びこんだ男たちが、苦しみもだえるさまから目をそむけようとした。だが現実から目をそむけるわけにはいかない。

警官は持っていた懐中電灯を手落としてしまったが、ほの暗い明かりが地下室を照らしつづけた。明るい光がぱっとともった——あきらかに悪魔のような人物のしわざで、彼はふたたび話をはじめた——

「あの中毒症状を観察したまえ、ドクター!」ガラス扉のむこうでは、気の毒な被害者たちが笑いころげ、着ている服を剥ぎ取り、腕を振って飛び跳ねたりと、まさしく狂乱状態となっていた。

「これから巨大エンプーサの成熟した胞子をばらまいてみよう」悪の化身が話しつづけた。「あそこに酸素を送ると、胞子がたちまち発芽する。おお! これこそわたしの研究の勝利だ!」

白い胞子が粉雪のように上から降ってきて、すでに中毒を起こしてのたうちまわっている男たちの全身を白く染めた。すると見る間に菌が増殖し、男たちの全身を覆いつくし、光り輝く屍衣となった……

「彼らはハエと同じように死んでいくのだ!」突然、フー

・マンチューが興奮して叫んだ。わたしはかねてから感じていたことを、そのとき確信した――この邪悪で異常な人物は殺人狂だと――もっともスミスはわたしの考えに同意しなかったが。

「これはわたしのハエ捕り網だ！」中国の怪人はなおも叫んだ。「わたしは破壊の神だ！」

26 川面の悲劇

霧のじっとりした感触で、目が覚めた。あの地下室でのおぞましい地獄絵を見たショックと、ふたたび胞子を吸いこんでしまった毒キノコの中毒症状とで、意識を失っていたのだった。気がつくと、川に浮かんでいた。まだ手足は縛られたままだった――そのうえ、布で口をふさがれ、甲板の輪にからだを固定されていた。

痛む頭を左に動かすと、油が浮かんだ水面が見えた。右を向くと、ウェイマス警部補の紫色をした顔が見えた――彼も手足を縛られ、口をふさがれて、かたわらに横たわっていたが、ネイランド・スミスは脚しか見えなかった。首が思うようにまわらないので、それ以上は視野に入らなかった。

われわれは電動大型ボートに乗っていた。フー・マンチューの耳障りな喉音混じりの声が聞こえた。今は、いつもの平静さをとりもどしていたが、彼と会話をかわしている人物の声を聞いて、心臓がとまりそうになった。それはカラマニの声だった。彼の圧倒的な勝利だった。彼の脱出計画も完璧に練られているにちがいない。地下通路で警官たちを虐殺したのは、彼の最後の無謀な意思表明であって、確実に国外に逃げられる保証がなかったなら、あれほど過激なふるまいはできなかっただろう。

われわれはこれからどうなるのだろう？　敵に寝返ったあの娘に、彼はどんな仕打ちをするのだろう？　どんな運命がわれわれを待ち受けているのだろう？　彼はわたしを中国に連れていくつもりらしいが、ウェイマスやネイランド・スミスをどうするつもりなのだろうか？

ボートは霧のなかを静かに進んでいた。船尾のほうで、ドックと波止場のうるさい金属音が、しだいに遠のいていく。前方は、濃い霧のカーテンで、広い水路を行き交う船の姿が見えないが、サイレンや鐘の音で船の通行を知らせていた。

スクリューの振動がぴたりと止まった。ボートは穏やかな波に揺られていた。

船のエンジン音が遠くから近づいてくる——霧のなかを、なにかがこちらにむかって来た。

鐘が鳴り、霧のなかから人声がした——わたしが知っている声だった。かたわらでウェイマスが身悶えし、必死にその声に応えようとした。彼にもその声の主がわかったのはあきらかだった。

それは河川警察のライマン警部補の声だった。彼らのボートはわれわれのすぐ近くにいた！

「オーイ！　オーイ！」

からだに震えが走った。興奮で全身がかっと熱くなった。彼らはこの船を見つけてくれた。船上に明かりはともっていなかったが、背筋から頭蓋骨に走る痛みをこらえ、左のほうに首を伸ばした——警察の大型ボートの左舷の明かりが、霧を突いて煌々と輝いていた。

口をふさがれているわたしは、大声を出すことができず、ほかの仲間たちも同様だった。自分たちではなにもできない、絶望的な状況だった。警察はわれわれを見かけたのだろうか、それともやみくもにわれわれを捜しているのだろうか？

船の明かりが近づいてきた。

「そこのボート、オーイ！」

彼らはこの船を見つけたのだ！　フー・マンチューが短い指示を出すと、スクリューがふたたびまわりだし、船は闇に突き進んだ。警察のボートの明かりが遠のき——見えなくなった。それでもライマンの叫ぶ声が聞こえた。

「全速力だ！」闇のなかから声がした。「左舷！　左舷だ！」

やがて暗黒の幕が降りた。味方の船をはるか後方に残し、われわれを乗せた船は深い霧のなかを進み、海にむかった——もっともこのときは、わたしにはそのことがわからなかったが。

航行をつづけるうちに、しだいに波が大きくなってきた。あるとき、黒い大波がわれわれを襲った。頭上で、明かりがきらめき、鐘が鳴り、意味のわからない叫び声が霧のなかから聞こえた。船体が一方に傾き、大きく揺れたが、それでもかろうじて定期船の横波をしのぐことができた。以前にも、この黄禍の天才を追跡して、似たような経験をしたが、今はフー・マンチューに捕らえられているだけに、今回のほうがはるかに危険だった。

耳元で声がした。布で口をふさがれた顔を向けると、暗がりでウェイマス警部補が両手を上げ、口を縛っている布をわずかにずらした。

「あの地下室を出たときから、ずっとこの縄と格闘していたんです」と、彼はささやいた。「おかげで両手は傷だらけですが、なんとかナイフをとりだして、足首の縄をほどいて——」

スミスが縛られた足で彼を蹴った。刑事は急いでさるぐつわの布で口を覆い、両手を後ろに戻した。フー・マンチュー博士が、厚いコートを着て、帽子をかぶらずに、船尾にやって来た。彼はカラマニの手首を引っ張っていた。われわれのそばにあるクッションに腰を降ろした彼は、彼女をかたわらにすわらせた。彼女の顔が見えた——その美しい目の表情を見て、わたしは身悶えした。

フー・マンチューはわれわれを観察していた。薄暗さにわたしの目が慣れてきたので、彼の変色した歯がわずかに見えた。

「ドクター・ピートリー」彼が口をひらいた。「きみを賓客としてわが中国に迎えよう。わたしとともに化学に大変革を起こすのだ。ミスター・スミス、きみはわたしが思っていたよりも、多くのことを知りすぎたようだが、きみに腹心の友がいるかどうかをぜひとも知りたい。きみの記憶があやふやで、わたしの拷問具が役に立たない場合は、ウェイマス警部補の記憶がいちばん正確かもしれない」

彼は身をすくめている娘をふりかえった――彼女はあまりの恐ろしさに縮みあがっていた。

「この注射器には、ドクター」彼はつづけた。「珍しい培養菌が入っている。いわば細菌と真菌の中間のようなものだ。きみはこのカラマニの優美な物腰ときらめく瞳に、どうやら魅了されてしまったらしい。だがそんなことに気をとられていたら、わたしがきみにやってほしい研究に身が入らないだろう。これを注射したら、可愛いカラマニはたちまち醜い老婆に変わり果ててしまうだろう――」

そのとき、いきなりウェイマスが彼に飛びかかった！

ずっと耐え忍ぶことに慣らされたカラマニは、甲板で泣き崩れたまま動かなかった、わたしはからだをよじって起き上がり、刑事と中国人が折り重なって倒れると、スミスはわきにころがった。

ウェイマスは大きな手で中国人の喉を押さえつけ、左手で相手の、注射器を持っている右手をつかんだ。

今ようやく、わたしはこの船の両端を見渡すことができたが、霧のなかで見えるかぎりでは、ほかには一人しか船上にいなかった――例の地下室にわれわれを担いで運んだ男で、裸に近いような身なりで、茶色い肌をあらわにして、船の舵をとっていた。闇がいっそう濃くなっていて、まるで箱のなかに閉じこめられたみたいだった。エンジンの音と、格闘している二人の男の荒い息遣い、それと波の音だけが、周囲の無気味な静けさを破っていた。

男たちの格闘は、初めのうちこそウェイマスが優勢だったが、フー・マンチューはあなどれない機敏さで、しだいに劣勢を盛り返していった。彼の長い指がすばやく大男の喉をつかみ、注射器を持った右手で、相手の左手を押さえこんだ。倒されて下敷きになっていたのが、いつのまにか相手にのしかかっていた。彼の肉体的な持久力は、驚異的としか言いようがなかった。彼は鼻から強く息を吐いていたが、ウェイマスは見るからに手ごわかった。

警部補は突然、戦術を変えた。注射針を刺されそうになった彼は、力をふりしぼってフー・マンチューの喉と腕を持ち上げ、横に投げ飛ばした。

それでも中国人は注射器を手放さず、二人は取っ組み合ったまま、左舷のふちに落ちた。船が横に傾いたので、わたしは悲鳴をあげたが、布で口をふさがれていたので声にはならなかった。起き上がろうとしたフー・マンチューは、バランスを崩して後ろに倒れ、ウェイマスとともに川に飲みこまれた！

霧が二人を飲みこんだ。

ある瞬間についての印象を、なにも思い出せないことがある。あまりの恐ろしさに、記憶から感情がすっぽり抜け落ちてしまうのだ。このときがまさにそうだった。頭が混乱して、なにも考えられなかった。船首にいた例のビルマ人が、後ろをふりかえったのを、ぼんやりと覚えている。

やがて船の進路が変わった。

あの壮絶な格闘の末の悲劇的な最後から、黒い壁がいきなり目の前に立ちはだかる瞬間まで、どれだけの時間が過ぎていたかは、わたしにはわからない。

すさまじい衝撃とともに、船が座礁した。大きな爆発音がして、例の茶色い肌の男が霧のなかに飛びこむのが見えた――その男を見たのは、それが最後だった。

船が沈みはじめた。

わたしは手足の縄を必死でほどこうとしたが、ウェイマスのように力まかせに手首の縄を引きちぎることはできなかったので、このままでは岸を目の前にして溺れ死ぬことになりそうだった。

かたわらでは、ネイランド・スミスが身をよじっていた。どうやらカラマニに近づいて、彼女を起こそうとしているようだった。だが彼がもたもたしているうちに、流れこんできた水がかわりに彼女を起こした。彼女が身じろぎするのを見て、わたしは心の底から神に感謝した。彼女が両手を頭に上げ、恐怖におびえる大きな目が霧のヴェール越しにきらめくのが見えた。

27 ウェイマス家にて

沈没したボートの船尾が川に沈む直前に、われわれはようやく脱出した。どこの岸に上がったのかは見当もつかなかったが、すくなくともそこは陸にはちがいなく、フー・マンチューから逃れたこともたしかだった。

スミスは川のほうを眺めた。

「なんということだ！」彼はうめいた。「ああ、あんなことになるとは！」

彼は――わたしもだが――ウェイマスのことを思っていた。

一時間後、警察のボートに発見されたわれわれは（場所はグリニッジ下流の沼地だった）、あの地下室での犠牲者が八人であることや、勇敢な仲間の最期の様子を聞かされた。

「霧のむこうから聞こえてきた」指揮官のライマン警部補は、声を落とした。「獣のような吠え声や、けたたましい笑い声が、きっとこれから何週間も夢に出てくることでしょうね――」

怯えた子供のようにわたしにしがみついていたカラマニが、からだを震わせた。逞しいウェイマスは、ついにはあの注射針を刺されてしまったにちがいなかった。

スミスが嗚咽をこらえた。

「あの黄色い悪魔が川の底に沈んでいればいいが」と、彼は言った。「できることなら、あいつの水死体をこの目で見届けてやりたい！」

その夜、悄然としたわれわれを乗せて、警察のボートは霧のなかを帰還した。その場を――ウェイマスが最後まで雄々しく戦った場所をあとにするとき、まるで信頼できる仲間を見捨てていくような気がした。われわれは無力感にうちひしがれ、たとえ霧が晴れていたとしても、ほかに打つ手があったかどうかは疑問だったが、それでもこの悪臭を放つ暗闇こそが、われわれをこそこそと退却させる新しい敵に思えた。

だが、われわれにはやるべきことや、率先して活動すべきことが山積していたので、いつまでも仲間を失った悲しみに浸っているわけにはいかなかった。

問題は、カラマニと彼女の弟をどうするかだった。相談した結果、当分のあいだ、二人をホテルに滞在させることにした。

「わたしが手配して」娘がこちらを見ていたので、スミスが小声で言った。「ホテルを昼夜、警備させよう」

「きみはまさか――」

「ピートリー！　わたしはこの目でやつの死体を見るまでは、フー・マンチューの死を認めるわけにはいかない！」

そこでわれわれはこの美しい東洋人の娘とその弟を、不潔な地域にある豪華な隠れ家から連れ出した。いたずらに恐怖をあおりたくないので、あの毒キノコだらけの地下室での凄惨な場面については、くわしい説明ははぶくことにする。キノコの防毒対策をした消防団の隊員たちが、生きた屍衣に包まれた犠牲者たちの遺体を運び出した……

カラマニは、フー・マンチューについては多くの情報を提供したが、彼女自身についてはほとんど語らなかった。

「わたしが何者かですって？ そんなことを知ってどうするの？」自分の生い立ちを聞かれた彼女は、そう答えた。

そして彼女は黒い目を伏せた。

フー・マンチューがイギリスに連れてきた殺し屋は、全部で七人だった。だとすると、ずいぶん人数が減って、おそらく今、イギリスに残っているのはたった一人だけだろう。彼らはウィンザー城近くの家の敷地に、キャンプを張って生活していた（この家をあの博士が即金で買ったことを、家が焼け落ちたときに知った）。テムズ川は彼の交通路だった。

他の手下のビルマ人たちは、イースト・エンドのあちこちにひそんでいた。ここにはあらゆる人種の水夫たちが集まっている。あのシェン・ヤンはイースト・エンドの指令本部だった。住まいの近くではまずい実験をする施設として、彼はイギリスにやって来たときから例の廃船をつかっていた。

ネイランド・スミスが娘に、あの中国人が航海用の船を持っていたかとたずねると、彼女は肯定した。しかし彼女はその船に乗ったことがなく、実際に見たこともなかったので、具体的なことは知らなかった。その船は中国に出発していた。

「確かなのか」スミスは問いただした。「その船が出たというのは？」

「そう聞いていたし、わたしたちはべつのルートであとを追うことになっていたの」

「フー・マンチューが客船に乗るのは難しかったのかな？」

「彼の計画がどんなものだったかは知らないわ」

仲間を失うという悲劇が起きたあと、不安な状態のまま、日々が過ぎていった。

気の毒なウェイマスの家を訪ねた日のことを、今でもありありと覚えている。そのときに、わたしは警部補の弟と知り合った。ネイランド・スミスは彼に、あのときの様子をくわしく語った。

「霧のなかでのできごとは」彼は悲しげに締めくくった。「とても現実のこととは思えませんでした」

「わたしには今でも兄の死が信じられません！」

「本当にお気の毒です、ミスター・ウェイマス。ですが、あなたのお兄さんは、じつに勇敢な方でした。彼が自分の命と引き換えにフー・マンチューの世界を排除したのだとしたら、彼の死は無駄ではなかったと思います」

ジェームズ・ウェイマスはじっと考えこんだまま、タバコを吸っていた。そこはセント・ポール寺院から南南東にたった四マイル半しか離れていなかったが、風情のある家で、田舎風の庭には、高い木々の影が落ちていた。これらの木々は村の通りの両側にそびえていたが、今では通りにバスが行き交っている。一見、イギリスのどこでも見かける、平和でのどかな場所だった。しかし今や、べつの冷たく恐ろしい影が、この家を覆っていた。悪の化身がはるか遠くの東洋からやって来て、瀕死の悪魔となってこの家に禍をおよぼしていた。

「理解できない点が二つあるんです」ウェイマスはつづけた。「霧のなかで沿岸警察が聞いた、世にも恐ろしい笑い声とは、どういう意味だったんですか？ それと、彼らの遺体はどこにあるんですか？」

その言葉に、わたしのかたわらにいたカラマニが、からだを震わせた。つねにそわそわと落ち着かないスミスが、歩きまわっていた足をとめ、彼女をじっと見た。

イギリス国内で暗躍している不純分子を一掃するという、つらく困難な使命を背負っている彼は、近頃ますます痩せて、神経をすり減らしているようだった。ビルマに長く滞在していたために、からだが痩せ、もともと浅黒かった肌は赤銅色になっていたが、今は、灰色の目が熱っぽく輝き、こけた頬がやつれて見えた。

「最初の質問には、この女性が答えてくれるでしょう」と、彼は言った。「彼女と弟は、しばらくフー・マンチュー博士の家にいました。はっきり言って、ミスター・ウェイマス、カラマニはその名のとおり、奴隷だったのです」

ウェイマスは、困惑した表情の美しい娘を、信じられないといった顔で見つめた。

「あなたは中国から来たひとのようには見えませんが、お嬢さん」と、彼はしぶしぶ彼女の美しさを褒めた。

「わたしは中国人ではありません」と、カラマニはこたえた。「父はベドウィン人でした。でもこの際、わたしの生い立ちは関係ありません」（彼女はときおり尊大な態度をとることがあり、その響きのよい言葉のアクセントが、いっそう威厳を感じさせた）「あなたの勇敢なお兄さんである、ウェイマス警部補とフー・マンチュー博士が川に飲みこまれたとき、博士は注射器に入れた毒薬を手にしていました。警察が聞いた、ぞっとするような笑い声は、その毒薬が引き起こした反応だったんです。あなたのお兄さんは狂ってしまったんです！」

ウェイマスは顔をそむけ、こみあげる感情を隠した。

「注射器には、どんな毒薬が入っていたんですか？」彼はかすれ声でたずねた。

「中国の沼地で発見された生物の毒から、彼が抽出した薬です」彼女はこたえた。「ひとを狂わせてしまいますが、死んでしまうとはかぎりません」

「だがたとえ正気だったとしても」と、スミスが言った。「生き残るのは難しかったでしょうね。博士と対決したとき、岸まではかなりの距離があったし、濃い霧が出てましたから」

「ですが、どちらの遺体もまだ発見されていないのでしょう？」

「沿岸警察のライマンから聞いた話では、あのあたりで溺れると、遺体が発見されない場合があるそうです――発見されたとしても、そうとう日数がたってからだそうです」

階上の部屋から、かすかな物音がした。霧のたちこめるテムズ川で、夫が亡くなったという知らせを聞いて、ウェイマス夫人は寝こんでしまった。

「姉には、ただ兄が亡くなったことしか伝えていないんです」と、彼女の義理の弟は言った。「兄が毒薬を注射されたことは、姉は知りません。そのフー・マンチュー博士というのは、なんという残忍なやつなんだ」彼は鬱積した怒りを爆発させた。「ジョンは多くを話してくれなかったし、新聞にもくわしい説明はいっさい載っていない。いったいこの男は何者なんです？　だれなんですか、彼は？」

彼はスミスとカラマニに言葉をぶつけた。

「フー・マンチュー博士は」スミスが口をひらいた。「中国が生んだ悪の天才です。何世紀に一人という偉大な頭脳でもあるんです。彼がその気にさえなれば、科学に革命をもたらすこともできたでしょう。中国には、ある迷信がありましてね――それによると、たとえば人気のない墓地の近くなどでは、途方もない年齢の悪霊が、生まれたばかりの赤ん坊のからだに取り憑くことがあるというんです。今のところ、いくら調べても、フー・マンチュー博士という男の家系をたどることはできないですが。カラマニにもそれはわからないようです。ですが彼は江蘇省の由緒ある一族の出ではないかと考えています。そしてひょっとしたら彼が生まれたとき、今言った迷信のようなことが、実際に起きたのではないかと！」

スミスは、唖然としているわれわれを見て、短く笑ったが、冷たく乾いた笑いだった。

「ウェイマスのことは残念でたまりません！」彼の声に力がこもった。「わたしの使命は終わりましたが、結果は勝利とはほど遠いものです。ミセス・ウェイマスの具合はいくらかよくなりましたか？」

「あいかわらずです」という返事がかえってきた。「夫の死を知らされてから、彼女はずっと意識が朦朧としたままで。彼女がそんな状態になるとは、だれも考えていませんでした。一時は、彼女の頭がおかしくなるのではと心配しました。彼女は妄想をいだいているみたいでしたから」

スミスがさっとウェイマスをふりかえった。

「どんな妄想ですか？」彼がすぐさま質問した。

ウェイマスは考えこむように口髭を撫でた。

「兄があんなことになってから、わたしの女房がずっと付き添っているんですが」と、彼は説明した。「この三晩というもの、ジョンの未亡人はいつも同じ時刻に――ちょうど二時半に――だれかがドアをノックしていると叫ぶんです」

「どこのドアですか？」

「そこのドアです――通りに面している」

われわれ全員の目が、指差された方を向いた。

「ジョンはよく夜中の二時半にヤードから帰ってきました」と、ウェイマスはつづけた。「それでわたしたちは、メアリーがそのことを思い出しているのだと思ってました。ところが昨夜は、女房が二時半になっても寝つけないでいたんです」

「それで?」

ネイランド・スミスは緊張し、目を輝かせて、彼の前に立っていた。

「奥さんも聞いたんですね!」

居心地のよい居間に、暖かい陽射しが射しこんでいたが、ウェイマスの言葉を聞いたわたしは、背筋に寒気が走った。カラマニは怯えた子供のように、わたしの手に自分の手をかさねた。彼女の手は冷たかったが、その感触にわたしは興奮した。カラマニは子供ではなく、王国の君主たちが取り合ってもおかしくないほどの美女だった。

「それでどうしたんです?」

「彼女は恐ろしくて身動きできませんでした――怖くて窓から外を見られなかったんです!」

わが友人がふりかえり、わたしをじっと見つめた。

「特定の精神状態による幻覚だろうか、ピートリー?」

「おそらくは」わたしはうなずいた。「これ以上、奥さんに病人の看護をさせてはいけません、ミスター・ウェイマス。看護の経験がない奥さんにとっては、あまりに精神的な負担が大きすぎます」

28　深夜のノック

　フー・マンチューを必死に追ってきたわれわれだったが、結局、成果はほとんど得られなかった。カラマニと彼女の弟を除けば（彼女たちはあの中国人博士の犠牲者であって、けっして手先ではない）、あの恐るべき手下の男たちを、一人も生きたまま捕らえることができなかった。フー・マンチューが犯したおぞましい犯罪は、国じゅうにその爪痕を残した。真実は半分も（ことに最近の状況についてはなにも）公にされることはなかった。ネイランド・スミスの権威は、マスコミを押さえこむほど大きかった。

　そうしたマスコミへの配慮がなかったら、おそらく国じゅうがパニックとなったにちがいない。なぜなら怪物が――たんなる悪人ではない、まさしく怪物だった――われわれのすぐ近くにいたからだった。

　フー・マンチューが暗躍する場所は、つねにテムズ川沿いに集中していた。結局は、因果応報と言えるのかもしれない。彼が自分の手下たちの移動手段として長いあいだ利用していたテムズ川が、最後に彼を裏切ったのだから。彼の手下の黄色い肌の男たちは、みないなくなってしまった。あの殺し屋たちを統率していた知の巨人もいなくなった。彼がその美しさをおとりに利用していたカラマニは、ついに自由の身になり、もう彼女の微笑で男たちが死に誘われることはなくなり、彼女の弟も元気になった。

　この東洋の娘を恐れる男は多いと思うが、わたしの見方はまったく違っていた。彼女を見たことのない者は、言い分も聞かずに彼女を責めたかもしれない。だが彼女の美しい目を見た者たちが、そこにわたしと同じものを見つけたならば、彼女が犯したどんな罪も許したにちがいなかった。

　彼女が人命を軽んじたのは、驚くにはあたらない。彼女の場合は、その国籍や生い立ちを考慮に入れて、特別に斟酌されるべきだろう。

　それでも、正直なところ、彼女については理解しがたい点がいくつかある。カラマニの魂は、近視眼的な西洋人のわたしの目には、閉じられた本のように映った。だがカラマニの肉体はたとえようもなく魅惑的だった。彼女の美しさは、東洋の詩歌の最も情熱的な表現の要となるものだった。彼女の目には、ひとを惹きつける東洋的な魅力があった。彼女の唇は、穏やかな表情のときですら、嘲りがこもっていた。この点では、東洋は西洋であり、西洋は東洋だ。

結局、その波瀾に満ちた半生や、見下したような沈着さにもかかわらず、彼女は無防備な娘で——年齢的には、まだほんの子供だった——そんな彼女を運命がわたしに引き合わせた。彼女の頼みで、われわれは彼女と弟のエジプト行きの船の乗船券を予約した。だがカラマニの美しい目は悲しげで、ときおりうっすらと涙を浮かべていた。そのときのわたし自身の心の葛藤は、とても言葉では表現できない。あの黒い目の奥には、わたしには見えない炎が燃えていた。あの長いまつげは、わたしには読み取れないメッセージを覆い隠していた。

ネイランド・スミスはこうした複雑な状況に気づいていた。わたしが知っているかぎりでは、カラマニと出会っても冷静でいられた男は彼だけだった。

最近の悲しいできごとを忘れさせようと、われわれは彼女をいろいろな気晴らしに誘ったが、気の毒なウェイマスがまだどこかの川底に沈んでいるかと思うと、スミスもわたしも心から晴れやかな気分にはなれなかった。いたるところで人々がカラマニに見とれるのを見て、わたしは屈折した喜びを味わった。そして、本当に美しい女性というのはめったにいないものだと、しみじみ思った。

ある日の午後、われわれはボンド・ストリートでひらかれている水彩画の展覧会に出かけた。カラマニは絵画のテーマに強い興味を示した——描かれているのはどれもエジプトの風景ばかりだった。いつものように、彼女は来場者たちの人目を引いた。フー・マンチュー博士の家で仮死状態から生き返った弟のアジズも、同様に注目を集めた。

突然、アジズが姉の腕をつかみ、早口のアラビア語でささやいた。とたんに彼女の顔から血の気が引き、目が大きく見開かれた——それは以前のような怯えた表情だった。

彼女はわたしをふりかえった。

「ドクター・ピートリー、フー・マンチューがここにいると、アジズが言っているわ！」

「どこだ？」

ネイランド・スミスが鑑賞していた絵からさっとふりかえり、鋭い声でたずねた。

「この会場に！」彼女はこわごわとあたりをうかがいながら、小声で言った。「彼が近くにいるときは、アジズには気配でそれがわかるの。わたしもなんとなく嫌な胸騒ぎがするわ。ああ、もしかしたら彼は死んでいないのかも！」

カラマニはわたしの腕にしがみついた。アジズはヴェルヴェットのような黒い瞳で、会場内を見まわしている。わたしも来場者たちの顔を観察し、スミスは耳たぶを引っ張りながら、険しい目つきで周囲を見渡した。白人の強敵の名を耳にしたとたんに、たちまち彼は警戒を強め、神経を集中させた。

四人で必死に捜したが、フー・マンチューらしき人物を見つけることはできなかった。あのいかった、ミイラのような肩や、痩せこけて、ひょろ長いからだつき、それに猫のようなとしかたとえようのない、独特のぎこちない歩き方を、見間違えることなどありえなかった。

しばらくして、戸口近くに立っている人々の頭越しに、スミスがだれかを——となりの部屋を横切るだれかを凝視しているのに気づいた。わきに寄り、わたしもその人物をかいま見た。

その人物は長身の老人で、黒いインヴァネス・ケープを着て、かなりくたびれたシルクハットをかぶっていた。白髪を長く伸ばし、古老のようなあご髭をたくわえ、黒っぽい色のついた眼鏡をかけ、杖をついてゆっくりと歩いた。

スミスの頬のこけた顔が青ざめた。カラマニをちらっと見てから、部屋を横切って戸口にむかった。

あれがフー・マンチュー博士なのだろうか？

ウェイマス警部補に喉くびをつかまれたまま、われわれの目の前で、フー・マンチューがテムズ川に飲みこまれてから、もう何日もたっていた。今でも、彼とウェイマスの遺体の捜索がつづけられていた。

われわれは八方手を尽くした。カラマニの情報提供によって、警察は例の殺人グループが出没しそうな場所をすべて調べた。だがグループは解散してちりぢりになり、一連の殺人を命じた指導者は、もうこの世にはいないという事実を確認しただけだった。

にもかかわらず、スミスは納得しなかった。それはわたしも同じだった。すべての港は監視され、疑わしい地域では、警官が家々を一軒ずつパトロールした。一般市民には知らされないまま、極秘裏の闘いが行なわれ――一人の男に対し、当局が総力をあげて闘った！　ただし、その男は東洋の悪魔の化身だった。

われわれがようやく追いつくと、ネイランド・スミスは戸口で守衛と話をしていた。彼がわたしをふりかえった。

「あれはジェナー・モンド教授だ」と、彼は言った。「こちらの守衛が彼をよく知っている」

高名な東洋学者の名前は、むろん知ってはいたが、今まで実際に会ったことはなかった。

「わたしが最後に東洋にいたとき、あの教授もむこうにいたんです」と、守衛が言った。「よく彼を見かけましたよ。でも彼は変わり者で、自分だけの世界に生きているみたいです。最近、中国から戻ったようですね」

ネイランド・スミスはもどかしげに歯を嚙み鳴らした。カラマニのため息が聞こえたので、ふりかえると、彼女の頰にふだんの血色が戻りかけていた。

彼女がすまなそうに微笑んだ。

「もしも彼がここにいたとしても、もう行ってしまったわ」と、彼女は言った。「もう怖くないわ」

スミスは守衛に礼を言い、われわれは展覧会場を出た。

「ジェナー・モンド教授は」友人はつぶやいた。「中国に長くいすぎて、中国人みたいになってしまったようだ。今まで彼に会ったことがなかった――以前に一度も見たことがなかったが、もしかして――」

「もしかして、なんだ、スミス？」

「もしかしたら、彼は博士の協力者かもしれない！」

わたしはあきれて彼を見つめた。

「この一件を重要視するとしたら」わたしは言った。「アジズの、そしてカラマニの印象を忘れてはならない——二人はフー・マンチュー本人がいたと感じたんだ」

「わたしはこの一件を重要視しているとも、ピートリー。あの二人はそういう印象に敏感だ。だが普通とは違う生体であるアジズに、隠れている博士の手下と、博士本人とを、はたして見分けられるかどうか。わたしはジェナー・モンド教授の家を訪ねてみるつもりだ」

だがスミスが教授を訪問するまえに、多くのことが起こるように、運命は定まっていた。

カラマニと彼女の弟を、無事にホテルに送り届けてから（スミスの指示で、四人の警官が昼夜ホテルを見張っていた）、スミスとともに静かな郊外のわたしの自宅に引き上げた。

「まず」彼は言った。「モンド教授について、あらかじめ調べておこう」

彼は電話のところに行き、ニュー・スコットランド・ヤードにかけた。必要な情報が得られるまでに、しばらく時間がかかった。だが、ようやくわかったのは、教授は隠遁していて、知り合いも友人もほとんどいないということだった。

教授はケアリー・ストリートにある、ニュー・イン・コートという独身者用の貸し室に、一人で住んでいた。彼は召使いを雇わず、必要な場合だけ、通いの家政婦に掃除などをたのんでいた。ロンドンにいるときは、大英博物館にたびたび出かけるらしく、博物館の職員たちがその風変わりな姿をよく見かけていた。ロンドンにいないときは——それが一年の大半だった——だれも彼の行き先を知らなかった。彼は手紙の転送先の住所をけっして告げなかった。

「今、ロンドンにどのくらい滞在しているんだ？」スミスがたずねた。

（スコットランド・ヤードが）ニュー・イン・コートに確認したかぎりでは、約一週間だった。

友人は電話を切ると、部屋のなかを落ち着きなく歩きはじめた。彼は焦げたブライヤパイプをとりだし、荒く刻んだラタキアタバコを詰めた。このタバコを彼は一週間に一ポンドちかく吸っていた。彼のパイプの吸い方は乱雑で、火皿からタバコの葉がはみ出たままで、火がつくと、こまかい葉が火の粉のように床に落ちた。

呼び鈴が鳴り、まもなく娘が入ってきた。

「ミスター・ジェームズ・ウェイマスがお見えです」

「やあ！」スミスが声をあげた。「いったいどうしたんです？」

部屋に入ってきたウェイマスは、大柄で血色がよく、兄にそっくりなところと、まるで似てないところがあった。今日、黒いスーツ姿の彼はどことなく陰鬱で、青い目には恐怖がにじんでいた。

「ミスター・スミス」彼はきりだした。「メープル・コテージで、なにやら不気味なことが起きているんです」

スミスは大きなアームチェアを前に押した。

「まあ、すわってください、ミスター・ウェイマス」と、彼は言った。「べつに驚きはしませんね。ですが話をうかがいましょう。なにが起きたんですか？」

ウェイマスは、わたしがさしだした箱からタバコをとり、わたしはさらにウィスキーをグラスに注いだ。彼の手はすこし震えていた。

「例のノックの件なんですが」と、彼は説明した。「あなたたちがいらした翌日の夜に、また起きたんです。それでわたしの女房は、もう一人きりであそこに泊まるのは嫌だと言い出して——」

「奥さんは窓の外を見たんですか？」わたしはたずねた。

「いいえ、ドクター。怖くてできなかったようです。それで昨晩、わたしが一階の居間ですごし——外を見たんです！」

彼はウィスキーをあおった。ネイランド・スミスはテーブルのはしに腰かけ、火の消えたパイプを手にしたまま、熱心に彼を見つめていた。

「もっとも、すぐには外を眺めませんでした」ウェイマスは話をつづけた。「真夜中に、あのノックの音がしたとき、それは不気味な感じがしました。わたしは——」彼の声が震えた。「亡くなったジャックが、どこかの川底に横たわっているさまを思い浮かべました。そうしたら、ドアをノックしているのがジャックのように思えたんです。でも彼が――いや、それがどんな姿なのか、とても考えられませんでした！」

　彼は身を乗り出し、あご先を片手で支えた。しばらくのあいだ、だれもが押し黙っていた。

「わたしはすっかりおじけづいていたんです」彼はかすれた声でつづけた。「でも女房が階段の上に来て、小声で言ったんです――〝またノックの音がしたわ。いったいあれはなんなのかしら？〟それでわたしがドアのかんぬきをはずしかけると、ノックの音がぴたりとやんでしまったんです。あたりは静まりかえりました。聞こえるのは、メアリーが――兄の未亡人です――二階で泣いている声だけでした。わたしはすこしずつドアを開けました」

　ふたたび言葉がとぎれたが、彼は咳払いをして、さらに話をつづけた――

「月の出ている夜で、外にはだれもいませんでした。ですがポーチを覗くと、路地のほうから妙なうなり声がしたんです！　そのうなり声はしだいに小さくなっていきました。そのとき――だれかの笑い声が聞こえたような気がしたんです！　わたしは薄気味悪くなって、またドアを閉めてしまいました」

　奇妙な体験を語り終えた彼は、そのときの恐怖がよみがえったのか、震える手でグラスをつかみ、ウィスキーを飲み干した。

　スミスはマッチを擦り、パイプに火をつけなおした。彼はまた室内を歩きはじめた。その目は文字どおり燃えていた。

「今日のうちに、ミセス・ウェイマスをあの家から連れ出すことはできませんか？　たとえば、あなたの家に連れていくことは？」だしぬけに彼はたずねた。

　ウェイマスが驚いて彼を見上げた。

「彼女はひどく衰弱しているみたいです」と、彼はこたえ、わたしを横目で見た。「ドクター・ピートリーの意見をうかがえませんか？」

「わたしが行って、彼女を診てみましょう」と、わたしは言った。「それにしても、なにをするつもりなんだ、スミス？」

「そのノックを聞いてみたいんだ！」と、彼は言った。

「だがそんな場所に、病気の女性がいてはまずい」

「彼女の状態なら、鎮静剤を投与すればいいだろう」と、わたしは提案した。「それなら問題ないのでは？」

「よし！」と、スミスは叫んだ。彼は異様なほど興奮していた。「きみに手配してほしいことがある、ピートリー。ミスター・ウェイマス」――彼は訪問者をふりかえった――「今晩、十二時前にあの家に行きます」

ウェイマスはほっと安心した様子だった。わたしは患者の薬を用意するあいだ、待っていてほしいと彼にたのんだ。彼が部屋から出ていくと――

「このノックの一件をどう考えているんだ、スミス？」と、たずねた。

彼は暖炉の火床に、パイプの灰を捨て、ぼろぼろの小袋に入ったタバコの葉を、パイプの火皿にまた一心に詰めはじめた。

「わたしが願っていることを、きみに話す勇気がない、ピートリー」と、彼はこたえた――「ましてや、わたしが恐れていることを、とても口に出しては言えない」

29　ノックするもの

日が暮れるころ、われわれはメープル・コテージにむかった。ネイランド・スミスは地域の特徴にいたく関心を抱いたようだった。昔に築かれた高い壁に縁取られた道沿いに、われわれはかなり長い道のりを歩いた。やがて壁は、がたがたの柵に変わった。

スミスは柵の隙間からなかを覗いた。

「ここはずいぶん広い土地だな」と、彼は言った。「まだ建築業者に分割されていない。一方には林があり、低地には池もあるようだ」

道がとても静かだったので、近づいてくる警官の足音が——聞き間違えようがなかった——はっきり聞こえた。警官がすぐ近くにやって来るまで、スミスは柵の隙間からなかを覗きつづけた。そして——

「この土地は村まで続いているのかね、きみ？」と、彼はたずねた。

話しかけられるのを待っていたように、男は立ち止まり、両手の親指をベルトに押しこんだ。

「ええ、そうです。ここからあの丘まで、新しい道が三本できるそうですよ」

「放浪者たちが勝手に入りこんでいるんだろうな？」

「怪しげな連中をときおり見かけたことはあります。でも日が暮れたあとは、軍隊がなかにいるようですが、だれもくわしいことは知りません」

「背後にこの土地がある家々に、強盗が頻繁に入るということは？」

「いえ、いえ。このあたりでよくあるのは、配達されたばかりのパンやミルクを、家の戸口からかっぱらうことなんです。最近ではそのために見回りが強化されて、同僚は朝の警戒を怠るなと、特別に指示されているんです！」と言って、男はにやりとした。「もっとも、かっぱらいを捕まえても、たいした手柄にはなりませんがね！」

「ああ」スミスはうわの空でうなずいた。「そうだろうな。こう暖かい陽気では、見回りのあとは喉が渇くだろう。おやすみ」

「おやすみなさい」と、警官はにこやかにこたえた。

スミスは警官の後ろ姿を目で追いながら、耳たぶをさかんに引っ張った。

「ひょっとしたら、大手柄にならないともかぎらないさ」と、彼はぽつりとつぶやいた。「行こう、ピートリー」

そのあとは、メープル・コテージにたどりつくまで、彼はひとことも話さなかった。コテージの前では、スミスを待ち受けていた私服刑事が、帽子に軽く手をやった。

「適当な隠れ場所を見つけたか？」と、わたしの友人はいきなりたずねた。

「はい」と、刑事はこたえた。「同僚のケントが今、そこにいます。ここからは彼の居場所が見えないと思いますが」

「ああ」周囲を見まわして、スミスがうなずいた。「たしかにわからない。彼はどこにいるんだ？」

「崩れた壁の後ろです」と言って、刑事は場所を指差した。「蔦の葉越しに、コテージのドアがよく見えます」

「よし。しっかり見張っていてくれ。わたしにメッセンジャーが来ても、待たせておくように。われわれはだれにも邪魔をされたくない。メッセンジャーはきみの同僚だから、顔を見ればわかるはずだ。彼はやって来たら、ホーホーと三回鳴く――フクロウのようにね」

われわれはコテージのポーチに上がった。スミスが呼び鈴を鳴らすと、ジェームズ・ウェイマスが現われ、われわれの到着に安堵した様子だった。

「さっそくだが」友人はてきぱきと指示した。「きみは二階に行って、患者の様子を診てくれないか」

言われるままに、わたしはウェイマスとともに二階に上がり、彼の妻にこぢんまりした寝室に案内された。そこには悲嘆にくれた女性が、やつれきった様子で横たわっていた。

「指示したとおりに薬を飲ませましたか？」と、わたしはたずねた。

ミセス・ジェームズ・ウェイマスがうなずいた。彼女は親切そうな女性で、夫の青い目ににじんでいるのと同じ不安げな表情が、そのはしばみ色の目にも表われていた。

患者はぐっすり眠っていた。わたしは付き添っているミセス・ウェイマスに小声で指示をあたえてから、居間にひきかえした。暖かい夜で、ウェイマスは開いている窓のそばにすわって、タバコを吸っていた。テーブルのランプの明かりに照らされた彼の横顔は、驚くほど兄に似ていた。わたしは階段の下で足をとめ、わが目を疑った。やがて彼がこちらをふりむくと、兄の幻は消えた。

「彼女は目を覚ましそうですか、ドクター？」と、彼がたずねた。

「いや、ぐっすり眠っていますよ」と、わたしはこたえた。

ネイランド・スミスは暖炉の前の敷物の上に立ち、落着きなくからだを左右に揺らしていた。彼もパイプを吸っているので、部屋はタバコの煙でかすんでいた。五分か十分おきに、彼の黒ずんだブライヤパイプ（わたしは彼がパイプを掃除したり磨いたりするのを、見たことがなかった）の火が消えてしまった。スミスほどマッチをつかうパイプのスモーカーはいないだろう。彼はつねに三箱のマッチを、服のあちこちのポケットに入れて持ち歩いていた。

ひとがタバコを吸っていると、どうしても吸いたくなるもので、わたしもアームチェアにすわり、タバコに火をつけた。今夜、退屈な寝ずの番をするために、下書き原稿、原稿用紙、万年筆を持ってきていたので、フー・マンチュー事件の記録執筆にとりかかった。

メープル・コテージは静寂に包まれていた。ヒマラヤスギの大木の枝が風でこすれる音と、五分おきにスミスがマッチを擦る音以外は、わたしの執筆をさまたげるものはなにもなかった。それでも原稿はなかなかはかどらなかった。原稿を書こうとすると、ある言葉がしつこく頭に浮かんできた。まるで見えない手が、書かれたページをわたしの前に掲げているかのようだった。その言葉とは――

「ある人物を想像してみてくれ――長身で、痩せていて、いかり肩で、シェイクスピアのような額で、悪魔のような顔をしている。きれいに剃りあげた頭、猫を思わせる緑色の瞳、磁力のように視線を引きつける切れ長の目。東洋人の狡猾さと英知を一身に集めた、偉大なる頭脳……」

これがフー・マンチュー博士だ！　今ふりかえると、はるか遠い昔のように思えるあの夜、スミスが初めてわたしに語った博士の人物像だった。あの夜、わたしは黄色人種のなかで極秘裏に生まれた、この最高の知性と悪魔の魂を持った人物の存在を知らされた。

スミスが九度目か十度目に、暖炉の火床にパイプの灰を捨てたとき、キッチンのカッコウ時計が時を告げた。

「二時ですね」と、ジェームズ・ウェイマスが言った。

わたしは原稿を書くのをやめ、原稿用紙をバッグにしまった。ウェイマスはすすが出てきたランプを調整した。

わたしは忍び足で階段を上がり、患者のいる部屋を覗いた。部屋は静まりかえっていて、ミセス・ウェイマスは患者はよく眠っていると小声で言った。一階に戻ると、ネイランド・スミスが――危機に際してはいつもそうだったが――興奮を抑えるように室内を歩きまわっていた。二時十五分になると、風がぴたりとやみ、ここが大都会の中心に近いとは信じられないほど、あたりがしんと静まりかえった。ウェイマスの荒い息遣いがはっきり聞こえる。彼は窓際にすわり、ヒマラヤスギの暗い木陰に目を凝らしていた。スミスは歩きまわるのをやめ、ふたたび敷物の上に直立した。彼はじっと耳をすましていた！　われわれ全員が耳をそばだてていた。

村の通りのほうから聞こえるかすかな物音が、息詰まる沈黙を破った。それはほんの短い、聞き取れないほど小さな音で、あとにはさらに深い静けさが残った。数分前に、スミスはランプを消していた。暗闇のなかで、彼が歯を噛み鳴らす音がした。

フクロウの鳴き声が、三度はっきり聞こえた。

それがメッセンジャーが来た合図だということは知っていたが、どこからか、またどんな知らせを持ってきたのかは知らなかった。わが友人の計画は、わたしには理解できなかったが、あえて彼に説明を求めなかった。彼が極度の緊張状態にあって、苛立っているのがわかっていた。そんなときの彼は自信を失い、自分の行動の賢明さや、推理の正確さに疑問を抱くことがあった。彼は合図を出さなかった。

二時半を告げる時計の鐘が、ごくかすかに聞こえた。ふたたび微風がそよぎ、頭上の木々の枝のあいだを抜けていった。その時計の鐘の音を以前に聞いたことがなかったので、風向きが変わったにちがいないと思った。人里離れた場所にいるため、それがセント・ポール寺院の鐘の音とは信じがたかったが、やはりそれが事実だった。

鐘が鳴ったあと、すぐにべつの音がした――われわれが待ち構えていた音だったが、やって来た人物に対しては、われわれはみな自制心を失っていた。

突然、ドアを強くノックする音がしたので、わたしは心臓がとまりそうになった！

「ついに来た！」と、ウェイマスはうめいたが、彼は窓辺から動こうとしなかった。

「行くぞ、ピートリー！」と、スミスが言った。

彼はつかつかとドアのところに行き――さっとドアを開けた。

わたしは自分の顔が蒼白なのがわかった。大声をあげて後ろにのけぞり、拳を固めたまま、戸口に立っているものからあとずさった。

それはもじゃもじゃのあご髭を生やし、凍りつくほど恐ろしい目をした、だらしなく乱れた格好のひとの姿をしていた。それが両手で自分の髪やあご先をつかみ、口を引っ張った。このぞっとするような訪問者の顔立ちを、月光は照らしてはいなかったが、わずかな明かりを通して、きらりと光る歯や、異様にぎらつく目が見えた。

それは笑いだした――耳障りな、けたたましい笑い声が響いた。

これほど恐ろしい声を、耳にしたことは一度もなかった。響きわたる咆哮に、わたしは全身が凍りついた。

そのとき、ネイランド・スミスが持っていた懐中電灯を照らし、白光をその顔に向けた。

「おおっ！」ウェイマスが叫んだ。「ジョンだ！」――そして何度も叫びつづけた――「おおっ！　なんということだ！」

おそらく、このとき生まれて初めて、わたしはあの世から来たものが目の前にいると信じた（というよりも、その存在を疑わなかった）。それほどわたしは恐怖におののいていた。ジェームズ・ウェイマスが、戸口に立っている化け物を押しのけようとするかのように、両手を上げた。彼はわけのわからないことを口走っていた——たぶん祈りの言葉だろうが、まるで意味不明だった。

「彼をつかまえろ、ピートリー！」

スミスの声は低かった（われわれがあわてふためいているとき、彼は——つねに冷静であることを自分に強い、どんな危機に際しても落ち着きはらっていた——二階で眠っている女性のことを考えていた）。

彼は飛びかかるようにして、訪問者を取り押さえた。ノックの主は悲鳴をあげ、野生の動物のように暴れ、口から泡を吹き、逆上して歯ぎしりした。わたしには彼が狂っていて——フー・マンチューの犠牲者であり——生きているウェイマス警部補であることがわかった！

一瞬にしてこれらのことをすべて悟ると、急いでスミスの手助けをした。走ってくる足音がして、外で見張っていた刑事たちが、ポーチに駆けこんできた。三人目の男もいっしょだった。われわれは五人がかりで（というのは、ウェイマスの弟は、幽霊ではない生身の人間が泣き叫んでいることに、まだ気づいていなかった）この激怒している狂人にしがみついたが、なかなか彼を押さえることができなかった。

「注射器を出せ、ピートリー！」スミスがあえぎながら言った。「早く！　急いで彼に注射をするんだ！」

わたしはバッグをとりにコテージのなかに駆けこんだ。スミスに言われて、鎮静剤を充塡した皮下注射器を、あらかじめ用意してあった。こんなせっぱ詰まった瞬間でも、わたしは友人の素晴らしい先見の明に感嘆していた。彼は起きることを前もって予見し、今夜、メープル・コテージで目にした混乱状態から、奇妙で悲しい真実を導き出していた。

このどたばた劇の結末を詳細するつもりはない。一時は、この哀れな狂人をおとなしくさせることを断念した（全員があきらめた）が、最後にはどうにかこの男を静かにさせた。かつてはウェイマス警部補だった、やつれて血まみれの凶暴な男は、自宅の居間のカウチで眠りこけた。悪の天才が、注射一本で、勇敢で善良な男を、不潔な獣に変えてしまったことに、恐れと驚異を感じた。

やつれ、興奮で目を輝かせ、格闘のあとでからだを震わせていたネイランド・スミスは、スコットランド・ヤードからのメッセンジャーをふりかえった。

「それで？」と、彼はたずねた。

「彼は逮捕されました」と、刑事は報告した。「あなたの命令どおりに、彼のアパートに拘束しています」

「彼女はずっと眠っていたのか？」と、スミスはわたしに言った（わたしは二階の部屋から戻ったところだった）。

わたしはうなずいた。

「一、二時間は、彼はこのまま眠っているかな？」カウチに横たわっている男について、彼はたずねた。

「八時間か十時間は目を覚まさないだろう」と、わたしはこたえた。

「じゃあ、いっしょに来てくれ。今夜の仕事はまだ終わっていない」

30 炎

のちに、村と隣接する丘の周辺のあいだに横たわる土地の深い藪に隠れてウェイマスが野宿をしていた形跡が、つぎつぎと発見された。文字どおり、彼は原始生活をおくり、下等動物と同じものを食べて生きていたのだろう。もっとも彼の隠れ場所が発見されると、彼が食べ物を盗んでいたこともわかった。

ウェイマスはたくみに身を隠していたが、夕暮れに彼を見かけた人々は、恐れをなして逃げていた。彼らはその恐ろしい生き物が、ジョン・ウェイマス警部補だとは思いもよらなかった。彼がどうしてテムズ川で死なずにすんだのか、どうやって人目につかずにロンドンを横断できたのかは、われわれには謎だったが、毎日、午前二時半に自宅のドアをノックしていた行為は（かつての習慣と不思議に関連している、正気の兆しかもしれなかった）、精神科医にはよく知られた現象だろう。

スミスがノックの謎を解いた夜に立ち返ろう。

彼が村はずれに待たせておいた車で、われわれは人通りのない道を抜け、ニュー・イン・コートにむかった。これまでネイランド・スミスとつねに行動をともにし、彼の失敗や成功を間近で見てきたわたしは、今夜は彼の予想が的中し、彼の確信が最高権威によって立証されたのを知った。

私服刑事がわれわれを、散らかった部屋に案内した――学生か、旅行者か、変人の部屋のようだった。あらゆる時代の一風変わった品々が、乱雑に置かれている室内で、大きな仏像の前にある、彫刻がほどこされた大きな椅子に、手錠をかけられた男がすわっていた。男は長老のような白髪とあご髭を生やし、その態度は威厳に満ちていた。だがその表情は、かけている黒っぽい色の眼鏡に隠されて見えなかった。

べつの二人の刑事が、捕らえられた男を監視していた。

「ジェナー・モンド教授が帰ってきたところを逮捕しまし

た」ドアを開けた刑事が報告した。「彼は黙秘しています。手違いがなければいいのですが」

「そうだな」スミスがうなずいた。

部屋の奥に進んだ彼は、極度に興奮していた。彼は乱暴に男のあご髭をむしり取り、白髪のかつらをつかみ取り、うす色の眼鏡を床に投げ捨てた。

広く突き出た額が現われ、悪意のこもった緑色の目が、一生忘れられないような表情で彼を凝視した。

フー・マンチュー博士だった！

一瞬、だれもが息を飲み、そのあとに、驚きを言葉にできない沈黙がつづいた。やがて——

「モンド教授をどうしたんだ？」と、スミスが質問した。

フー・マンチュー博士は、わたしがよく知っている冷酷そうな笑みを浮かべ、きれいにならんだ黄色い歯を見せた。手錠をかけられていながら、彼は法廷の裁判官のように落ち着きはらっていた。フー・マンチューが豪胆であったことは、認めざるをえない。

「彼は中国で拘束されている」彼は歯擦音の混じる、なめらかな口調でこたえた。「緊急の事情で。彼の変人ぶりや、隠遁する習慣が、わたしがすりかわるのに都合がよかった！」

スミスはどう対処すべきか、決めかねている様子だった。耳たぶを引っ張りながら、平然としている中国人から、いぶかしんでいる刑事たちに視線を移した。

「どうしましょうか？」一人がたずねた。

「わたしが呼ぶまで、この中国人とドクター・ピートリーと、三人だけにしてくれないか」

三人の刑事たちが部屋を出ていった。わたしには、これから起きることが予想できた。

「ウェイマスを正気に戻してくれないか？」だしぬけに、スミスが言った。「おまえは極刑をまぬがれないし、たとえ」——彼は拳に力をこめた——「わたしに権限があっても、減刑するつもりはない。だが——」

フー・マンチューはきらきらと光る目で、彼を見据えた。

「それ以上言わなくていい、ミスター・スミス」彼が制した。「きみはわたしを誤解している。そのことで言い合うつもりはないが、信念からしたことと、やむをえずしたこととは、まったく違う。わたしがあの勇敢なウェイマス警部補に、あの注射をしたのは、自分の身を守るためだ。彼が正気を失ったことは、わたしも残念だ。ああいう男を、わたしは尊敬する。彼を元通りにできる解毒剤がある」

「どんな薬だ?」

フー・マンチューはまた微笑んだ。

「言っても無駄だ」と、彼は言った。「わたしにしかつくれない。わたしが死ねば、薬は二度と手に入らない。わたしはウェイマス警部補を正気に戻せるが、彼と二人きりにしてもらいたい」

「警察が包囲するぞ」スミスがさえぎった。

「好きにするがいい」と、フー・マンチューは言った。

「きみが手配したまえ。テーブルの上にある黒檀の箱に、治療道具が入っている。いつ、どこに、わたしが彼を訪ねればいいか、きみが――」

「おまえは信用できない。なにかたくらんでいるんだろう」スミスが言い返した。

フー・マンチュー博士はゆっくり立ち上がり、そのまま背筋を伸ばしてすっくと立った。手錠をはめられていても、彼は不気味なほど悠然としていた。重々しいそぶりで頭上に両手を上げた彼は、射るような視線でネイランド・スミスを見つめた。

「キャセイの神よ、聞き入れたまえ」彼は喉の奥から低い声をしぼりだした――「われは誓う――」

イギリスの平和を乱そうとした、最も恐るべき訪問者である、フー・マンチューの訪問の結末は、いかにも特徴的で――想像を絶するもので――じつに不可解だった。

奇妙な話だが、この怪人は、自分が狂人にしてしまった男に対し、賞賛とも尊敬ともつかぬ気持ちを抱いていた、という気がしてならない。彼にはそういう感傷的なところがあり、わたしに対しても似たような感情を抱いていた。

ウェイマスの自宅から、さらに村の通りを進んだ先にある、一軒のコテージは空き家で、まだ夜が明けきらぬ時刻に、そこが奇怪なできごとの舞台となった。依然として昏睡状態のままのウェイマスを、われわれはそこに運びこんだ（驚いている不動産屋から、スミスは家の鍵を預かった）。これほど特殊な状況で、これほど奇妙な専門家が、患者を往診したことはなかっただろう。

警官たちがぐるりと包囲したコテージに、閉まっていた車から出てきたフー・マンチュー博士が入っていった。治療を終えたあとは、この車で刑務所に送られ――死刑になるのだ！

われらの敵が、自分を追っていた警官を治療するあいだ、最高の権限を持っているわが友人によって、法の裁きは延期された！

夜が明けていないので、野次馬の姿はなく、神の御技をひと目見ようと、駆けつけた学者たちもいなかったが、警官たちに包囲されたコテージのなかでは、べつの状況であれば、フー・マンチュー博士の名声が、未来永劫に残るであろう科学の奇跡が行なわれたのだ。

黄泉の谷をさまよっていたウェイマス警部補が、だらしない格好でよろよろと、頭を抱えるようにしてポーチに出てきた――彼は正気に返っていた！

彼はわれわれのほうを見た――興奮してはいるが、おどおどと取り乱した様子はなかった。

「ミスター・スミス！」彼は叫んだ――よろめくように進み出た――「ドクター・ピートリ！　いったいなにが――」

すさまじい爆発が起きた。空き家のコテージのすべての窓から、いっせいに炎があがった！

「急げ！」スミスの声は絶叫に近かった。「家のなかに！」

彼は小道を走り、酔っ払いのようにふらついて立っているウェイマス警部補のわきをすり抜けた。わたしもすぐあとからつづいた。さらに警官たちも駆けつけた。

ドアを通り抜けられない！　すでにドアからは、地獄の口から噴き出ているかのような煙とともに、熱波が吐き出されていた。われわれは窓を割った。室内は煮えたぎる火炉と化していた！

「そんなばかな！」だれかが叫んだ。「こんなことはありえない！」

「しっ、静かにしろ！」べつのだれかが叫んだ。「なにか聞こえるぞ！」

燃えさかる炎に驚いた人々が、いつのまにか、どこからともなく集まってきていた。だが彼らの上に、沈黙のとばりが降りた。

天を焦がすほどの炎のなかから、声が聞こえてきた――怒りに満ちた声ではなく、勝ち誇ったかのような声だった！　野卑な雄叫びがあがったあと――ふたたびあたりは静まりかえった。

異常な炎はいよいよ勢いを増し、すべての窓から赤い舌を突き出した。

「危険だ！」スミスがかすれた声で言った。「消防団を呼べ！」

ここで物語を終わりにするのは、読者の信頼を裏切ることになるかもしれない。わたしの目から見た、この悪魔のような中国の怪人を描いてきたが、このまま話を締めくくることができない。決着をつけたい気持ちはあるが、この物語にエンドマークをつけることはできない。

わたしは無数の側面を持つ活動の、ある一面しか描いてこなかったのではないか――そう考えると、ペンを持つ手が鈍ってしまう。いつの日か、あらゆる論理や西洋の偏見を排して、後日談を書いてみたい。もしもその希望がかなえられるのならば、そのときまで結末をとっておきたい。未来は、このかけがえのない希望や、その他の多くの謎に満ちている。

この物語を未完のままで、ひとまずペンを置くことを許してほしい。読者同様、わたしもこの話の続きをぜひとも知りたい。

意図的に、わたしはジェナー・モンド教授の部屋から、空き家のコテージでの最終章に、唐突に場面を変えた。それはこの物語の最後の場面に、息詰まる緊迫感をあたえたかったからだ。わたしの描写は不完全かもしれないが、それが現実から受けた印象だ。あの夜のできごとは、詳細が記憶に残っていない――フー・マンチューが逮捕され――

手錠をかけられたフー・マンチューが、治療をほどこすためにあのコテージに入っていった。やがて、奇跡的に正気が戻ったウェイマスが、コテージから出てきて、すぐそのあとにコテージが炎に包まれた。

それから？

コテージはあっという間に焼け落ちた。あれほど早く焼けたのは、なんらかの秘密の作用がはたらいたせいにちがいなかった。そして焼け跡の灰のなかには、人間の骨は残っていなかった！

わたしは自問自答した——あの火事による混乱に乗じて、フー・マンチューが逃げた可能性はないのか？　逃げ道はなかったのか？

だがわたしが知るかぎりでは、あのコテージからは、われわれに気づかれずにネズミ一匹這い出ることはできなかったろう。それにもかかわらず、フー・マンチューがわれわれには理解できない方法で、あの異常な火災を引き起こしたのはまちがいない。彼はみずから自分の火葬燃料に火をつけたのだろうか？

今、わたしの目の前には、汚れてしわくちゃになった、一枚の羊皮紙がある。ここには、読みにくい癖字で、文章が書かれている。この紙片は、ウェイマス警部補（ちなみに、彼は今でも正気のままだ）のぼろぼろの服のポケットに入っていた。

これがいつ書かれたのか、判断は読者にまかせよう。どうしてウェイマスのポケットに入っていたかは、説明するまでもないだろう。

ミスター・ネイランド・スミス弁務官、ならびにドクター・ピートリー——親愛なる諸君！　神の命により、祖国に帰ることにする。ここでしようとした多くのことに、わたしは失敗した。したことの多くを、いずれ元に戻すだろう。すでに元に戻したこともある。わたしは火から出てきた——くすぶっている火は、やがて大きな炎となる——いずれ火のなかに帰っていく。わたしの灰を捜しても無駄だ。わたしは火をあつかう達人なのだ！　さらばだ。

フー・マンチュー

この文章を書いた人物との数度の出会いを、ともに経験してきた読者に、判断をゆだねたい——これは変わった方法で自殺しようとした狂人の遺書なのか、それとも超自然的な知識を持った科学者であり、謎の国、中国が生んだ、最も得体の知れない人物の愚弄なのか。

現在のところ、もはやわたしは読者の判断を手助けできない。いつの日か——その日が来ないことを祈るが——この事件の暗黒の部分をあきらかにできるかもしれない。あの中国人が生き残っていた場合には、いずれその日が来るだろう。わたしはその日がいつまでも来ないことを祈るばかりだ。

しかし、さっきも言ったように、この物語には違った側面からとらえることのできる、べつの後日談がある。だとしたら、どうやってこの未完の話を終えたらいいだろう？

最後に、客船に乗ってエジプトに帰った、あの美しい黒い目をしたカラマニとの、悲しい別れの場面でも語ろうか？

いや、それよりもネイランド・スミスの言葉で最後を締めくくろう——

「二週間後にビルマに発つよ、ピートリー。途中、紅海あたりで休暇をとろうと思うんだ。いっしょにナイルの川上りをしないか？　まだシーズンにはすこし早いが、きっと楽しいぞ！」

銀幕のフー・マンチュー博士

映画評論家
児玉　数夫

一九一〇年代、欧米の映画界（主として、ハリウッド）では、中国劇（支那劇といわないと感じがでないのだが……）といったジャンルをもつほど、中国ものは数多く作られていた。私が、後年、見ることができたのは、ロシア生まれの名女優アラ・ナジモヴァの「紅燈祭」（19年）である。義和団事件を後景に、混血娘マー・リーの悲劇を描いたもの。ノア・ビァリイの助演のほか、ジャック・阿部（のちの阿部豊監督）、青山雪男が助演している。今日では考えられないことだが、当時（大正九年）は、こんなこともあった。それは、このメトロ映画（MGM《メトロ・ゴールドウイン・メーヤー》映画となる以前）は、本社と契約輸入した大活、そして、上海あたりで買い入れた国活が同時に封切を目指した。大活は「紅燈祭＝レッド・ランタン」の題名、国活は「赤燈籠」と邦題名を決め、同一映画が、関東・関西で同時に競映されたのだ。

恋愛に国境はない、という。されど、ひとつの民族の血潮とほかの民族の血潮とが、永遠に結ばれうるであろうか？　〝東洋もの《オリエンタル・プレイ》〟には、至極ありふれたお話であるが、義和団事件が色濃く描かれていたのが、「紅燈祭」の特色であった。

義和団事件――とは、明治三十三年五月、北京の各国公使館を〝義和団〟と称する一団とこれに清国兵が合体して、封鎖の挙にでた。公使以下居留民、救援の陸戦隊も。八月十四日、連合軍（主として日本軍といわれる）の攻撃に陥落。この四年のち、日露戦争がおこっている。

義和団事件は、欧米人にショックを与えた。売れない作家サックス・ローマーも、その一人だった。

サックス・ローマー、Sax Rohmer（1883・2・15〜1959・6・1）

本名はアーサー・ヘンリー・サースフィールド・ウォードと長いのだが、サックス・ローマーの筆名が気に入って私生活にも用いていたそうである。ロンドンの中国人暗黒街《アンダーワールド》といわれるライムハウス地区に（ハリウッドは、30年代中期におよんでも、〝ライムハウスもの〟を撮っていたナ）出没して、小説の材を漁っていたとか、中国人に関心が深かったものとみられる。

義和団事件にインスパイアされて、サックスは、フー・マンチュー Fu-Manchu を創造した。〈怪人〉といわれても、Dr.（博士）がつく、知性の持ち主である。映画の世界では、「怪人カリガリ博士」（61年）が近年（といっても40年昔だが）も現われているが、フー・マンチューは、彼等との同席もこばむであろう。

フー・マンチューは、One and Only！

*

フー・マンチュー博士は、中国（支那）にあって、その温厚篤学なることで、白人のあいだにも、立派な東洋学者として知れ渡っていた科学者であった。ところが義和団事件の際、連合軍の砲弾のため、妻と愛児は死に、それ以来、博士の性格は一変し、義和団に関係した主だった白人の将軍一家に対する怨みと復讐に燃え、ついに恐るべき殺人鬼となった——としたのは映画「フーマンチュウ博士の秘密」The Mysterious Dr. Fu-Manchu（パラマウント・29年）である。

その後、パラマウントからMGMに、と会社も代わったが、大MGMとしては、珍しくシリアル・スピリッツ（連続活劇精神）で製作に当ったMGMらしからぬMGM映画となっていた。

イギリスの貴族ライオネル・バートンとフォン・ベルグ教授（ジーン・ハーショルト）を首脳者とした科学者たちは、かつてヨーロッパをも、その足下にふみにじった偉大な征服者・成吉斯汗の墳墓を求めていた。たまたま、バートンが、その所在地を発見。その発掘を企てていたが、はやくもそれと知ったフー・マンチュー博士は、我こそ成吉斯汗の再現として起ち、全アジア民族を蜂起せしめて、全ヨーロッパ征服を夢みていた——としたのは、「成吉斯汗の仮面」The Mask of Fu-Manchu（MGM・32年）である。

30年代に作られた〝フー・マンチュー映画〟は、その性格を、個人的復讐の殺人鬼としたものと、成吉斯汗にかぶれた民族主義的思想の持ち主としたものに二大別される。

*

博士が我が国の銀幕に最初に登場したのは、大正十三年六月十八日、神戸の朝日館ということである。最初の製作会社は、イギリスのストール社、当時は連続活劇《シリアル》が世界的に作られていたので、これも全15篇30巻の連続ものであった。F-M博士（H・エイガー・ライオンズ）、ネイランド・スミス探偵（フレッド・ポール）、ピートリー医師（H・ヒューバーストーン・ライト）。こちらではパラマウント支社が配給した、「倫敦の秘密」The Mystery of Dr. Fu-Manchu（英ストール・21年）。

パラマウントは、29年作の好評に答えて、続篇を製作した。F－M博士（ワーナー・オーランド）、スミス探偵（O・P・ヘギー）、ジャック・ピートリー博士（ニール・ハミルトン）、監督＝ローランド・V・リー。いずれも前作と同じ顔ぶれ。「続・フー・マンチュー博士」The Return of Dr. Fu-Manchu（パラマウント・30年）。

パラマウントは、三度《みたび》、F－M映画を製作する。ただし、映画のクレジットには、サックス・ローマーの物語から、と明記されているが、スミスは姿を消して、アー・キーという中国人青年が登場する。われらの早川雪洲が演じる、スコットランド・ヤードに非公式勤務の探偵である。F－M博士（ワーナー・オーランド）、サー・ジョン・ピートリー（ホームズ・ハーバート）、女優リン・モイ（アナ・メイ・ウォン）、監督＝ロイド・コリガン。「龍の娘」Daughter of the Dragon（パラマウント・31年）。

「龍の娘」の女優リン・モイは、実はF－M博士の娘であったが、MGM映画も、博士の娘ファ・ロー・シー（マーナ・ロイ）を登場させていた。F－M博士（ボリス・カーロフ）、スミス（ルイス・ストーン）、監督＝チャールス・ブレービン。「成吉斯汗の仮面」（MGM・32年）。

ホンモノの連続活劇《シリアル》に、博士は登場におよぶ。全15篇。このころ（昭和十五年）ニッポン国では〝連活〟と冷眼視して輸入を見送られている。F－M博士（ヘンリイ・ブランドン）、サー・デニス・ネイランド・スミス（ウィリアム・ロイル）、ピートリー博士（オラフ・ヒッテン）、娘ロー・シー（グロリア・フランクリン)、監督＝ウィリアム・ウィットニイ＆ジョン・イングリッシュ。Drums of Fu-Manchu（リパブリック・40年）。

フー・マンチュー博士は、長い長い眠りから目ざめる。「成吉斯汗の仮面」の本邦公開は昭和八年。ようやく、こちらの銀幕に博士が帰ってきた「怪人フー・マンチュー」は、昭和四十二年である。当時、若い怪奇映画ファンのためにと、『スクリーン』誌から求められて「怪人の名門しらべ」を書いたものだった。F－M博士（クリストファー・リー）、スミス（ナイジェル・グリーン）、ピートリー博士（ハワード・マリオン＝クロフォード）、娘リン・タン（ツァイ・チン）、監督＝ドン・シャープ。「怪人フー・マンチュー」The Face of Fu-Manchu（英アングロ・プロ・65年）。

前作は、アメリカではセブン・アーツが配給、こちらでセブン・アーツの支社代理をしていたタイヘイ・フィルムが次回作の公開予告をしていたが、銀幕公開はされなかった。F－M（クリストファー・リー）、スミス（ダグラス・ウィルマー）、監督＝ドン・シャープ。TV放映されて「怪人フー・マンチュー、連続美女誘拐事件」The Brides of Fu-Manchu（セブン・アーツ・66年）となった。

クリストファー・リー、スミス役のダグも、製作者ハリイ・アラン・タワーズ、脚色者ピーター・ウェルベックも同じ、彼らの3回作。監督＝ジェレミイ・サマーズ。Vengeance of Fu-Manchu（WB＝セブン・アーツ・67年）。

南米アンデスのジャングル奥深く、博士の秘密基地があったという「女奴隷の復讐」Blood of Fu-Manchu（ウダステック・フィルム＝MGM・68年）。F－M博士（リー）、スミス（リチャード・グリーン）、ピートリー博士（ハワード・マリオン＝クロフォード）、娘リン・タン（ツァイ・チン）、監督＝ジェス・フランコ。

博士、スミス、ピートリー、リン・タン、製作のハリイ、監督のジェスも、前作にひき続いての顔ぶれでシリーズの5作目が作られた。The Castle of Fu-Manchu（西ドイツ、スペイン、イタリアが協力したイギリス・タワーズ・オブ・ロンドン・69年）。

1980年7月、53歳で他界したピーター・セラーズの遺作「天才悪魔フー・マンチュー」The Fiendish Plot of Dr. Fu-Manchu（WB＝オライオン・80年）は、ヒマラヤ山中の豪邸で、168歳の誕生日を迎えるF－M博士を描く。いや、めでたし、めでたし。監督＝ピアーズ・ハガード。

著者サックス・ローマーについて

一八八三年英国バーミンガム生まれ。両親ともアイルランド人。本名はアーサー・ヘンリー・サースフィールド・ウォード。ジャーナリストとしてフリート街で活躍するかたわら小説を執筆し、一九〇三年に最初の短篇小説"The Mysterious Mummy"を*Pearson's Weekly*誌に発表、作家デビューを飾る。一九一二年十月に*The Story-Teller*誌に発表した"The *Zayat* Kiss"でフー・マンチュー博士とネイランド・スミスを初登場させ（本書の冒頭部分にあたる）、一九一三年には本書を刊行しベストセラーとなった。後には、ペンネームのサックス・ローマーを私生活でも本名のかわりに使ったという。フー・マンチューのほかにも、モリス・クロウ、ポール・ハーリー、ガストン・マックスなどの探偵ものを執筆し、長篇だけでも四十冊以上を発表したほか、戯曲などの著作もある。後年はニューヨークへ移住。一九五九年没。

（H・K）

〈フー・マンチュー・シリーズ〉長篇著作リスト

1 The Mystery of Dr. Fu-Manchu（米題 The Insidious Dr. Fu-Manchu）（1913）『怪人フー・マンチュー』（本書）

2 The Devil Doctor（米題 The Return of Dr.Fu-Manchu）（1916）
3 The Si-Fan Mysteries（米題 The Hand of Fu-Manchu）（1917）
4 Daughter of Fu Manchu（1931）
5 The Mask of Fu Manchu（1932）
6 The Bride of Fu Manchu（米題 Fu Manchu's Bride）（1933）
7 The Trail of Fu Manchu（1934）
8 President Fu Manchu（1936）
9 The Drums of Fu Manchu（1939）
10 The Island of Fu Manchu（1941）
11 Shadow of Fu Manchu（1948）
12 Re-Enter Dr. Fu Manchu（米題 Re-Enter Fu Manchu）（1957）
13 Emperor Fu Manchu（1959）

※他に短篇集 *The Wrath of Fu Manchu and Other Stories*（1973）がある。またガストン・マックスものの *The Golden Scorpion*（1919）にはフー・マンチューが脇役として登場する。

※フー・マンチューのスペルは、Fu-Manchu と Fu Manchu の二種類がある。

HAYAKAWA POCKET MYSTERY BOOKS No. 1757

嵯峨静江《さがしずえ》

青山学院大学文学部英米文学科卒
英米文学翻訳家
訳書
『獲物のQ』スー・グラフトン
『犬嫌い』エヴァン・ハンター（共訳）
『バニー・レークは行方不明』イヴリン・パイパー
（以上早川書房刊）他多数

この本の型は，縦18.4センチ，横10.6センチのポケット・ブック判です．

検印
廃止

〔怪人《かいじん》フー・マンチュー〕

2004年9月10日印刷　2004年9月15日発行

著者　サックス・ローマー
訳者　嵯峨静江
発行者　早川浩
印刷所　星野精版印刷株式会社
表紙印刷　大平舎美術印刷
製本所　株式会社川島製本所

発行所　株式会社　早川書房
東京都千代田区神田多町2ノ2
電話　03-3252-3111（大代表）
振替　00160-3-47799
http://www.hayakawa-online.co.jp

〔乱丁・落丁本は小社制作部宛お送り下さい
送料小社負担にてお取りかえいたします〕

ISBN4-15-001757-3 C0297
Printed and bound in Japan

ハヤカワ・ミステリ〈話題作〉

1748
貧者の晩餐会
イアン・ランキン
延原泰子・他訳

リーバス警部もの七篇、CWA賞受賞作、ローリング・ストーンズの軌跡を小説化した「グリマー」など、二十一篇を収録した短篇集

1749
リジー・ボーデン事件
ベロック・ローンズ
仁賀克雄訳

俗謡として今なお語り継がれる伝説的事件の不可解な動機と隠された心理を〝推理〟によって再構築した、『下宿人』の著者の代表作

1750
セメントの女
M・アルバート
横山啓明訳

〈ポケミス名画座〉沈没船探しで見つけたのは、ブロンド美人の死体……知る人ぞ知る、マイアミの遊び人探偵トニー・ローム登場！

1751
ピアニストを撃て
D・グーディス
真崎義博訳

〈ポケミス名画座〉過去を隠し、場末の酒場でピアノを弾く男は、再び暴力の世界へ……F・トリュフォー監督映画化の名作ノワール

1752
紅楼の悪夢
R・V・ヒューリック
和爾桃子訳

大歓楽地・楽園島を訪れたディー判事。確保した宿は、変死事件のあった不吉な部屋だった。過去からの深い因縁を名推理が暴き出す